20世纪女性主义诗学在中国的流变与影响

刘希云 著

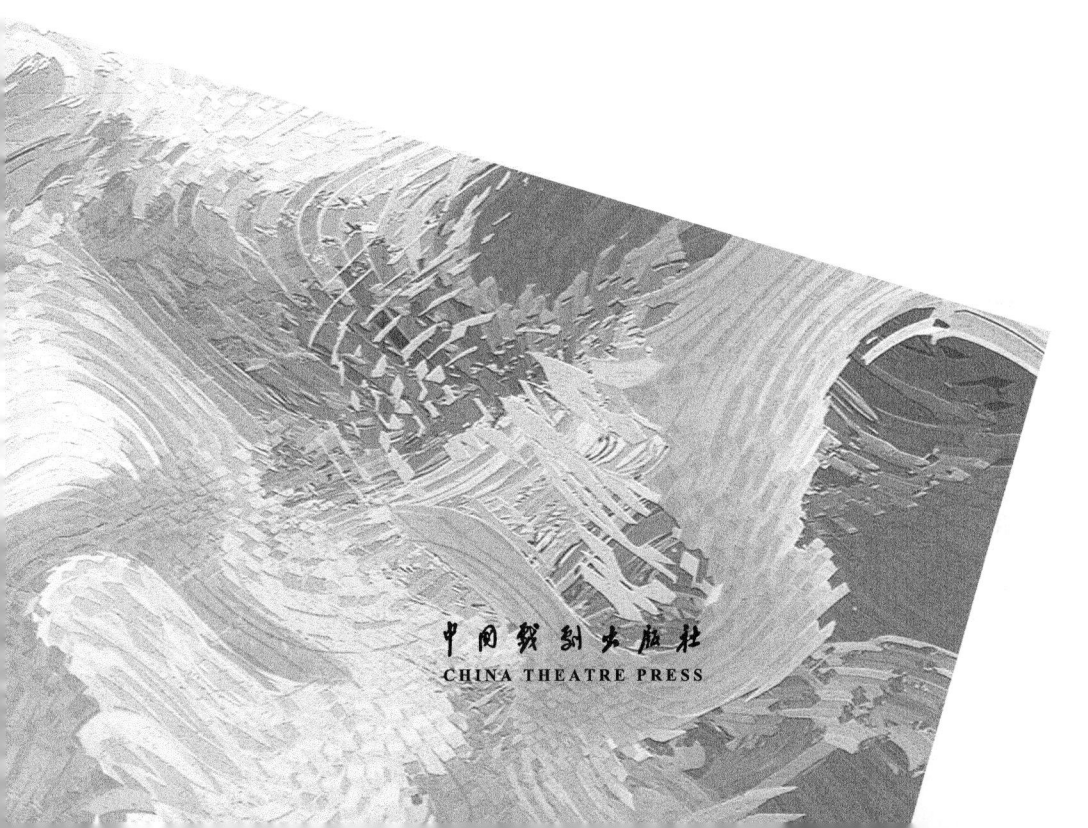

中国戏剧出版社
CHINA THEATRE PRESS

图书在版编目（CIP）数据

20世纪女性主义诗学在中国的流变与影响 / 刘希云著. -- 北京：中国戏剧出版社，2025.7
ISBN 978-7-104-05482-5

Ⅰ.①2… Ⅱ.①刘… Ⅲ.①妇女文学－诗学－研究－中国－20世纪 Ⅳ.①I207.22

中国国家版本馆CIP数据核字(2024)第081355号

20世纪女性主义诗学在中国的流变与影响

责任编辑： 邢俊华
责任印制： 冯志强

出版发行：	中国戏剧出版社
出 版 人：	樊国宾
社　　址：	北京市西城区天宁寺前街2号国家音乐产业基地L座
邮　　编：	100055
网　　址：	www.theatrebook.cn
电　　话：	010-63385980（总编室）　010-63381560（发行部）
传　　真：	010-63381560

读者服务：010-63381560
邮购地址：北京市西城区天宁寺前街2号国家音乐产业基地L座

印　　刷：	北京九州迅驰传媒文化有限公司
开　　本：	787mm×1092mm　1/16
印　　张：	13.25
字　　数：	224千字
版　　次：	2025年7月　北京第1版第1次印刷
书　　号：	ISBN 978-7-104-05482-5
定　　价：	88.00元

版权专有，违者必究；如有质量问题，请与出版社联系调换。

前　言

在人类认识世界、获取知识的过程中，观察事物的角度和认识事物的方法起着重要的作用。视角和方法不同，认知也不同。种族、阶级和性别作为人类天然的差异，是人类认识世界的三个重要视角。种族和阶级这两个角度不是本书探讨的话题，在这里我们只研究性别这个角度。文学作为人类把握世界精神生活的重要方式之一，势必与性别有着天然的关联。因为文学的产生者和接受者都是有性别的人，其在社会实践中的人生经历和精神体验无疑会打上性别的烙印。

毋庸置疑，人类社会的发展进程融入的是男女两性共同参与的历史。尽管在人类文明演进过程中，社会性别文化逐渐形成了男性本位的格局，但是女性始终参与着人类各种文化活动，包括文学方面的实践和创造。在长期的物质生产和精神生产中，人类逐渐赋予文化事件和艺术生产以性别的意义，正如林树明所说："人类文化并不是没有性别的东西，绝对不存在超越男人和女人的纯粹客观性的文化。"

从古希腊抒情诗人萨福的诗作，到中国最早的诗歌总集《诗经》中出自无名作者之手的篇章；从日本紫式部的《源氏物语》、清少纳言的《枕草子》，到和泉式部的《和泉式部正集》；从19世纪英国女作家简·奥斯汀、乔治·艾略特以及勃朗特姐妹等人的创作，到中国开始向现代社会转型之时出现的五四女作家群……不同时代、国家、民族、种族、阶层、血统的文学女性，在漫长的人类文化史中，谱写出异彩纷呈的艺术篇章，以多姿多彩的语言表达汇成了主流文学传统之外的"潜流"，在人类审美之旅中留下了可贵的足迹和生命的心音。

目 录

前 言 ………………………………………………………………… 1

第一章 女性文学概述 ……………………………………………… 1
    第一节 什么是女性文学 ………………………………………… 1
    第二节 女性文学关键词及研究意义 …………………………… 3

第二章 父权时代的妇女处境及女权主义思想的流变 …………… 7
    第一节 父权时代的女性处境 …………………………………… 7
    第二节 女权主义思想的流变 …………………………………… 9
    第三节 女性主义文学批评的兴起 ……………………………… 11
    第四节 中国女性主义思想的萌芽及其发展 …………………… 13

第三章 近代女性作家的写作
      ——吕碧城、唐群英 ……………………………………… 19
    第一节 前娜拉时代的娜拉
        ——吕碧城 ………………………………………………… 19
    第二节 唐群英的历史贡献 ……………………………………… 28

第四章 女性文学主体内涵的建构 ………………………………… 37
    第一节 五四女性文学写作的内容 ……………………………… 37
    第二节 爱与恨的极端书写：冰心与庐隐 ……………………… 41
    第三节 新月才女林徽因 ………………………………………… 45

第四节 回忆的诗学
　　——评凌叔华的《古韵》 ………………………………… 50

第五章 20世纪30年代的女性写作 ……………………………… 56
第一节 20世纪30年代女性写作的主题 ……………………… 56
第二节 被遗忘的传奇女作家
　　——关露 …………………………………………………… 58
第三节 丁玲：革命与女权 …………………………………… 65
第四节 20世纪30年代的文学洛神
　　——萧红 …………………………………………………… 67

第六章 20世纪40年代的女性写作 ……………………………… 75
第一节 张爱玲：姬别霸王式的颠覆 ………………………… 76
第二节 苏青小说中的女性主义特征 ………………………… 81
第三节 九叶派诗人
　　——郑敏 …………………………………………………… 89
第四节 他塑：中国现代男性叙事文学中的性别意识 ……… 92

第七章 "十七年"时期的女性写作 ……………………………… 100
第一节 "十七年"时期女性写作的单一模式
　　——准女性题材 …………………………………………… 100
第二节 "十七年"历史剧创作中的女性话语 ……………… 105

第八章 20世纪80年代的女性写作 ……………………………… 109
第一节 新时期文学主潮中的女性写作 ……………………… 109
第二节 新时期文学中的爱情主题 …………………………… 116
第三节 徐坤的小说创作 ……………………………………… 121
第四节 凌力和她的历史小说 ………………………………… 127
第五节 马瑞芳的"士林文学" ……………………………… 131

第九章　20世纪90年代的女性写作 ············ 138
第一节　20世纪90年代女性写作的文化姿态 ········ 138
第二节　上海文化与王安忆 ················ 144
第三节　迟子建与东北文化书写 ·············· 152
第四节　铁凝与冀中平原叙事 ··············· 165
第五节　20世纪90年代女性写作的成就 ········· 175

第十章　21世纪初的女性写作 ················ 182
第一节　70后女作家的写作 ················ 183
第二节　21世纪初女作家的长篇小说 ············ 190

参考文献 ························· 199

后　记 ·························· 201

第一章　女性文学概述

"女性文学"这一概念，在中国最早出现于五四新文化运动中。20世纪80年代之后，再次浮出历史地表。我们在界定与阐释女性文学这一概念时，有两点是需要特别指出的。一是历史性。任何概念，都是在历史中生成的，并因此有着特定历史所赋予的具体的时代含义。二是符号性。现代语言符号学认为，概念符号与所指称的对象不是同一的、对等的，语言相对于它所指称的对象既是照亮又是遮蔽，没有任何一个符号可以完善地穷尽它所指称的对象的含义。

第一节　什么是女性文学

一、女性文学的概念

女性文学广义是指一切描写妇女生活的文学作品，包括男作家写的包含女性形象的作品，如托尔斯泰的《安娜·卡列尼娜》《复活》，因为这是一个男女共同的世界，男性笔下的女性形象是女性塑造自己的一个不可或缺的补充。但这个概念有些太宽泛。狭义的女性文学从创作主体出发，泛指女作家创作的一切文学作品，不包括男作家描写妇女生活的作品。还有一种更狭义的理解：创作主体和客体都是女性，表现女性的命运情感，有更强烈的女性意识的文学作品。

学术界较多地采用第二种，即从创作主体着眼，女作家写的关于男性和女性以及整个社会生活的作品，统称女性文学。女性文学的概念就是，首先是指以女性作为写作主体的写作实践，并以与世抗辩作为写作姿态的一种文学形态，它改变了并还在改变着女作家及其文本在文学传统中的"次"类位置，它对主流文化既介入又疏离，体现着一种批判性的精神立场。其必须体现出女性对男性逻各斯中心主义的反思,对语言给定的位置进行纠偏,对男性话语进行拆解,并对语言进行重构。戴锦华指出,女性文学呼唤两个东西:一是性别立场,二是文学。女性文学必须具有女性主义的性别立场,另外它一定也是具有文学性、艺术性的创作实践。可见,女性文学诞生于一定的社会历史条件之下。它以五四新文化运动为开端,是具有现代人文精神内涵,以女性为经验主体、思维主体、审美主体和言说主体的文学。

二、与女性文学有关的主要概念

1. 妇女文学

现代社会日常话语中,"妇女"一词及其所指往往带有一定的传统色彩。然而,妇女文学中的"妇女"一词,在一些研究者那里,却有着与传统话语所说的妇女一词不大相同的内涵。据美国后结构主义学者白露考证,早期共产党人将欧洲社会主义政治理论中的 woman 译作妇女,强调社会生产与妇女的关系,德国作家倍倍尔的《妇女与社会主义》一书的翻译,奠定了妇女一词的政治意义。其思想资源来自社会主义的妇女观,主张妇女应该投身于社会革命、阶级斗争、民族斗争的洪流中,在社会、阶级、集团的解放中解放自己。其话语属于政治文化的话语体系。

2. 女性主义文学

女性主义文学在中国形成并发展于20世纪80年代中期之后,它的重要思想资源是20世纪80年代中期开始陆续译介进来的西方女性主义文学理论,其话语有着明显的西方话语背景。但就其创作和批评的实际情况来看,中国大陆的女性主义文学更多倾向于吸收弗吉尼亚·伍尔夫《一间自己的屋子》、西蒙娜·波伏娃《第二性》以及贝蒂·弗里丹《女性的奥秘》等女性主义理论代表作中的女性人文主义思想。在当代中国,女性主义文学的思想内涵在追求两性平等的基点上与女性文学同构,但其文化姿态更为激进一些。妇女研究是女性主义作为一个学科的开端,也最为直接而清晰地指向女性主义的文化实践,它关注女性群体的生存状况,为女性运动申辩、提供武器和弹药。随着女性主义理论的深入和分化,随着女性主义对社会性别的发现和强调,性别研究成了女性主义发展的主要文化脉络。相对于妇女研究,性别研究更重视的是性别角色、性别的文化规定,以及社会是如何被强制性地划分为两性的群体,还有对两性的不同文化规定,用权力来确定社会的秩序，来运行社会的意识形态，运用种种关于阶级和种族的秩序。

3. 女性写作

女性写作是一个具有西方背景的概念，它源自法国女性主义作家埃莱娜·西苏的著名论文《美杜莎的笑声》。在这篇文章中西苏提出，既然历史与文化对女性的钳制是与对她身体与欲望的钳制相联系，那么，女性要获得解放，首先就要回归女性自身的身心体验。因此，女性可以而且应该通过自己的身体表达思想，因为她没有属于自己的语言，唯有身体可以凭借。但是，在用自己的身体表达思想时，必须忠实于自己的女性视角、女性立场，必须忠实于女性的真实感受。在这个过程中，不能有男性中心的价值观、审美观潜在地发挥作用，更不能成为被男性观赏、窥视、玩弄、界定的对象和客体。

第二节 女性文学关键词及研究意义

一、女性文学关键词

1. 性别

性别是构成女性文学基本内涵的最基本的关键词。西方女性主义学者将性别分解为生物性别（sex）与社会性别（gender），认为前者是天生的、生物性的，后者则是后天的、一种社会和文化的设定，即由政治、经济、文化、道德等"历史的合力"对女性的强制性塑造。由于在漫长的历史进程中，男性占据着政治、经济、文化、道德等构成"总的历史合力"，所以对女性的这种塑造，也体现为父权制男权文化中心意识形态的强制性塑造。女性的从属性、他者化和"第二性"的社会地位，女性与男性之间主体/客体、独立/依附、阳刚/阴柔、主动/被动、主外/主内、尊/卑、强/弱、大/小、理性/感性、坚强/温柔等一整套等级制下的性别关系模式，都是这种强制性塑造的结果。性别研究，就是要在文化的意义上，动摇"男人来自金星，女人来自火星"的神话，将其还原为一个历史的暴力强制过程。性别研究不是孤立地看待女性问题，而是把它放在历史和现实的视野中，结合种种性别差异、社会群体的构造、阶级和种族的命题，来考察整个社会与社会文化的多个侧面。

可以说，性别研究是一个比妇女研究更为宽泛的研究领域，它不仅包含了对两性差异、秩序的考察，也包括了对少数人群体中的种种亚文化研究；不仅在时间—历史的向度上考察社会的性别构造，也在空间的角度，考察不同的文化、不同的地区背景下的性别文化与性别表达。

2. 现代性

无论西方还是中国，女性意识的发现与觉醒都是伴随着现代性的演进而发生的，并且都走过了人（与男人一样的人）—女人（与男人不一样的人）—个人（具有独立意识的个人）这样一个发展过程。在西方，女性文学出现在现代工业革命和民主主义革命及宗教改革之后，农业社会向现代工商社会的转型期间，出现在现代人文思想深入人心的现代性进程之中。与西方不同的是，西方各国从"人"的发现到"女性的发现"一般相距200年到300年，而我国则是在五四新文化运动前后，由一些男性思想先驱在认定解放这个命题中同时提出来的。譬如沈雁冰、周作人、胡愈之等在《妇女问题研究会宣言》中就提出："在占人类半数的女性，人格尚不被正确的认识，尚不能获得充分的自由，不能参与文化的事业之前，人类无论怎样的进化，总是偏枯的人类。"人—女人—个人，这是中西方共同的现代性之于女性主体构成的意义。

3. 主体性

主体性是女性相对于男性，其构成自身独立的标志。女性主体性包括经验主体、思维主体、审美主体、言说主体。其中经验主体和言说主体最重要。女性经验主体包括社会经验主体和个体性别经验。社会性别经验，指女性在社会构成、历史演进过程中的生存体验。诸如女性在获取自身独立的社会身份的过程中所经受的多重角色挤压的经验以及日常生活经验、情感生活经验等。个体经验，指女性作为一个个独立的不能相互替代的个体，在自身所处的历史的总合力中的感受和体验。女性经验不是孤立的、单一的，而是与阶级经验、民族经验等相互渗透，女性的社会性别经验与社会经济、政治、文化密不可分。言说主体，语言是存在的家，任何对于人自身的呈现及人自身对外在世界的认识，都是借助语言来完成。能否具有独立的语言形式和话语权，是主体能否形成的标志。女性言说主体的形成，标志着结束了女性的历史性沉默，由被言说到可以用自己的语言方式来言说。

二、研究女性文学的意义

首先，提高女性的自我意识，提倡男女平等。有助于广大女性提升自我，做一个有独立思想和独立意识的人，不依附别人。五四时期的剧作家白峰溪在其剧作《风雨故人来》中说："女人不是月亮，不借别人的光炫耀自己。"张抗抗说过："只有当我们用自己的劳动证明了我们的价值，才能有力地批判男性中大量存在的大男子主义，自私、狂妄、粗暴、冷酷的痼疾，也才能真正赢得男人们的尊重。"

其次，让历史不再断裂，让前辈优秀女性们的探索得以在后辈手中承传。由于女性无史，很多前辈的努力都成了"空白之页"，前辈的艰苦探索都被遗忘。这种断裂的文明史湮没了许多美丽的身影和卓异的见识，这不公平，也不应该。通过发掘女性历史，可以让文明得以延续和承传。张抗抗说过"我们需要两个世界"，对另一个群体的漠视是我们文明的缺失，女性主义让我们得以对历史和文明进行反思与批判。寻找女性文学的写作传统，有许多困难。困难之一：妇女文学的发展呈现出间歇状态。以西方文学为例，基督出生前六百多年之际在某个希腊岛屿上有萨福和一小群女人写诗，后来她们沉默了。然后在公元1000年左右，我们发现日本有个宫廷贵妇，即紫式部夫人，写了部很长很优美的小说。但在戏剧家和诗人非常活跃的16世纪的英国，妇女群体却集体噤声，伊丽莎白时代的文学是清一色的男性文学。困难之二：大量妇女文学作品以男性笔名或匿名发表。19世纪，掩盖在男性笔名下的艾米丽·勃朗特终于还是被发现了是一位女性，但那些没有创作出《呼啸山庄》这样的文学巨著而用了男性笔名的作家便没有被发现的幸运了。尽管困难存在，但女性文学的传统存在是无疑的。研究女性文学，就是追溯女性写作传统，总结其创作的成就和文学经验。

最后，用女性主义理论获得解读文本的一种新颖视角，为女性争得一份话语权。文学是表达人类冲突的重要场所，当然也是一个呈示性别关系的巨大空间。女性主义文学批评（feminism literary criticism），比其他任何批评理论对文学标准的冲击都大，它也许是现代批评理论中最富有革新精神的势力。女性主义批评对西方学界流行的大多数知识产品提出了挑战，与心理分析批评、解构主义批评、读者接受批评以及后殖民批评一起，大大改变了当代文学批评的理论模式，同时，它也改变了包括男性们在内的人们的生存方式、思考方式。比如我们用女性主义理论解读张艺谋的电影就会有和以往完全不同的发现。

　　现实中女性的生存面临着很多困境。戴锦华认为，社会对女性有双重标准。成功的男性与成功的女性，社会对他们的要求不同。一个男性成功，社会只要求他在事业上的优秀，而一个成功的女性，社会既要求她在事业上的成功，也要求她做一个合格的母亲与妻子。

第二章 父权时代的妇女处境及女权主义思想的流变

第一节 父权时代的女性处境

性别差异贯穿历史。在旧石器时代，男女皆以采集植物和狩猎为生。由于女性在生育中承担的角色，妇女地位较高，崇拜"母神"的现象较为普遍，这从大量出土的旧石器时代的女性雕塑可见一斑。到公元前五千年至前三千年，由于战争的频繁，金属及交通工具的运用，男人在生产中的作用越来越重要，也由于人口增多、粮食积累、劳动分工及畜牧业的发展而导致的奴隶制的出现，妇女在社会中的地位日渐衰落。可以肯定的是，父权制不是从来就有的，而是随着社会的发展而产生的，其间男性经历了一场巨大的自我肯定的洗礼，妇女地位的衰落是由于妇女退出社会性生产而出现的。女性，作为一个受压抑的群体具有一种非生物学的而是社会学的同质性。

从那以后，社会充斥性别歧视。总体上说，妇女的社会角色由男性界定，她们在教育、财产、公民权、大众生活及劳务市场的境况被男性所限囿，被妻子、母亲的家庭角色和家务劳动所桎梏。无论是在古典的、基督教的、还是日耳曼的及儒教的文明里，女性皆是低于男性的次等公民。法国著名符号学家朱丽娅·克里斯蒂娃曾说：父权宗教的上帝创造了人类，从黑暗中分出了光明，从海洋中分出了陆地，结束了混沌的状态。同样，他把人类也分离开：男人和女人，女人从男人中分离出来，成为妻子、女儿或姐妹，其作用是保障种族的繁衍。上帝很少对女人说话，她们一般连姓名也没有。解构主义批评家乔纳森·卡勒指出，在《圣经》里，女人是由男人的肋骨造成的，作为他的配偶或补充，英语中的 man 和 woman 在语义上、词形及词源上的联系显示，男人/女人是无穷生成的二元对立。

柏拉图、亚里士多德、卢梭、康德、黑格尔、叔本华等西方著名学者，都持有这种二元对立的思维定式，散布了大量歧视妇女的言论。叔本华曾在《论女人》中称，女人是"不雅之性"，无论对音乐、诗歌还是造型艺术，她们都不会有真正的感受，也写不出好诗。尼采更是一个著名的男权主义者，公开鼓吹男性对女性的压迫。中世纪神学对妇女也是相当歧视。提倡"天赋人权"的洛克所指的"人"并不包括"女人"，他仅仅强调男人的权利，丈夫拥有支配妻子的权威，丈夫对妻子的支配权像私人财产权那样不可侵犯。这种假定还成了美国法律制度的前提。康德和黑格尔都认为妇女缺乏理性思维及审美的能力，应臣服于男性，其职责在家庭。

在我国古代，妇女的地位同样低下。中国第一部诗歌总集《诗经》中的诗篇便鲜明地呈现了女性的卑下地位。如《小雅·斯干》：

乃生男子，载寝之床。载衣之裳，载弄之璋。其泣喤喤，朱芾斯皇，室家君王。

乃生女子，载寝之地。载衣之裼，载弄之瓦。无非无仪，唯酒食是议，无父母诒罹。

男女一出生，便受到不同的待遇。男孩睡的是炕床，穿的是衣裳，玩的是璋玉，将来成家立业做君王；女孩睡在地上，包破被，玩纺线团，好坏善恶不用分辨，懂得做吃的就行。

"男"，是作为生产力主导着经济社会地位象征的刻画，"女"，作为屈跪的人生人格状态的从属物象征的刻画。《易经》中有"天道为乾，地道为坤；乾为阳，坤为阴；阳成男，阴成女。夫天也，妻地也；夫日也，妻月也；夫阳也，妻阴也；天尊而处上，地卑而处下，日无盈亏，月有圆缺"[1]。

父权并非仅是男人的话语权，它更是一种压迫妇女的社会政治与法律体系。妇女被剥夺了财产权、婚姻自主权、社交权以及受教育的权利。在漫长的封建社会中，偶有倡导女性识文断字之声，也不是为了女性，而是为了相夫教子。

中国的封建体制是一种有性别的体制，是一种父权制，男人无论在家庭中

---

[1] 周鹏鹏译：《易经》，北京联合出版公司2015年版，第36页。

还是在社会上，都比妇女拥有大得多的权力。妇女解放问题成为后来辛亥革命以及五四新文化运动的重要组成部分，便是在情理之中的。李大钊说："妇女的解放与民主有很大关系，有了妇女的解放，真正的民主才能实现，没有妇女解放的民主断不是真正的民主。我们若想真正的民主在中国的社会能够实现，必须先作妇女解放的运动，使那妇女的平和爱美的精神，在一切生活里有可以感化男子专暴的机会，积久成习，必能变化于无形，必能变专制的社会，为民主的社会。"① 中国的这种历史状况，决定了妇女解放运动的艰巨性与漫长性。

第二节 女权主义思想的流变

一般认为，欧洲文艺复兴是妇女思想解放的肇始。文艺复兴倡导尊重个人权利，对欧洲中产阶级妇女产生了重要影响。城市的发展为妇女提供了一个崭新的世界，现代性逐渐瓦解了父权制。城市使妇女可以摆脱对父亲或丈夫的依赖，自己挣钱生存。工业革命、启蒙运动和法国大革命，使广大单个的妇女组织起来，开始向父权制挑战。而法国大革命自由、平等、博爱以及天赋人权的口号，则鼓舞了妇女争取平等的愿望。1791 年，法国的奥林普·德·古日发表了《女权宣言》，表述了女人在法国大革命中"不在场"的境况。英国的玛丽·沃尔斯通克拉夫特发表了《为女权辩护》，批判了女人生来是男人附属物的观点，明确提出妇女与男人一样具有理性，应当在政治、教育、工作及财产继承等方面享有与男性同等的权利，自食其力，不依靠男人，反对卢梭倡导的妇女只能是家庭里的天使式的教育主张，呼吁女人不做只知打扮、取悦男人的寄生虫，而应当成为为世界的改革作贡献的具有独立人格的人。这正是日后的女性主义者奉为圭臬的思想。

马克思和恩格斯作为无产阶级运动的精神领袖，也十分关注妇女问题，发表了许多抨击男性中心主义的见解，对妇女运动产生了重要作用。恩格斯在《家庭、私有制和国家的起源》中集中探讨了性别关系与家庭结构的发展变化问题，凸现了妇女处境的历史性与可改变性。他们称启蒙思想家傅立叶的"某一历史时代的发展总是可以由妇女走向自由的程度来确定，因为在男人和女人、女性和男性的关系中，最鲜明不过地表现出人性对兽性的胜利。

---

① 李大钊：《李大钊全集》第一卷，人民出版社 2006 年版，第 36 页。

妇女解放的程度是衡量普遍解放的天然标准"的见解是精辟的评述。

　　大量中产阶级妇女接受高等教育，也促进了女性主体意识的进一步提高。1937年，接受高等教育的女性比例，美国是40%，法国占36%，英国占22%。知识女性认识到了妇女团结一致进行斗争的重要性，当她们有组织有计划地采取行动消解父权制之时，便产生了女权运动。女权主义（feminism）一词在1870年出现在法国。1910年后在美国流行，非英语国家在20世纪初开始流行这一词。在俄国，农奴制的废除极大地动摇了父权制。从19世纪中叶起，俄国妇女的地位便有了明显提高。1908年，召开了泛俄罗斯妇女第一次大会，以列宁的夫人克鲁普斯卡娅为首的布尔什维克妇女提出了女性解放的问题。1920年至1928年，英美妇女获得了完全的选举权。19世纪末20世纪初的妇女解放以财产权与公民权的改革而告终。

　　西方女权主义运动极大地鼓舞了20世纪初中国渴望平等的女性。

　　这次女权主义运动的深入发展，还与第一次世界大战有关联。1914—1939年，人们一般称为"焦虑的时代"，不仅男人对于战争和文明焦虑，也有男人对女人的焦虑。这一时期，女作家们的主体意识不断增强。英国的伍尔夫和法国的波伏娃的有关论著成了西方女权主义文学批评的前奏。伍尔夫是享有世界声誉的女作家，意识流小说的代表。她的《一间自己的房间》《论妇女与小说》《论简·奥斯汀》《论乔治·艾略特》，集中反映了对于妇女与文学以及男性与战争的思考：男性撰写的历史使女性成了哑言者；由于父权制的压抑，妇女想成为作家会遇到很多困难；相对于男性，妇女文学具有一些独特的品质；战争与男权有一种内在联系，女性品质可使人类避免自我毁灭的命运。

　　1949年，波伏娃发表了被誉为"女性主义圣经"的《第二性》。该著作分为"事实与神话""亲身经历"两部分。第一部分以关于命运的思考开始，从文学、历史、生物学、精神分析及经济学、哲学等跨学科的角度考察了女性的存在，探讨了妇女为何成为次于男性的"第二性"；第二部分评析了一名妇女从童年到老年生理、心理的成长历程，坦率地呈现了女性的特征，并提出了革新方案，鼓励妇女拒绝天命而创造历史。21岁的波伏娃便与萨特约定只恋爱不结婚，且不要子女，此行为本身便预示了新一代知识女性的出现。萨特存在主义的精髓"存在先于本质"的理论，对波伏娃关于女性本质的理解产生了积极的作用，即并不存在所谓的人类先天的、客观的不变的本质，每一个人的未来都是开放的，具有无数的可能性。她改造了存在主义的"他者"理论，认为己/他之别是人类思想的一个基本向度，有史以来男人便把自己视为"己"/"自觉存在"，将女人视为"他"/"自体存在"，男人需要视女人为他者，以巩固自己的存在。波伏娃从存在主义非本质论的立场出发，考察了男人（主体）与女人（他者）的历史与现状，她认为，迄今为止由男人创造的文化，无论是历史、文学，还是生物学及精神分析学，都在传播女人是天生的弱者这一概念，生活在男人们强迫她们栖居的他者世界里，就像当时受压迫的黑人和犹太人。但一个人之为女人，与其说是天生的，不如说是形成的。她号召妇女们向一切分派给她们的天生的属性挑战，变自体存在为自觉存在。

第三节　女性主义文学批评的兴起

20世纪60年代后，女性主义的第二次浪潮掀起来，这既是传统女性主义运动的延续，也是一种断裂，其目标远远超出了早期争取妇女财产权和选举权的范围，并不局限于对女性受歧视的一般针砭或对女性特殊性的强调，而是努力弄清妇女的本质和文化构成。

它包括一名妇女应是什么的真正问题、女性气质和性征怎样界定，以及我们怎样重新界定的问题；它包括反对妇女作为供男性消费的性欲客体，反对色情描写、强奸等暴力形式；妇女解放运动关系妇女教育、福利权利、机会的均等、工资、工作环境选择的自由、妇女有了孩子后的生活，是否要孩子的权利；关注父权制的压迫方式，它和阶级及种族对妇女的压抑；等等。

消解传统观念的后现代主义思潮的兴起，妇女文学的兴盛，形式主义批评的内在危机，以及对两性生存境况的反思，是女性主义文学批评勃兴的主要原因。

"一战"与"二战"，使西方社会处于巨大的历史变革之中，既存的社会关系及资产阶级文化皆迅速消解。丹尼斯·贝尔在其著作《资本主义文化矛盾》（1979）中指出，资本主义经历了两百年的发展，已形成在经济、政治、文化上的剧烈冲突，这导致了文化渎神和信仰悼亡运动，激起了人们对旧事物的厌倦而追求文化革命的后现代主义思潮。这种思潮消解宏大叙事，不满现状，提倡多元性与差异性，拒斥模仿、不屈权威及不断革新等精神，皆刺激了女性主义思潮的复兴与深化。20世纪60年代至70年代，美国发生了一系列的政治事件，黑人反对种族歧视的斗争全面展开，全国性的反越战和反柬埔寨战争的和平运动，总统肯尼迪及黑人领袖马丁·路德·金被害，美国军队在古巴受挫等，使美国陷入一片骚动之中，潜伏了深刻的变革线索，促进了一种解放的新文化。金斯堡的诗歌、黑人写作的复兴，偏执、浪漫自由而亲切的摇滚音乐，《第二十二条军规》等黑色幽默小说的出现，形成了美国文化上的分水岭，导致了大众对许多貌似神圣、威严的事物的怀疑。

女性主义文学批评的兴起是一系列理论推理的结果。解放的新文化促进了女权运动的再次高涨，鼓舞了女性的勇气。

20世纪60年代末，法国的妇女运动不亚于美国。20世纪上半叶，法国妇女在就业、工资等方面受到压制。1968年5月，法国学生运动爆发，一些女性成立了组织，编辑了妇女刊物，批判将妇女囿于家庭的行径。

20世纪初，大多数妇女接受了与男性同样的教育，这使得更多女作家产生。英美女性主义批判的代表人物伊莱恩·肖瓦尔塔在《她们自己的文学》（1977）中指出，从文学史上的亚文化群，可以发现女性文学经历了三个阶段：首先是模仿传统的流行模式，使其艺术标准及关于社会作用的观点处于内在化时期；其次是反对这些标准和价值，倡导少数派的权利和价值、要求自主权的时期；最后是自我发现，从对反对派的依赖中挣脱出来走向自身、取得身份的时期。

西方女性主义文学批评大致经历了三个发展阶段。20世纪60年代末至70年代中期为第一阶段。其重点是揭露男性文化如何歪曲了女性形象、批判文学中的"厌女现象"。20世纪70年代中期至80年代为第二阶段。许多女性主义批评家旗帜鲜明地援用女性视角解读经典作品，追溯女作家自己的文学传统，引起人们对各国、各历史时期妇女文学的大规模重新挖掘和重新阅读。20世纪80年代中期以后是西方女性主义文学批评发展的第三阶段。这一阶段重新思考文学研究的基本概念，修正基于男性经历的阅读和写作理论，发展了一种跨学科、跨性别的女性主义文化，不再拘泥于文学本身，兴起了对性别差异进行比较研究的性别诗学。

女性主义文学批评的基本原则有以下几点。

其一，批判男性中心主义文化传统，提倡两性平等，争取妇女在政治、经济、法律、文化、家庭及教育等方面具有与男性同等的权利，反对性别歧视,提出改革方案。

其二,描述男女不平等现象,探讨文学中的女性意识,改善女性形象;研究女性特有的表达方式,诸如对文学的语言、形象、题材、情节、象征等构成因素作女性主义的理解,即认为应该脱离以男性为参考系的二元对立框架,有自己的独立空间。

其三,解构以男性为中心的文学批评传统,重新评价文学史,认为对原有的文学史,应从女性的视角加以检视修正,发掘被埋没的女作家的作品,重铸传统的文学理论及批评方法。

其四,关注女作家的创作生存状况,揭示她们的实际困难,唤醒接受者的性别主体意识,倡导一种具有女性自觉性的阅读以重建女性的主体性,使广大妇女成为文化的积极创造者。

其五,考察自然性别和社会性别的建构方式,除追求男女平等之外,建立对性别差异进行比较研究的性别理论,逐步发展一套跨性别、跨学科的性别诗学体系,建构两性相互尊重的新文化。

第四节 中国女性主义思想的萌芽及其发展

中国的封建文化是一种男权文化。漫长的宗法社会以对一个性别的至尊标举,对另一个性别的压制为代价,来完成其统治。我国最早的一些文学典籍,如《诗经》《易经》便反映了男尊女卑的文化特征。《说文》称"妇者,服也"。"妻"释为"齐",引申为"一与之齐,终身不改,故夫死不嫁"。克里斯蒂娃说:"在中国,没有父亲,便没有文字的统一。而没有文学便没有时间(历史)。"陈东原在《中国妇女生活史》中说:"宗法社会中有一最特殊而最不平等的观念,便是妇人非子。子是滋长生养之意,是男子的专称,是能够传宗接代的。妇人不过是伏于人罢了;夫人,不过是扶人罢了;人就是第三者,是他人,所以妇人是伏于他人的;夫人是扶助他人的,自己没有独立性。"[①] 吕楠在《春官外署语》中说:"天下易私而难化者惟妇人。"典籍中女性的分类也呈现类型化,要么是淑女,淑女中分为女仪典范、贤妻良母、贞女节妇;要么是妖姬荡妇,分为红颜祸水和狐精媚怪;要么在宗法家庭中

---

① 陈东原:《中国妇女生活史》,商务印书馆1998年版,第125页。

充当宗嗣传承的生育工具、雌伏贱内的家庭角色；要么是以声色之媚、卑贱之身服务于宗法社会。这种自父权社会以来女性消失在历史黑洞中的生存处境，成为"只有生命而无历史"的空洞能指。

中国的《女论语·事夫章》有这么一段：

> 女子出嫁，夫主为亲，将夫比天，其义匪轻。夫刚妻柔，恩爱相因。居家相持，敬重如宾。夫有言语，侧耳细听。夫有恶事，劝谏谆谆。夫若外出，须记程途。黄昏未返，瞻望思寻。停灯温饭，等候敲门。夫若有病，终日劳心。多方问药，遍处求神。百般治疗，愿得长生，夫若发怒，不可生嗔。退身相让，忍气吞声，粗丝细葛，熨帖缝纫。莫叫寒冷，冻损夫身。家常便饭，供持殷勤，莫叫饥渴，瘦瘠苦辛。①

这段话作为对女性的训诫，非常明确地规训了女性对男性的服从与依顺。可以想见，当很多读书的女子受了这样的训诫之后，怎么还会有自我的意识。戴锦华在《浮出历史地表》中说："她周围那一道道由夫、父、子及亲属构成的人墙，将她与整个社会生活严格隔绝，使她在人身、名分及心灵上，都是家庭——夫、父、子时代同盟的万劫不复的囚徒。"② 鲁迅也深刻揭示了女人在宗法社会中所遭遇的性别压迫和历史处境："天有十日，人有十等，下所有事上，上所以共神也。故王臣公，公臣大夫，大夫臣士，士臣皂，皂臣舆，舆臣隶，隶臣僚，僚臣仆，仆臣台。但是台没有臣，不是太苦了吗？无须担心的，有比他更卑的妻，更弱的子在。而且其子也很有希望，他日长大，升而为台，便又有更卑弱的妻子，供他驱使了。"③ 在这样的文化传统中，女性被这种强大而无处不在的男权意识规训，往往会自轻自贱，自相残杀。如汉代班昭著的《女诫》、唐代宋若华著的《女论语》、清代王相之母著的《女范捷录》等，大肆宣扬女性从属于男性的卑弱地位，鼓吹男尊女卑乃天经地义。班昭在《女诫·卑弱》中写道："古者生女，三日卧之床下，弄之瓦砖，而斋告焉。卧之床下，明其卑弱，主下人也。"《女诫·专心》中这样说："夫有

---

① （唐）宋若莘、宋若昭：《女论语》，http://www.ldbj.com/lunyu/lunyu2507htm。
② 孟悦、戴锦华：《浮出历史地表》，北京大学出版社2018年版，第36页。
③ 鲁迅：《鲁迅杂文精选》，人民出版社2003年版，第189页。

再妻之义,妇无二适之文,故曰:夫者天也,天故不可逃,夫故不可离也。行违神祇,天则罚之,礼义有愆,天则薄之。"这种教化动不动就以天、神恫吓,现在看来毫无根据,古时却是天经地义。埃莱娜·西苏曾用卡夫卡的小说《法律门前》形象地说明了妇女的这种世界性境况。卡夫卡的故事讲一个人进门前要经过一道戒律。当他到达时,大门是开着的,但长着胡子的看门人劝他不要进去。许多年过去了,那人还站在门前。在他死前,其所有的念头都集中在一点上:他还从未问那看门人一个问题。于是他问那个守门人,为何没有一个人通过戒律进门去。看门人回答:"没有任何人被允许到达这儿,因为这门是专为你而设的。我现在将要关上它了。"妇女屈从既定的社会戒律并被困死于前,就像卡夫卡故事中的主角。

宋明之际,程朱理学提出"存天理,灭人欲"。在存理灭欲中,"灭欲"是关键,去掉那些两性关系方面的非分之想,实质上指的是饮食男女的正常欲求。在这样一种伪道学的专制下,对妇女的迫害也越加严重,仅《明史》和各地方志记载的节妇烈女就有三万之多。《古今图书集成》所载节妇烈女,先秦时有13人,汉代有24人,唐代53人,宋代282人,元代700人,明代骤增至36000人。对女性的宰制,至明清达到极致。明代的李贽对迫害妇女的封建礼教进行了坚决的斗争,大力宣扬两性平等思想,抨击妇女低人一等的观念,竭力为正常的两性欲望辩护。他提倡童心说,童心便是真心,是一个人未受封建礼教毒害前的本心,人生的真切感受及率真行为,当然包括两性相亲相爱、和睦相处的性别感情指向。李贽写了《答女人学道为短见书》《夫妇论》《司马相如传》等文,宣称女性与男性在智力上没有高下之分,但由于男权的压制,妇女"不出阃域",而男子则"桑弧蓬矢射四方"(古代男子出生,以桑木作弓,蓬草为矢,射天地四方,象征男儿应有志于四方),故男女见识有差别是后天的社会环境造成的。李贽可谓中国妇女运动的先驱。

在古代中国,反思两性生活的代表作当推清代李汝珍创作的《镜花缘》。小说两个方面的女性意识最突出:一是评判了封建礼教对妇女的迫害;二是讴歌了女性的聪明才智,构想了一个女子当权的社会。作家设计了一个"男子反穿衣裙,作为妇人,以治内事;女子反穿靴帽,作为男人,以治外事"的女人国,并叙述了来自天朝上国的林之洋在女人国的遭际。林在女人国被封为贵妃,强行穿耳缠足:

那黑须宫娥取了一个矮凳，坐在上面，将白绫从中撕开，先把林之洋的右足放在自己的膝盖上，用些白矾洒在脚缝内，将五个脚趾紧紧靠在一处，又将脚面尽力曲作弯弓一般，即用白绫缠裹，才缠了两层，就有宫娥拿着针线密密缝口，一面狠缠，一面密缝。林之洋身旁既有四个宫娥紧紧靠定，又被两个宫娥把脚扶住，丝毫不能转动，及至缠完，只觉脚上如炭火烧的一般，阵阵疼痛，不觉一阵心酸，放声大哭道："坑死俺了！"两足缠过，众宫娥草草做了一双软底大红鞋替他穿上。①

林之洋稍有反抗，便遭毒打，被打得"皮开肉绽，血溅茵裙"。作者将男性社会加诸妇女的痛苦反加在男人身上，让人们用一种陌生化的视角目睹习以为常的血淋淋的事实，锋芒直指要求妇女三从四德的假道学。

我国女性解放的道路与全球范围内的现代化、民主化进程同步。鸦片战争后，中国进入半殖民地半封建社会，这一时期，资本主义生产方式的发展，西方人权观念、女性思想及基督教文化的交汇激荡，产生了性别文化的革命，促进了男女平等思想的进一步发展。

从戊戌变法到五四时期中国的女性主义思想有以下几点。

一、批判封建的性别文化

由于这一时期中国处在危急存亡之秋，救国救民为当务之急，文化革命者认为封建儒家文化是中国积贫积弱的罪魁，必须彻底进行批判，这当然包括了对封建性别文化的批判。陈独秀说："吾人不满于儒家者，以其分别男女尊卑过甚，不合于现代之生活也。"近代中国妇女运动的女性代表秋瑾在《敬告二万万女同胞》中说：

世界上最不平的事，就是我们二万万女同胞了，女子无才便是德，夫为妻纲等封建戒律，使女子自卑自贱，无知无识，处于社会的最底层，足儿缠得小小的，头儿梳得光光的，一生只晓得依傍男子，穿的、吃的全靠男子。身儿是柔柔顺顺的媚着，气虐儿是闷闷的受着，泪珠是常常的滴着，生活是巴巴结结的做着：一世的囚徒，半生的牛马。试问诸位

---

① （清）李汝珍：《镜花缘》，上海古籍出版社2011年版，第236页。

姊妹，为人一世，曾受着些自由自在的幸福未曾呢？这些花儿、朵儿，好比玉的锁、金的枷，那些绸缎，好比锦的绳、绣的带，将你束缚得紧紧的。总是男的占主人的位子，女的处了奴隶的地位。为着要依靠别人，自己没有一丝独立的性质。这些幽禁闺中的囚犯，也就自己不觉得苦了。①

孙中山、何香凝、陈独秀、胡适、刘半农、李大钊、鲁迅、毛泽东等人，皆旗帜鲜明地批判了男尊女卑的封建性别文化。

二、大力提倡妇女人权

1. 政治及公共活动参与权

政治参与权是指妇女在从政、从军、参与政府决策、集会结社及言论出版方面的自主权。"公庭不言妇女""妇人无故不窥中门"，漫长的封建社会里，妇女没有参与社会公共活动的权益。1897年至五四时期，全国各地成立了中国妇女学会、女界联合会、女子参政协议会、女权运动同盟会等几十个妇女团体，创办了《女学报》《女报》《女子世界》《北京女报》《中国女报》《妇女杂志》《妇女与劳动》等众多报纸杂志，宣传妇女解放思想。陈独秀、李大钊等人还指出了妇女参政的特殊意义。陈独秀说："女子加入的坏处，我一时想不出；我却想出女子加入的好处，女子的和平、稳静、精细、有秩序、顾名誉、富有同情心等，可以使团体凝结的性质，都比男子好。"②

2. 经济独立权

长期以来中国妇女社会地位低下，主要原因是女性没有经济独立权，得依靠男子生活。秋瑾在《敬告姊妹书》中说："我们女子不能自己挣钱，又没有本事，一生荣辱皆要靠丈夫，任受诸般烦恼，也就无可奈何。但凡一个人，只怕自己没有志气，如有志气，何尝不可求一个自立的基础，自活的艺业呢？如今女学堂也多了，女工艺也兴了，但学得科学工艺，做教习，开工厂，何尝不可以自己养活自己呢？"③ 鲁迅也曾说："一切女子，倘不得到和男子同等的经济权，我以为所有的好名目，就都是空话。自然，在生理和心理上，男女是有

---

① 秋瑾：《秋瑾集》，上海古籍出版社1979年版，第23页。
② 陈独秀：《陈独秀著作选编》第1卷，上海人民出版社2014年版，第185页。
③ 秋瑾：《秋瑾集》，上海古籍出版社1979年版，第187页。

差别的;即使在同性中,彼此也都不免有些差别,然而地位却应该等同。必须地位等同之后,才会有真的男人和女人,才会消失了叹息和苦痛。"①

3. 婚姻及家庭生活自主权

在漫长的封建社会,广大妇女没有婚姻自主权,不仅女性,男性也深受包办婚姻之苦。对于封建的贞节观,秋瑾怒斥道:"男子死了,女子就要戴三年孝,不许二嫁。女子死了,男子只戴几根蓝纱线,有嫌难看的,连戴也不戴;人死还没三天,就出去偷鸡摸狗;七出未尽,新娘子早已进门了。"② 争取婚姻自主权、恋爱自由、财产继承权,废除纳妾制、童养媳、早婚、寡妇不再嫁等陈规陋习,宣传科学的性心理、生理知识,提倡少生节育,成了广大女性争取人身自由、人格独立的最迫切要求。

4. 教育权

要求妇女享有学习文化知识的权利之声,明末以后便有。梁启超关于兴女学的思想最具现代性,影响了五四一代人。梁启超作为近代教育救国论的主要代表,他把兴女学作为改善家庭和社会的关键和突破口。在他看来兴女学可以开民智、生民力,改善风气,强国保种,具有非常重要的伦理意义。孙中山也明确指出:"教育既兴,然后男女可望平权。男职业女平权,然后养成真正共和国。"他先后帮助了女子桑蚕学堂、务本女校的创建或复校。

---

① 鲁迅:《鲁迅杂文精选》,人民出版社 2003 年版,第 230 页。
② 秋瑾:《秋瑾集》,上海古籍出版社 1979 年版,第 267 页。

第三章 近代女性作家的写作
——吕碧城、唐群英

第一节 前娜拉时代的娜拉——吕碧城

五四时期男性倡导的启蒙主义思潮催生了中国的女性解放运动。由于五四时期胡适把挪威剧作家易卜生的思想译介到中国来,特别是翻译和演出了易卜生的代表剧作《玩偶之家》,其中蕴含的女性解放思想(个性主义思想)给五四知识者以广泛的影响。由于《玩偶之家》在中国大地上的走红,剧中的女主人公娜拉可谓影响深远。这个故事中的人物形象不仅影响了一代知识女性的思想观念,甚至她们的行为方式也受到娜拉的感召。据此笔者把五四新文化运动后的女性解放时期称为娜拉时代,而把五四运动之前的民国时代叫"前娜拉时代",这是一种更为文学化的叫法。

"没有晚清,何来五四?"实际上,在五四启蒙运动之前的晚清时期,存在一个前现代期。1898年戊戌变法的失败,促使梁启超放弃了"自上而下"精英政治的思路,而致力于"自下而上"的思想启蒙运动。早在1892年,郑观应就曾写《女教》一文,批评历来"朝野上下间,拘于'无才便是德'之俗谚,女子独不就学",介绍了西方国家女学与男学并重的情况,并指出希望在中国能广筹经费,增设女书塾,使妇女"童而习之","不致虚糜坐食"。1897年,梁启超在为中国女学堂起草的《倡设女学堂启》中指出,妇女受教育"上可相夫,下可教子,近可宜家,远可善种"。受其影响,办女报、兴女学成了一时潮流。吕碧城也正是在这样的时代背景中进入公众视野。近年,对于皖籍女作家吕碧城的研究正在启动。吕碧城(1883—1943),安徽旌德(今宣城)人,《大公报》第一位女主笔。她于诗词创作有极高的天赋和才华,是辛亥革命前后著名的文学团体——南社的重要成员,被称为"近三百年词家的殿军"。她是20世纪初充满矛盾的文化名人,她写作的内容激进、前卫,却坚持使用传统话语,徘徊在传统和现代之间,她的文学思维在中国近现代文化转型期很有典型性。我认为她是"前娜拉时代"出现的娜拉。她身上体现了一种鲜明的激进情绪与现代思维。她的思想和行为方式体现了走向世界的第一代中国女性所背负的沉重负荷和果敢探索。

一、吕碧城的家国情怀

因为中国是一个超稳定的社会,文化的成熟导致了活力的丧失,特别是对于中国的女性。"乃生男子,载寝之床,载衣之裳,载弄之璋。其泣湟湟,朱芾斯皇,室家君王。乃生女子,载寝之地,载衣之裼,载弄之瓦。无非无仪,惟酒食是议,无父母诒罹。"女性作为男性从属物的地位,作为人的"第二性"的状态定型凝固,成为世世代代后人无可遁逃的影响。文化的力量威力无比,张爱玲就曾谈到古代的一个女性,出门时被男子牵了手,因为男女授受不亲的训诫,就用利刃自断其腕。在这样的文化氛围中,"天下兴亡,匹夫有责"中的"匹夫"是把女性排除在外的。在这样的背景中谈吕碧城的以天下为己任,才凸显了意义。

作为近代一位思想先驱,吕碧城有鲜明的家国情怀。正是这一点使她超越了同时代的一般女子,具有了巾帼英雄般的阔大襟怀。国家意识是国民对自己国家的认同和向心力,是个人对国家怀有高度忠诚的一种心理状态。而在吕碧城身上,这种家国情怀更多地体现为一种为国家的富强进步尽己所能的现代公民意识。

1904年前后,中国正涌动着一股进步的文化思潮,同时也正是梁启超领衔的"文学革命"方兴未艾之时。年仅21岁的吕碧城毅然斩断了旧家庭的羁绊,成为《大公报》的编辑。作为一位女词人、女作家,她关注社会的着眼点,本能地投向中国女性群体。面对中国妇女受压迫受歧视的状况,吕碧城做了两方面的努力,一是进行思想启蒙,动用一切宣传手段,启发中国妇女的觉悟。二是发展教育事业,提高中国女性的受教育程度,提供其自强自立的基础。她先后发表了《论提倡女学之宗旨》《敬告中国女同胞》《兴女权贵有坚忍之志》等文章,提倡妇女自强自立,倡议举办女学,女性结成社会团体,抨击男权压迫,表现了明确的女性意识和变革社会的思想。她说:"女学之倡,其宗旨总不外普助国家之公益、激发国家之权力二端。……女权之兴，归宿爱国，非释放于礼法之范围。实欲释放其幽囚束缚之虐权，且非欲其势力胜过男子。实欲使平等自由，得与男子同趋于文明教化之途，同习有用之学，同具刚毅之气。使四百兆人合为一大群，合力以争于列强，合力保全我二万里之疆土。"① 这种思想应该说产生于那革除旧弊、变革社会的启蒙风潮中，但又鲜明地体现着她自己的特点，彰显出其"铁肩担道义"的家国情怀。

吕碧城的志向不仅在于教育，还有振兴国家的宏愿，颇有政治抱负。在许多文章中，她都谈到建立一个强国的想法。她认为在这充满竞争的世界，中国要想成为一个强国就必须四万万人合力，因此不能忽略二万万女子的力量。解放妇女，男女平权是国之强盛的重要方法。

1908 年，光绪和慈禧先后亡故，当统治阶级惶惶不安时，年轻的吕碧城却填了一阕《百字令 排云殿清慈禧后画像》登在报上：

排云深处，写婵娟一幅，翠衣耀羽，禁得兴亡千古恨，剑样英英眉妩。遮罩边疆，京垓金币，纤手轻输去。游魂地下，羞逢汉雉唐鹉。

这是她用嘲讽与蔑视的口吻对这位清朝统治者进行了评价：你个人的养尊处优，输掉的是整个国家的前途命运，地下若见到汉代的吕雉和唐代的武则天，岂不羞惭？在那个时代，这种批判极其大胆，毫无顾忌，超越了同代人的思想局限，带有现代人的思维特点，这使清政府十分恼火，成为轰动一时的新闻。

还有一首《和梅花馆主见赠原韵二首·其一》：

风雨关山杜宇哀，神州回首尽尘埃。惊闻白祸心先碎，生作红颜志未灰。忧国漫抛儿女泪，济时端赖栋梁才。愿君手挽银河水，好把兵戈涤一回。

面对世界大战的烽烟，诗人表达了一种忧心时事，希望尽己所能把战争

---

① 吕碧城：《论提倡女学之宗旨》，刘纳编著《吕碧城：评传·作品选》，中国文史出版社 1998 年版，第 148 页。

消弭的心愿。

1912年袁世凯在北京出任民国临时大总统，吕碧城因过人才学和在京津一带的名气被聘为总统府咨议，她本来想大有作为，但1915年袁氏称帝野心昭昭时，她毅然辞官离京，移居上海。她在上海做生意，并获得丰厚的赢利。她说："余尚奢华，挥金甚钜，皆所自储，盖略谙陶朱之学也。"可见她不仅才学过人，同时也有非凡的经济头脑。

作为一位较早摆脱了传统的羁绊，走上独立自主的中国女性，吕碧城在政治抱负、思想启蒙、推动教育等方面，都堪称中国现代女性之楷模，展现了鲜明的国家情怀。

二、吕碧城的女性思想

在近代中国，吕碧城不仅是率先走上社会独立谋生的女性先驱，还以飞扬凌厉的文字鼓舞了尚处于蒙昧状态的中国女性。童年时期的家庭变故，即吕碧城12岁时，曾任山西学政的父亲吕凤岐辞世，因无子，家产被族人分抢一空，吕碧城自幼定亲的汪姓人家又强行悔婚。多年后她回忆此番变故为"众叛亲离""伦常惨变"。1903年，20岁的吕碧城有意到天津探访女学，被舅父骂阻，她一怒之下决然出行，正所谓"予之激成自立以迄今日者，皆舅父一骂之功也"，使吕碧城对男权社会下女性的弱势地位有了一种清醒的体悟。她投身社会后，便自觉地肩负起女作家、女性社会活动家的社会责任，将一己的伤痛融入社会阵痛中，为千百年来暗哑的中国女性发声。

1. 主笔《大公报》倡导妇女解放

1904年到1908年，吕碧城借助《大公报》这一阵地，为她的兴女权、倡导妇女解放发表了大量的文章和诗词，并结识了当时大批的妇女运动领袖人物。

她的代表作《满江红·感怀》这样写道：

> 晦暗神州，欣曙光一线遥射。问何人，女权高唱，若安达克？雪浪千寻悲业海，风潮廿纪看东亚。听青闺挥涕发狂言，君休讶。
>
> 幽与闭，长如夜。羁与绊，无休歇。叩帝阍不见，怀愤难泻。遍地离魂招未得，一腔热血无从洒。叹蛙居井底愿频违，情空惹。

整首词以激昂的情怀抒写了她对女性解放的追求,"幽与闭,长如夜。羁与绊,无休歇"。短短十二个字,把千百年来女性受幽闭、受羁绊的现实以及自己悲愤激荡的胸襟表达得淋漓尽致。据说,这首词发表后,社会名流唱和不绝,女革命家秋瑾来访并与之订交。

清末民初的中国妇女运动,普遍存在的一个特点是它的"男性化"倾向。譬如秋瑾就曾提出,妇女要解放,必须首先改变以往的女性生活方式,连服饰、举止一并改变。据记载,"在20世纪初,女尚男装成为一股新潮。一批妇女解放的追求者,为一扫女性的柔弱气,纷纷着男装,其意在装束方面扬弃女性打扮,进而在心灵上认同男性,以达到男女平权"①。在那矫枉过正的时代,这种观点的深层含义仍然是无视女性的自身价值,以为只有认同男性,女人才能摆脱卑下的地位。在这一点上吕碧城表现了她特有的清醒与冷静:一方面,她继承了我国古代认为男女具有本质主义差别的性别意识(男子理想的审美范式是阳刚美,女子理想的审美范式是阴柔美);另一方面,她又突破了封建传统对女性的蔑视。她说:"女人爱美而富情感,性秉坤灵,亦何羡乎阳德?若深自讳匿,是自卑抑而耻辱女性也。"② 这是男性化的近代妇女运动中一个冷静的声音。

2. 办女学,育现代女性

除了在《大公报》积极宣扬女权,做妇女解放思想的先行者,她又积极筹办北洋女子公学。她首先发表多篇言论以作舆论宣传,宣扬兴办女学的必要性和重要性。1904年,吕碧城创办了京津一带最早的女子公学——北洋女子公学,年仅23岁的她自任总教习(相当于今天的校长),为我国女性任此高级职务的第一人。吕碧城在这所当时女性的最高学府,把中国的传统美德与西方的民主、自由思想结合起来,把中国的传统学问与西方的自然科学知识结合起来,使北洋女子公学成为中国现代女性文明的发源地之一。她希望她所培养的学生将来致力于教育和培养下一代,为一个文明社会的到来各尽力量。她不仅亲身参加教育实践活动,还特别注意宣传自己的教育主张,大力推进了近代女子教育。

---

① 孙兰英:《论中国近代妇女运动的"男性特色"》,《史学月刊》1996年第3期。
② 吕碧城:《女界近况杂谈》,刘纳编著《吕碧城:评传·作品选》,中国文史出版社1998年版,第231页。

3. 游世界，扬中国女子国威

1918年吕碧城前往美国哥伦比亚大学，学习文学和美术，兼为上海《时报》特约记者。她将看到的美国之种种情形发回中国，让中国人与她一起看世界。四年后她学成归国。1926年，她再度出国，漫游欧美。这期间，她写下了大量描述西方风土人情的诗词。

1928年，吕碧城加入了世界保护动物协会。1929年，她出席维也纳万国保护动物大会，是唯一应邀之中国人。她身着中国华服，用流利的英文演讲，征服和折倒了世界，让世人领略了中国女性的风采。

而吕碧城生活的时代正是小说兴起的时代。1898年戊戌变法的失败，促使梁启超放弃了"自上而下"精英政治的思路，而致力于"自下而上"的思想启蒙运动。当时梁启超亡命日本，比较真切地感受到了文学与日本近代社会变革的关系。他考察了小说在近代日本乃至在近代西方的地位，认为小说对西方社会的影响，大到"往往每一书出，而全国之议论为之一变"的程度。由此，他开始大力提倡小说，试图使小说担负起中国社会思想启蒙与政治教化的责任。他沿用了传统文化的话语方式，竭力颠覆传统小说观，为新小说争取"正宗"的地位。他说：

> 欲新一国之民，不可不先新一国之小说。故欲新道德，必新小说；欲新宗教，必新小说；欲新政治，必新小说；欲新风俗，必新小说；欲新风格，必新小说；乃至欲新人心、欲新人格，必新小说。何以故？小说有不可思议之力支配人道故。[①]

梁氏对小说功利作用的阐述未必正确，但我们却可以看见他倡导"小说界革命"的思想根源。我们知道，由于生产力的落后，中国的绝大多数人都是处于社会底层的不识字者，他们思想观念的形成，他们对正统道德观、价值观、礼义廉耻、行为规范等的接纳，主要不是通过"子曰""诗云"，而是通过娱乐场所的听书、看戏得来的。既然普通大众的思想观念更多的是通过小说这一类俗文艺培养和影响的，那么，要改变民众的价值观和世界观，就必须改造小说，通过小说将一种全新的、现代的意识灌输给民众，从而开启

---

① 梁启超：《论小说与群治之关系》，《新小说》1902年第1期。

民智，重建民族的精神文化，并由此最终达到政治变革，使国家走向民主、文明。

以梁启超为代表的"新小说"论，代表了20世纪初一种革新的文学思想。它从根本上动摇了传统的文学观念，使人们普遍开始以郑重的态度对待小说了。自此，一个以小说扮演文学重要角色的时代正式开始。1903年，上海诞生了一份在当时影响很大的小说杂志《绣像小说》；1906年以后，有更多的小说杂志问世，如《月月小说》（1906）、《小说林》（1907）、《中外小说林》（1907）、《新小说丛》（1908）等。然而吕碧城似乎始终没有跨进这一现代性的门槛——从事小说创作，她自始至终从事的是诗词和文言杂文创作。究其原因大概有三。其一，吕碧城的家学渊源。其父吕凤岐，是清末的进士，曾任山西学政。吕碧城和她的姐姐吕惠如、吕美荪都以诗文闻名于世，号称"淮南三吕，天下知名"。吕碧城5岁能诗，7岁能画，12岁时诗词书画的造诣已达到很高水准。她的生活、成长环境，塑造了她传统才女的身份。其二，与新文学阵营的无机缘。吕碧城和新文化运动的领军人物胡适，虽都是安徽绩溪人，但两人缺少认识的机缘。当轰轰烈烈的新文化运动来临之际，长吕碧城两岁的鲁迅被钱玄同拉来作了小说，而且迅速成名。这时的吕碧城在辞去总统府咨议、停办北洋女学之后，正隐居上海，奉母安居。她一方面闭门读书，进修英文；另一方面投资于西商的贸易，获利甚丰。她在上海接受西洋的生活方式，放诞风流，十分奢华，她擅舞蹈，于霓光乐声中翩翩作交际舞，开海上摩登风气之先。她倡导女权，呼唤女性要有独立自主的自由人格。她创作了大量诗词来回应那风云激荡的时代，如"流俗待看除旧弊，深闺有愿作新民"；"待看廿纪争存日，便是峨眉独立时"。当1919年，还在北京上学的冰心称"五四运动一声春雷，把我震上了文坛"时，吕碧城却始终没有融入新文学阵营的机缘。其三，诚如刘纳先生在《吕碧城》一书及《风化与遗憾——吕碧城的词》[①]一文中所说，吕碧城所面对的是古人遗产过于丰厚和形式的烂熟造成的困窘。无论她想写什么，都仿佛是前人早就写过的，词语方式与意义的稳固契合造成了意象类型的老化和硬化，词的创意已经无比艰难，不甘平平的吕碧城虽然以最大的努力进行了挣扎，然而，"驾驭形式的才情愈是纯熟，那老旧烂熟的形式对她才情的制约便愈是明显。当她书写着自己异彩焕

---

① 刘纳：《风华与遗憾——吕碧城的词》，《中国文学研究》1998年第2期。

发的灵感,她往往仍然不得不将自己的感情归诸已具公共性的'愁'、'怨'一类的范畴,形式已成了束缚艺术家的巨大桎梏,但她却没有突破,这不能不让人倍感遗憾"①。有论者说,以吕碧城的艺术感觉和描写功力,如果能用白话文创作,其成就可能远远超过新文学史上其他几位女性作家。我要说,如果吕碧城选择了新文学形式,谁能说她不会成为新文学史上另一个张爱玲呢?

三、吕碧城的诗词成就

在中国近代文学史中,吕碧城首先引人注目的是她的诗词成就,尤其是她的词作。《近三百年名家词选》将吕碧城作为近三百年词家的殿军。

"大千苦恼叹红颜,幽锁终身等白鹇。"她曾慷慨宣称:"安得手提三尺剑,亲为同类斩重关。"她描绘阿尔卑斯山"混沌乍启,风雷暗坼,横插天柱。骇翠排空窥碧海,直与狂澜争怒。光闪阴阳,云为潮汐,自成朝暮。……"一派气势雄浑。"十万年来空谷里,可有粉妆题赋?写蛮笺,传心契,惟吾与汝"充满了中国女性的自豪,气势不凡,展现了一代女性知识者多姿多彩的襟抱。她描绘日内瓦湖畔盛开的樱花"一重一重遥远空。波影红,花影融,数也数也,数不尽,密朵繁丛",又是一种花团锦簇而鲜活生动。吕碧城以词这一中国传统文学样式,写遍巴黎铁塔、意大利罗马古城、伦敦堡、冰淇淋、自来水钢笔……正如李保民先生所说:"广泛地吟咏海外风光,举凡火山、冰峦、湖海、花木以及近代新生事物等,无不成为其取材的对象……吕碧城生当海通之世,游屐遍布欧美大陆,其所历可喜可愕之境,皆非前辈词家所能想见。在吕碧城之前,尚未有人致力于词这一形式专门表现这方面的内容。"② 其传世著作有《欧美漫游录》《吕碧城集》《信芳集》《晓珠词》《雪绘词》等。

吕碧城和秋瑾曾是互为知己的朋友,秋瑾也曾用过"碧城"这一号,京中人士一度以为吕碧城的诗文都出自秋瑾之手。1904 年,秋瑾从北京来到天津,慕名拜访吕碧城。两人此番相会不足四天,却一见如故。秋瑾曾劝吕碧城同去日本,投身革命运动。吕碧城答应以"文字之役",与秋瑾遥相呼应。

1907 年,秋瑾在绍兴遇难。吕碧城用英文写成《革命女侠秋瑾传》,发

---

① 刘纳编著:《吕碧城:评传·作品选》,中国文史出版社 1998 年版,第 246 页。
② 李保民:《吕碧城词笺注》,上海古籍出版社 2001 年版,第 125 页。

表在美国纽约、芝加哥等地的报纸上，引起了国际性的关注。

几年后，她又写了这样一首《西泠过秋女侠祠次寒云韵》来祭奠秋瑾：

> 松篁交籁和鸣泉，合向仙源泛舸眠。负郭有山皆见寺，绕堤无水不生莲。残钟断骨今何世，翠羽明珰又一天。尘劫未消惭后死，俊游愁过墓门前。

刘纳先生批评此诗："在秋瑾牺牲后人们写下了数以百计的悼诗、赞诗、谒墓诗中，吕碧城的这首诗显得很独特。诗中虽有'惭后死'之语，但全诗的题旨并非赞颂，也缺少他人作品里频频出现的激愤之辞……"① 仔细揣摩，吕碧城对秋瑾的惋惜，只是一个女人对另一个女人的惋惜，是朋友之情的披露。秋瑾选择了革命救国，而吕碧城选择的是教育救国。

作为近代中国最早的两位新女性，她们分别代表了黎明前先进女性所走的两条不同道路：秋瑾代表的是革命救国的道路，是激进妇女的领袖；吕碧城代表的是教育兴国的路程，是稳健妇女的翘楚。秋瑾通过对自己女性身份的舍弃向传统的男权社会挑战；吕碧城则是通过对女性独立人格的确立来寻求与男性平等的权利。然而如同一种宿命，她在选择独立的同时必要承受孤独的痛苦，在满怀热情的同时又饱尝失望的折磨，这使她最终选择了佛教作为心灵的归宿。她虽姿容秀雅，但一生未婚。近代知名学者严复曾这样评价吕碧城"心意高傲，举所见男女，无一不当其意者。极喜学问，尤爱笔墨。年纪虽少，见解却高……初出山，阅历甚浅，时露头角，以此为时论所推，然礼法之士疾之如仇"②。我们在品评吕碧城其人其作时，可以清晰地体察到困囿她的两重身份和两种情结的矛盾：她既是近现代之交得风气之先的"新女性"之先驱，又是20世纪最后的几位传统"才女"。她敢于为中国妇女整体的解放冲锋陷阵，大声疾呼，却又不自觉地用传统才女的规范严格要求自己，以此作为避免遭受攻击、在社会立足的基础。

晚年的吕碧城提倡戒杀护生，皈依佛学，专心从事佛典英译。《鹧鸪天》清晰地表达了她晚年的心境：

---

① 刘纳编著：《吕碧城：评传·作品选》，中国文史出版社1998年版，第120页。
② 严复：《严复书信集》，福建教育出版社2022年版，第176页。

百创心痕刻此生，巫阳难问旧哀情。云浮夏日虽多变，影铸奇峰不易平。参贝叶，守禅经，只将因果付苍冥。复仇早舍春秋意，孤负龙泉夜夜鸣。

从中我们可以清晰地看到早期的社会活动和政治活动在她心里留下的创伤，以及一种不甘的情绪。

"二战"爆发之后，吕碧城在香港寂寞辞世，其后连她的名字也逐渐为世人淡忘。

作为一个美丽又有才华的女性，吕碧城本来极有可能得到一个风流才女的称号，但她却选择了拒绝男性，从而也让男性的历史拒绝了她。由此可见，中国现代女性在争取妇女整体革命和个体解放的奋斗中，经历了何等的艰辛和痛苦！付出了多么巨大的代价！我们今天在解读和研究她们时，无疑应怀有深深的理解和敬意。

第二节 唐群英的历史贡献

梳理中国近代的妇女运动史，万勿遗漏那些曾在历史上开风气之先的杰出女性，这是还原历史真相，扫除意识形态遮蔽的重要一步。其中唐群英就是后人应该铭记的一位女杰。唐群英（1871—1937），湖南衡山人，是中国同盟会的第一个女会员，她不仅是辛亥革命时期著名的女革命家，还是近代卓有成就的女报人和女教育家，而且是一位杰出的女诗人。其文韬武略，可谓出类拔萃，被孙中山先生称为"创立民国的巾帼英雄"，亲自授予二等嘉禾勋章。她所领导的民初女子参政运动，在中国近代的妇女运动中，开了先河，时人叹为"五千年来女权之曙光"。20世纪70年代末，邓颖超同志曾说：唐群英是旧民主主义革命时期一位"很知名"的女界"英雄人物"。20世纪90年代，康克清同志为她作了"一代女魂"的题词。1995年，北京第四届世界妇女大会前夕，唐群英与秋瑾、宋庆龄、何香凝、向警予、蔡畅、邓颖超、帅孟奇被认定为"中华百年八大女杰"，唐群英荣列第四。

一、以凌厉飞扬的个性，开妇女解放运动之风

唐群英，字希陶，号恭懿，她出身于一个尚武重文的名门，其父唐星照

是清末提督，封振威将军。她从小反对缠足，4岁撤掉裹脚布，爱听父亲讲述英雄故事，养成了刚毅、豁达的性格。20岁与曾国藩的堂弟曾传纲结婚，不几年，夫亡女丧，她归宁衡山。读书时，醉心新学，深受康梁变法思想的影响。1904年与秋瑾相约赴日求学。在东京，先后结识了黄兴、宋教仁、刘揆一、陈天华、何香凝等革命人士，又拜谒孙中山先生，聆听其教诲，成为同盟会的第一个女会员。此后，她与秋瑾、陈撷芬、林宗素、方君瑛等过从甚密。1905年，日本政府颁布《取缔清韩留学生规则》，唐群英与张汉英等积极参加留日学生的罢课游行，并加入秋瑾组织的敢死队，向中国公使和日本政府提出强烈抗议。1907年，回国后，与张汉英等奔走于长沙、湘潭和江西等地，宣传同盟会宗旨，开展武装斗争。1910年，按照组织的安排，再次赴日，组织留日女学生会，担任会长，并主编《留日女学会杂志》，宣传革命主张。武昌起义前夕，她奉命回国，参与起义活动。1911年10月，与张汉英在上海组织女子后援会和北伐军救护队，募集钱粮，支援军民，随即开赴战地，救护伤员，亲率女子北伐队投入攻打南京的战斗，是辛亥革命的"双枪女将"。民国临时政府成立，受到孙中山大总统接见，授勋二等嘉禾章。民国建立，首倡女子参政，力争男女平权。1912年，在南京与张汉英联络林宗素、沈佩贞、蔡蕙等发起组织中华民国女子参政同盟会，被举为会长，亲手制定政纲，发表宣言。4月10日，唐群英发表了《女子参政同盟会宣言书》，严正宣告："吾女子即居全国公民之半，吾党今日冲决罗网，扫除障碍，其第一步之事业，即在争取公民之地位耳！""吾党当挟雷霆万钧之力以趋之。苟有障碍吾党之进行者，即为吾党之公敌，吾党当共图之。"① 自此，由唐群英领导的一场规模空前的女权运动，很快席卷全国，极大地促进了女性的觉醒。后来由于南北议和，袁世凯在北京担任了民国大总统，为了开展女权运动，唐群英与沈佩贞、王昌国等联袂北上，与政府中的顽固派展开斗争。1912年7月16日，中国同盟会改组会议在北京召开，宋教仁为了实现"政党内阁"，不惜迁就一些政团的要求，在党纲中删去了"男女平权"的内容。唐群英等提出强烈抗议。8月25日，在国民党成立大会上，仍无"男女平权"的内容，唐群英在众多女会员的簇拥下，质问宋教仁。宋教仁沉默不语，唐群英

---

① 唐群英：《女子参政同盟会参政宣言书》，《中国近代妇女运动历史资料（1840—1918）》，中国妇女出版社1991年版，第327页。

打了宋一记耳光，林森出面调停，也挨了一记耳光。会后，唐群英立即起草了《驳诘同盟会传单》，在社会上广为宣传。为了加强对参政运动的领导，10月，民国女子参政同盟会在北京成立，唐群英当选总理。当她得知参议院拟定的《国会选举法》没有女子的选举权和被选举权后，立即与张寿松以女子联合会的名义上书参议院，要求补订《女子选举法》，但参议院以"无成立之价值"为由，将该法案否决。此时，正值全国掀起了讨袁运动，为了捍卫辛亥革命的成果，唐群英将女权运动与讨袁运动结合起来，在12月9日与沈佩贞等同议长吴景濂展开辩论，声称："凡反对女子参政者，将来必有最后之对待方法。即袁大总统不赞成女子有参政权，亦必不承认袁为大总统。"并在《女子白话报》上发表文章，抨击袁世凯政府。这让袁世凯非常恼火，继枪杀宋教仁，解散国民党之后，下令取缔女子参政同盟会，查封《女子白话报》，并在全国通缉唐群英。一场轰轰烈烈的女子参政运动被袁政府镇压了。唐群英只好离开北京，辗转回到了故乡湖南。

二、办报兴学，为女性觉醒鼓与呼

唐群英是较早办报纸，促进女性国民意识觉醒、对女性进行思想启蒙的思想革命先驱之一。她一生在东京、北京、长沙等地创办了《留日女学会杂志》《女子白话报》《亚东丛报》《神州女报》《女权日报》等报纸，她在《留日女学会杂志》的发刊词中指出："我国女界数千年来，浑浑噩噩，以依赖为生活，以服从为义务，不知国家为何物，因此女子的智识水平远不及男子，要改变这种状况，惟有发顽启冥，振聩启聋，尽鼓吹之能力，采开导之方针。"① 在《女子白话报》的简章中，唐群英声称："本报专为普及女界知识起见，故以至浅之言引申至真之理，务求达到男女平权目的为宗旨。"② 唐群英创办的报纸《女子白话报》《女权日报》均以通俗易懂的白话文写成，易于被文化程度不高的普通妇女接受，内容涉及政治、教育、时事等，后又增设小说、谐谈、时评等，对广大妇女进行教育，成为广大妇女的学习导向、思想导向。她所办报纸的政治宣传，成为妇女政治上觉醒的重要界标。

辛亥革命之中，正是中国女性女国民意识兴起的时期，由于当时社会运

---

① 唐群英：《留日女学会杂志》，《辛亥革命时期期刊介绍》，人民出版社1982年版，第23页。
② 唐群英：《女子白话报简章》，《女子白话旬报》1912年1月10日。

动的影响和报章杂志的启蒙作用，一些进步女性开始拥有了独立的国民意识，唐群英就提出了"国家兴亡，人皆有责"的观点。作为一位具有传统诗歌才华的女性，她除了创作大量诗词之外，在近代女性国民意识觉醒的时代，她还创作了不少政论文和白话文章。这些白话政论文章主要在倡导女性的解放，争取妇女的权益。她在《女子白话报意见书》里说："平等也，自由也，此人类之初生，无所界赋者也，自呱呱坠地之时，至奄奄垂死之日，无男无女，皆立于平等也。"①她在《湖南女界联合会之宣言》中这样论证女子应享有人权的依据："一，确信人权由于天性，女子真有天性，应有人权；二，确信人权是人类生活，女子有生活，即有人权；三，确信人权平等，中国男女权力不平等，所以要恢复女子人权；四，确信人权互相维系，现在讲求社会协助，所以要恢复女子人权。"② 在《女子参政同盟会参政请愿书》中，她从天赋人权的角度论述了女权的合理性："各种之私权公权等，实天赋人之原权，无论男女，人人本自有之，无待他人之界予或吝予也。故非个人本身或有抛弃之意思，或为能力所欠缺，或因行为生障碍，均可为充分之取得。"③ 她在文章中挑战了几千年的男尊女卑传统："女子无权无地位，倍遭压迫和凌辱，实我国数千年重男轻女之习俗使然，自天高地卑乾健坤顺之说也，瞽儒陋士肆其邪焰，以女子无才为美德，以服役男子为天职，积非胜是，长夜漫漫，坤维不张，女权遂剥。自三从四德之学说中于人心，于是一般男子以有德无才为女子之天职，有耳而聋，有目而瞆，有口而喑，有手而骈，有足而刖，起居服食仰给男子。"在女子参政运动中，唐群英主持起草的《女子参政同盟会政纲》制定了实行男女权利均等、普及女子教育等11条政纲，即一，实行男女权利均等；二，实行普及女子教育；三，改良家庭习惯；四，禁止买卖奴婢；五，实行一夫一妻制度；六，禁止无故离婚；七，提倡女子实业；八，实行慈善事业；九，实行强迫放脚；十，改良女子装饰；十一，禁止强迫卖娼。她还在报刊上撰文指出："女子须取得财产均分权，不受经济压迫；须取得公民选举权、被选举权，得参与政治的创造；须取得教育同等权，以求智能的发达；须取得职业对等权，减少依赖的生活；须取得婚姻自决权，破除专制

---

① 唐群英：《女子白话报意见书》，《女子白话旬报》1912年2月18日。
② 唐群英：《湖南女界联合会宣言》，《女子周报》1912年12月13日。
③ 唐群英：《神州日报》1912年4月11日。

的陋习。"唐群英试图通过女性参与政治、经济、文化、社会、家庭等方面的活动，完成女子人格从传统依赖型向现代独立型的转换。

除了办报，唐群英还兴办女子学校，开拓女子教育事业。她和孙中山先生会谈后，孙先生"提倡教育，使女界知识普及，力量乃宏，然后始可与男子争权，则必能得胜"的指示是唐群英思想的转折点。在女子参政运动失败后，唐群英潜心致力于女子教育。从1912年10月起，她先后在北京、长沙、衡山、岳阳等地创办了南洋女子政法大学、中央女子学校、长沙女子政法学校、女子美术学校、自强女子职业学校、白果虹茶亭女校、衡山女校、长沙复陶女校、岳北女子实业学校等近十所女校，办学数量之多，在我国女子教育史上首屈一指。为办女校，她倾家荡产在所不惜。唐群英办学的宗旨在于丰富女界知识，唤起女子觉醒，实现自我，与男子享有平等的地位和权利。她的办学原则是：一是普及妇女教育过程中，努力提高她们的斗争意识；二是实行职业教育，增强女性参加社会活动的本领。她创办的岳北女子实业学校，课程设置除了一般课程之外，还开设实业课，有缝纫、刺绣、书法、音乐、剪花等门类。由于课堂教学紧密联系实际，很受学生和家长的欢迎。为鼓励学生放脚，唐群英还编了《放脚五字歌》："女子最可怜，自小把足缠。痛苦又难看，行路实困难。父训恪妇道，母命实难违。苦了我女子，有苦也难言。奉劝姐妹们，再勿把足缠。放足行千里，自强争女权。"这首歌在白果一带广为流传，为女子放脚、争取自主权发挥了切实的作用。在1926年，湖南农民运动中的妇女骨干，绝大多数都是白果虹茶亭女校和岳北女子实业学校毕业的学生。应该说唐群英的办学活动为湖南以后的社会革命准备了火种、培养了人才。

三、以诗词创作，书钧天报国之志

除了领导女权运动、办学办报，唐群英还创作了大量诗词，著有《吟香阁主诗草》四卷，具有不凡的诗才。《晓起》是她14岁写的诗："清流依村曲，绿树接丹崖。邻村连雾起，山鸟唤晴来。"这首诗在造句用字上初见功底，可以说"绮而有质，艳而有骨，清而不薄，新而弗尖"。"绿树''丹崖'"炊烟""晨雾""山鸟唤晴"，明快清新，色彩绚丽，把山村早晨的自然风光写得惟妙惟肖，如一幅图画展现在读者面前。这首诗不仅对仗工整，炼字稳妥，而且轻灵流动，绝不板滞。诗中的点睛之字"依""接""连""唤"，不仅用得恰到好处，而且把两个事物串起来，绘声绘色，情景交融。尤其是"唤"字，既显示出了山林间鸟儿的飞鸣，又写出了乡村少女的天真。唐群英的诗词没有传统女诗人的闺阁之气，纤弱之感，而是焕发着一种阳刚之气，如铜钹铁板，铿锵雄浑，如江涛海浪，浩浩荡荡。1897 年，唐群英才 26 岁，刚刚经历了夫亡女丧的悲痛，就写出了《读〈大同书〉抒怀》：

  斗室自温酒，钧天谁换风。
  犹在沧浪里，誓作踏波人！

  上述感怀，起句描写在斗室独自饮酒，这就有李白那种"长安市上酒家眠"的豪放气度，但她并不甘心在斗室度日，而是一边温酒，一边忧国忧民。第二句就立刻放眼环宇，思想为之升腾，写出"钧天谁换风"句子。诗人举杯思考、求索：谁主天之中央，谁能扭转乾坤？谁能换风易俗？志气多么宏伟，品格多么崇高！然后笔锋一转，如高山坠石，她要主宰天下，树立新的风尚，改变旧的风俗！置身沧浪之海，蹈海弄潮。1903 年，她回赠了好友秋瑾一首诗：

  荷叶花开夏复秋，西风不识自登楼。
  孤灯瘦影难成梦，冷月寒霜不胜愁。
  易髻而冠谁解恨？如蚕作茧我何忧！
  生为人杰岂无路，且许芳馨结伴游。

  秋瑾与唐群英是我国近代史上的两位奇女子，她们有许多相似之处，同样的出身，同样冲破了封建藩篱，都蹈海踏波，投身革命。她们都擅长用诗歌的形式来抒怀，其风格婉中带豪，柔中寓刚。唐群英诗作承接秋瑾的诗而来，追忆姐妹们在双峰荷叶的美好时光，然后夏去秋来，西风渐紧，登楼纵目，情何以堪。颔联写景的这两句，明写景物，暗喻时事，国家的残破，民族的危亡使诗人无限感伤，引得诗人夜不成寐，对月伤怀。然而颈联笔锋急转，如堤闸顿开，激流奔放。易髻而冠，君知我心，如蚕作茧，义无反顾。最后两句点化李清照的"生当作人杰"一语，表明了共赴前途的心志。这首诗，缠绵中寓奋发，婉丽中见豪放。跳出了闺阁之情，离别之恨的个人天地，抒发对时代、家国的感怀,拓宽了意境。1906年,黄兴在东京组织同盟会,开设了报馆,办了《洞庭波》杂志,征集党人诗文。唐群英写了这样的诗:"莽莽乾坤何处家,两年栖息走天涯。文明未播中原种,美雨欧风只自嗟。"1904年,唐群英赴日本寻求救国之道,早已把个人的小家抛掷一边。来日本两年后,只可惜中原大地还是没有播下文明的种子,面对欧风美雨只能暗自嗟叹。作诗一首:"霾云瘴雾苦经年,侠气豪情鼓大千。欲展平均新世界,安排先自把躯捐。"① 诗人在外探索多年,像在迷雾中寻找道路一样,靠着一腔豪情侠气鼓舞众人。终于找到了一条救国之路,建立一个平权的新世界,为此不惜先牺牲自己。表达了对革命的热烈追随和一往无前。1907年,秋瑾遇害,唐群英写下了这样的联句:革命潮流是秋风吹起,自由花蕊要血雨催开。这两句诗高度评价了秋瑾在辛亥革命历史上的作用和地位,她的牺牲掀起了革命潮流,大声疾呼在中国要迎来自由必定要有很多像秋瑾这样的人英勇无畏,不惧屠刀,才能人间遍种自由花。1914年,辛亥革命胜利后,唐群英领导的女子参政运动受挫,她不得不离开北京避难于湖南老家。这时留下的诗作较少,代表性的有《与张汉英过小姑山和诗》:

枫叶经霜贮满酣,谁能夺得小姑山。
恨无长剑斩蛇虎,敢效须眉不踰闲。

蹈海扬波不计年,黄花遍地景依然。
何时广播罗兰种,灿烂神州共一天。

锦绣河山列画屏,谁知姐妹远游情。
傲霜饮露同舟济,北雁南归我独醒。

张汉英也是清末著名的女权活动家,也留学日本,在东京实践女校学习,较早参加同盟会,和唐群英是性情相投的好友。这几首诗表达了虽然革命活动受挫,但她依然没有丧失革命意志,和革命阵营中的男同胞一样,不敢偷闲。仍然希望着罗兰夫人的"不自由,毋宁死"的精神在神州大地遍地开花。

---

① 唐群英:《绝句八章》,《唐群英诗赞》,南岳诗社1997年版,第4页。

此外，唐群英还写过一些著名的悼亡诗。1917年秋，唐群英由京返湘，到长沙后去岳麓山祭奠黄兴墓，写下了《哭黄公克强》：

> 昔抱钧天志，东瀛幸识荆。
> 雄风驱鞑虏，建国赖长城。
> 民失擎旗手，我悲引路人。
> 千秋遗爱在，遥奠泪沾巾。

黄兴是唐群英革命生涯的引路人，可惜在1916年于上海病逝，只活了42岁，可谓英年早逝。孙中山是她的革命导师，人们把孙中山和黄兴并称"孙黄"，有孙氏理想，黄氏实行之说，意谓黄兴是实干家，辛亥革命的首功之臣。唐群英对黄兴极为敬重、崇拜，这首诗对黄兴的功绩作了充分肯定，表达了她的感激、敬仰、追思，悲痛不已。

1925年，唐群英正在家乡创办岳北女子实业学校，传来了孙中山病逝于北京的噩耗，她极为悲痛，当晚写下了一首《哭孙总理中山先生》：

> 愁云惨雾瘴京衢，日落星沉万物芜。
> 岛国投旌陈腑肺，金陵请愿见乘除。
> 授勋感愧时时悚，赠句供吟句句珠。
> 苦雨凄风夜漫漫，挑灯重读龙蛇书。

此诗的起首两句，用了"愁""惨""落""沉""芜"五个形容词，借客观景物的描写来抒发内心的悲痛，烘托伟人长逝对国家、社会和人类的巨大损失。在日本自己投身在孙先生革命的旗帜之下，可谓一见如故，意气相投。在南京的女子参政运动中，面对很多打击和污蔑，而孙先生始终如一地支持她们，同情她们，一乘一除，对照鲜明。第五句是自谦，对孙先生授予她的嘉禾勋章，和给她题的诗句自己受之有愧。第六句则念念不忘孙先生赠诗，在风雨之夜，回顾这一切，只有重读孙先生的遗著来寄托哀思。由于对孙先生的敬仰，才写出了这情文并茂的悼亡诗。唐群英还给孙中山写了两副挽联，其中第一副：

> 列强未打倒，军阀未铲除，天柱遽折，翘首燕云空怅惘；
> 主义须实行，民众须唤起，党人切记，缅怀遗训共勉旃。

　　这副挽联把孙中山先生去世给国民革命造成的巨大损失概括得非常准确，孙中山一直要打倒列强，铲除军阀，实行三民主义，但是这些事业都未完成，先生就撒手人寰，中国革命就像失掉了擎天的支柱，让人北望北京无限惆怅。大家只能记住先生的教诲，互相勉励，把先生革命的遗志继承下去。

　　第二副挽联：

> 上下五千年，独国民党能戮帝制；
> 纵横八万里，惟华盛顿可媲斯人。

　　孙中山先生作为国民党的领袖，在中国历史的进步中发挥了巨大作用，几千年的历史，只有孙先生领导的国民革命把中国封建专制的君主制推翻了，中国结束了家天下的历史。放眼整个世界，只有美国的建国领袖华盛顿可以和孙先生媲美。这两副挽联对孙中山先生对中国社会的巨大历史贡献作了准确的概括。

　　在20世纪初的舞台上，唐群英无论是在辛亥革命中的卓越贡献还是民国女子参政运动中掀起的历史风云，无论是在女权运动中的鼓吹呐喊还是在兴办女学中的探索践行，无论是诗词创作的豪迈铿锵还是白话文章的通俗晓畅，她都做出了其历史性的贡献，彰显了一个勇毅果敢的女性多方面的才干，其人其文值得后人永远铭记。

第四章 女性文学主体内涵的建构

五四女性文学不同于传统女性创作最重要的一点,就在于其主体精神建构的空前自觉。

第一节 五四女性文学写作的内容

一、介入社会公共生活

恩格斯认为:"妇女解放的第一先决条件就是一切女性重新回到公共的事业中去。"① 能否突破传统的社会性别藩篱、介入社会公共生活,实际上是女性主体性建构的一个根本问题。秋瑾创作中所展示的女性独立不羁的主体精神,在晚清如空谷足音。到了五四,冰心、石评梅、陈学昭等五四女作家,都在自己的创作中正面抒发了肩负生活责任的主人翁情感,彻底反叛了女性从父、从夫、从子的封建伦理。冰心把青年"牺牲自己服务社会"(《秋风秋雨愁煞人》)的崇高理想诗意化地化为"灯台守"(《往事》之八)的形象。"灯台守的别名,便是光明的使者。他抛离田里,牺牲了家人骨肉的团聚,一切种种世上耳目纷华的娱乐,来整年整月的对着渺茫无际的海天。"冰心由具体的灯台守职务升华出一种普泛的人生追求,认为"清静伟大,照射光明的生活,原不止灯台守,人生宽广地很!"石评梅"一想到中国妇女界分消沉",便觉得重任在肩,"我们懦弱的肩上,不得不负一种先觉觉人的精神,指导奋斗的责任"。"露莎啊,我愿你为了大多数的同胞努力创造未来的光荣,不要为了私情而抛弃一切。"② 陈学昭则希望女子能在"政治、教育、蚕业、商业、医业、

---

① [德] 恩格斯:《家庭、私有制和国家的起源》,人民出版社 2018 年版,第 31 页。
② 石评梅:《石评梅作品集》,河南文艺出版社 1999 年版,第 115 页。

文学、艺术"各方面都有所建树。(《我所希望的中国妇女》)

女性一旦把服务社会的满腔热情落实到具体的生活中，往往陷入无法摆脱的苦闷。五四女性文学真实地袒露了觉醒女性的这一困境。这种困境首先是五四女性生存处境对其人生的扼制，她们着重揭示了阻止女性踏入社会公共领域的两道难以逾越的关卡：一道是传统的家庭生活方式，另一道是黑暗的社会现实。冰心是站在与觉醒男女相一致的立场上质问封建旧家庭的。庐隐、陈衡哲、凌叔华则单独从女性角度，思考女性家庭生活与社会事业的矛盾。由于缺少寻根究底的深层理性批判，她们和笔下的主人公一样，无力进一步追本溯源去质疑传统的家庭分工模式，只能或于痛苦的旋涡中困惑，或在有所回避中寻找慰藉。

庐隐、石评梅、陈学昭、丁玲等都以大量的书信体、日记体进行创作，倾诉对社会黑暗的痛切感受。冰心的小说《斯人独憔悴》《去国》，庐隐的小说《彷徨》以男性主人公视角表现了青年所受的社会压制和精神苦痛，在五四后期，丁玲的小说《梦珂》中，青年男女精神同盟已经解体，男性世界对女性的情色消费构成了社会的主要黑暗力量。这种围绕着女性的男性，有留学归来的学子，有沪上文豪、戏剧家；而女主人公梦珂虽然清晰地认识到他们的丑恶面目，但"依然是隐忍的，继续着到这种纯肉感的社会里面去"。

自我精神历程之外，五四女作家表现最为深刻的是"高门巨族"中传统女性的内心世界。凌叔华的小说以温婉的笔触写出了旧式闺秀的人生失落，也反思了旧式太太们的精神缺陷。小说《绣枕》中，绣枕的遭遇，暗示着传统女性任由男权世界主宰、践踏的命运。

五四女作家们在充分抒写自我介入社会公共生活的心路历程之余，还关注自我生活之外的社会问题，积极参与改造现实的社会批判。石评梅的散文《女师大惨剧的经过——寄告晶清》《痛哭和珍》，初步涉及社会政治生活中的重大事件，体现了五四女作家的历史使命感和社会正义感。

二、抒发母女之情

在一个反叛父权的时代，当女性作家感受母爱，并通过确认母爱价值来确立女性生命价值时，却又时常遭遇到母亲维护封建父权的现实。五四女性文学便集中表现了初步觉醒的现代女儿面对这一复杂母女场景时的矛盾心态。

冰心在这点上最为典型。在大量的散文、小说、诗歌作品中，冰心极少涉及体现母爱的生活细节，却在别后的思念中恣情歌唱母爱的永恒性。"她爱我，不是因为我是冰心，或是其他人世间的一切虚伪的称呼和名字！她的爱不附带任何条件，唯一的理由，就是我是她的女儿。她对于我的爱，不因着万物的毁灭而变更。"（《寄小读者·通讯十》）母爱不仅是最无私的世俗情感，还是抵挡人生风雨的精神庇护所："母亲啊！天上的风雨来了，鸟儿躲到它的巢里；心中的风雨来了，我只躲到你的怀里。"冰心还把母爱看作整个世界走向光明的精神动力。"母亲的爱打千百转身，在世上幻出人和人，人和万物种种一切的互助和同情。这如火如荼的爱力，使这疲缓的人世，一步一步的移向光明！"在《超人》中，冰心写了一个冷心肠的青年何彬，因为在梦中感受到母亲的爱而确认了母爱的救世力量，从而改变了冷漠悲观的人生态度。

陈衡哲《一支扣针的故事》，塑造了一个为了儿女而牺牲两性之爱的母亲西克夫人。叙事者完全以朋友般的平等态度与西克夫人交往，也以平视的角度来叙述她的生活。袁昌英的话剧《孔雀东南飞》改写汉乐府的同名叙事长诗，把刘兰芝与焦仲卿婚恋悲剧的原因阐释为焦母独占儿子的变态心理，作者既深刻批判了焦母自私、残忍、势利的性格，又深切同情她夫死之后常年守节的精神痛苦。把焦母塑造成既是封建礼教的压迫者也是封建礼教的受害者，袁昌英从一个新的角度批判了封建礼教对妇女的戕害，展示了现代女作家超越封建孝道、坚守两性平等的观念和精神力度，平等地审视母亲的精神世界，在这一点上，陈衡哲、袁昌英比五四女作家们更早地走出了"小女儿"的心态。

三、讴歌童心世界

"儿童的发现"作为五四"人的发现"这一思潮的重要一翼，受到五四启蒙思想界的普遍重视。由此扫除了阻隔在青春女性与童真世界之间的文化障碍。五四女作家首先从成年人的视角观察儿童世界，从哲理和诗意的角度进行赞美。在哲理性的领悟中，冰心赋予儿童以宗教般的圣洁气息。写儿童生活中的天真童趣，有冰心的散文《寄小读者》，陈衡哲作为中国新文化运动后第一位留美硕士、第一位女教授在北京大学讲授西洋史，她的小说《小雨点》写小雨点在风雨中游历的经历，凸显了晶莹的童心。凌叔华创作有《小哥俩》，写一对小哥俩非常喜欢家里的一只八哥，但后来这只八哥被老猫叼走。小哥俩非常气愤,要为八哥复仇,后来跟踪老猫,发现它原来叼走八哥是为了喂养它生下的几只嗷嗷待哺的小猫。小哥俩从老猫身上发现了它的母爱,就原谅了这只老猫。

四、叙写女性情谊

五四时期,女作家们描写的女性情谊主要有三种形态:一是青年女子之间真挚的友情,二是女性同性恋,三是受男性伤害的女性之间的互相同情。20世纪初,秋瑾对女性情谊的书写既继承了明清闺秀文学的精神余韵,又熔铸了鲜明的时代内涵。"劝药每劳亲执盏,加餐常代我调羹。"《病起谢徐寄尘小淑姊妹》,"芝兰气味心心印,金石襟怀默默谐"《赠盟姊吴芝瑛》,女性情谊在秋瑾笔下既有日常生活的温馨,更有知己之交的心气相通。"我欲期君为女杰,莫抛心力苦吟诗"《赠女弟子徐小淑和韵》。秋瑾既在女性情谊中寄寓了自我对抗凡庸世界的精神追求,还在女性情谊中倾注了拯救祖国的革命理想。

到了五四时期,青年女子之间的真挚友情在冰心、庐隐、石评梅、陆晶清笔下不再是以日常生活体验为主要内容,而是承载了新女性对人生理想与精神困境的共同感受。冰心在小说《最后的安息》、散文《六一姊》中,讴歌超越贫富界限的女性情谊,表现出可贵的现代人道主义精神。庐隐的小说《海滨故人》、散文《寄燕北故人》《寄天涯一孤鸿》《寄梅窠旧主人》,石评梅的《梅花小鹿——寄晶清》《寄海滨故人》都是写给同性朋友的书信。《海滨故人》中,露莎、玲玉、莲裳、云青、宗莹五个同学结成了朝夕相处的友谊。她们为男女情爱、婚姻对同性友谊的瓦解深感悲哀。女性弱者同盟发展到极端,有的便演变成女同性恋。庐隐的小说《丽石的日记》、石评梅的散文《玉薇》、凌叔华的小说《说有这么一回事》均以细腻的感情描写宽容地表现了女性之间的同性恋情。女性弱者同盟的另一种形式是受男性欺辱的女子之间的精神同盟。庐隐的小说《蓝田的忏悔录》《时代的牺牲者》中,受男子朝三暮四行为侮弄的女性蓝田、李秀贞、何仁夫人等,以觉醒的眼光审视其他女子与自己恋人、丈夫的关系,已经不再把自己的苦难迁怒于女性同类,而是自觉地与同受伤害的女同胞结成精神同盟。

五、流露性爱意识

冯沅君的小说《隔绝》《隔绝之后》《旅行》,庐隐的小说《海滨故人》

和白薇的话剧《苏斐》集中书写了这一主题。"身命可以牺牲,意志自由不可以牺牲,不得自由毋宁死。"性爱意识既包含对性爱权利的确认,对异性对象的审视,也包含对爱情中灵与肉关系的思考。《隔绝》写隽华在私奔之前冒着危险看望母亲,被母亲幽禁,在此期间写给爱人士轸的一封记录自己被幽禁期间所思所想的信。冯沅君通过这封信刻画了历史交接时期女性的矛盾心理。母亲的爱和情人的爱之间的矛盾。《隔绝之后》以隽华的表妹的角度讲述《隔绝》最后的结局,隽华自杀,士轸殉情,一对相爱至深的青年以血向封建传统抗议,表达了他们追求婚恋自由的决心。《旅行》写一对相爱的青年男女为了实现他们爱的宣言,结伴旅行。作品着重写他们在旅途中爱的体验和感受,留给读者的是一种真挚、美好的爱的情操。丁玲是第一个大胆正视女性的感性欲望,并把灵与肉的统一确认为女性合理的性爱要求的女作家。《莎菲女士的日记》中,丁玲从女性视域理直气壮地表现了女性内心中灵与肉的冲突的情形。莎菲在精神上鄙视凌吉士,又为凌吉士的美丰仪所吸引,渴望他的红唇。"我用我所有的力量,来痛击我的心!为什么呢,给一个如此我看不起的男人接吻?既不爱他,还嘲笑他,又让他拥抱?真的,单凭了一种骑士的风度,就能使我堕落到如此地步吗?"在以女性为主体的爱情感受中,让女性的灵与肉追求均得到淋漓尽致的张扬,同时又让它们在极度的矛盾对立中形成巨大张力,从而构建出人性的宽阔空间。

清晰地审视异性对象,必然会瓦解爱情永恒的神话。五四中后期的女性写作开始从女性视角思考爱情能否持久的问题、思考性爱的单一性与人性中的泛爱问题。凌叔华的小说《酒后》和《花之寺》就思考了这样的问题。

五四时期的女性写作有其鲜明的特点。

一是鲜明的女性主体意识。无论是体悟自我生命还是审视外部世界,她们已经摆脱了传统闺秀的依附性屈从人格,确立了女性主体完整的自我意识。二是她们的写作以女性生活为取材重点,着力表现女性的命运和情感,作品带自叙传色彩。三是艺术表现上善于采用强烈的主观抒情和细腻的心理刻画,艺术上求真。四是总体风格上以阴柔之美为主调,同时也不乏阳刚气度。

第二节 爱与恨的极端书写:冰心与庐隐

冰心(1900—1999)无疑是五四时期最受读者青睐的作家之一,但负有五四盛誉的冰心在身世、经历、创作风貌上都不是五四一代父亲的女儿的典型。在五四这样一个弑父时代，注定会产生庐隐、冯沅君乃至白薇式的叛逆之女，甚至变革时代的人物画廊也当然会有凌叔华笔下那些旧式闺秀与新式夫妻，却并不注定是冰心，她的痛苦过于平和，她的信念过于清晰，她的思虑过于不食人间烟火。

在冰心后来的作品和信件中可以确信，冰心的双亲对她的疼爱远远大于对她的管教、苛责。这让她不曾怀疑自己是被世界爱的，她有的只有亲子间的理解和爱。只有在父母严格戒律下长大的女儿才会有矛盾、沉重乃至病态的人格。冰心虽生在一个亲子对立的时代，但自己的体验却是亲子之间的和谐亲密，这正是她的独特之处。

一、神圣的母子同体——极快乐的一瞬

这一得天独厚的童年经验使冰心注定在这个弑父时代讴歌母亲，以母子的和谐衬托父子的对立。她的女性气质体现在母爱、童心的主题上。借助母子这一主题，她的作品反映了她这份幼年经验与西方人文主义思想中博爱精神相契合而形成的一个完整的世界模式，母子关系居于这一模式的核心，她笔下的母亲似乎是一种生理——心理上的本原与依托，母子之间是一种生命本原与派生的生命关系。母亲被形容为一个安顿灵魂的温暖怀抱，一副月下的膝头，躲避风雨的巢穴，养育小花的春天，这些意象都表明母子原是一体。《致词》：

> 假如我走了，／梦一般地走了——／母亲！我的太阳！／七十年后我再回来，／到我轨道的重心，／五色重轮的你时，／你还认得这一点小小的光明吗？假如我去了，／落花般的去了——／母亲，我的故枝！／明年春天我又回来，／到我生命的根源／参天凌云的你时，／你还认得这一朵微微的芬芳吗？

她确如离开枝头的落花一般，永远依恋和缅怀与母同体的时刻。和母亲在一起，被她视为最大的圆满：

> 造物者——／倘若在永久的生命中，／只容许有一次极快乐的应许／我

要至诚地恳求着/我的母亲怀里/母亲在小舟里/小舟在月明的大海里。

从子—母怀—小舟—大海的意象中,我们找到了胚胎与子宫的寓意,这几个意象清晰地表现了子与母、人与宇宙层层包容彼此不分的合体关系。

二、"心外的湖山",身外的面具

也许冰心比任何人都清楚,她尽管可以在这一母子世界注入全副想象、情感乃至信仰,但却不得不面对心外的湖山,那与她的个人家庭相去甚远的充满苦难、不公、专制的弱肉强食的社会。作为这一社会群体中的一员,冰心的创作中有一个与母亲的女儿完全不同的人格,"问题小说"中的男性人格。父子与母女被划分为两个截然对立的世界,她以女儿的身份去抒写内心情感、母爱与童真的欢乐,而以逆子的身份去面对社会,探讨人生的重大问题。

直到五四落潮后,冰心才逐渐放弃这女儿与逆子分野的叙述者身份,而采用了一种更为成熟的口吻。在成熟的观察力和表现技巧下,冰心的作品依然透露出女儿时代便已铸成的心理格局,一方面,是化身为男性人物的习惯,另一方面,是长不大的女儿。她们既不是莎菲那样了解自己的女人,也不是凌叔华的《女人》中那样了解男人的女人,她的笔下,很少有两性间的关系,笔下的女性对男性很少有看法和评价。这样,她笔下的女人缺少一个重大的性别视点,即对于男性以及两性关系的认识与体验,继而也就缺少对自己作为一个性别存在的体验。她从未试图廓清女性与他人的区别性关系,她滞留于前俄狄浦斯阶段的女性意识萌芽,不足以满足她作为一个性别社会中的女性自我肯定之需。

尽管在少年中国的女性成长史上,冰心作为第一代女儿最终未能逃脱历史时代及文化的框限——一个长不大的女儿,但是她把她那份经验拿了出来,通过她笔下的母子世界,她的爱的哲学乃至她的女扮男装使她成为中国女性生活史上不可多得的原型。这才是冰心作品中潜藏的女性意味。

三、庐隐:五四时期的"伤痕文学"

在五四叛逆的女儿中,庐隐是最决绝、最勇敢、最富才情的一个。她是父母的弃儿,就因为她出生时外祖母去世,父母就嫌弃她。1903 年,六岁时父亲去世,母亲带着她在外祖父家生活。独自求学,身体多病,婚姻坎坷——

直伴随着她。她生于五四时代的黎明,死于五四时代的黄昏。她的一生与她的作品凝聚了少年中国第一代女儿的全部欢乐、痛苦与迷惘,这也许是她成为与五四精神酷肖的一位精神之女的原因。她的作品讲述的是女儿们的故事和女儿们的爱情。她的世界是狭小的:从闺房、客厅到教室、沙龙;即使在水天辽阔的海滨,她所取的也是"左绕白玉之洞,右临清缓之流"的数间小屋。这世界只有一个支点,便是彷徨无着的女儿心。她的叙事模式中只包容一种人,独具才情、痛苦、脆弱而优雅的少女与少妇。她们勇敢又怯懦,多情又冷酷。她们为爱情而生,为爱情而死。只是为了爱情,而不是她们所爱的人。庐隐的世界里,男人们只是匆匆过客,他们来而复去,留下了爱恋、憧憬、痛悔或死亡。这便是庐隐的露莎与亚侠们,这便是五四时代浮出历史地表的中产阶级知识女性。

这是一个性别群体,她的作品本身便是女性对时代的触摸。在文本中,庐隐最大的痛苦不是新女性的困境,而是"我猜不透人类的心"。她这样表述她的思想:"我是一个富于感情的人,同时也是理智的人,而且更是倨傲成性的人,我需要感情的培植,我需要人的同情,而同时我是一只脚跷着向最终的地点观望,一只脚放在感情的旋涡里,因之,我的两只脚的方向不同,遂既不能超越又不能沉溺,我是彷徨于歧路——这就是我悲伤苦闷的根源。"

感情与理智的对立,是她写作的主题。她笔下的少女少妇们无一不深陷感情与理智的冲突之中。我们窥见了"一些负荷着几千年传统思想负荷的青年们在书中叫着自我发展,可是他们脆弱的心灵却又动辄多所顾忌"[①]。感情在庐隐那里,只是异性、同性间爱的隐语,它直面着一个非情的社会制度——无情、伪善、冷酷的封建秩序与价值强制;直面着"万恶淫为首"的封建社会结构的支柱。而理智是对传统性别规范——"女子无才便是德"的彻底否定,是女性自救与得救的阶梯。

庐隐笔下的主人公始终徘徊在黛玉的坟墓与子君的坟墓之间,她的主人公的故事都是未完成系列。她的亚侠东渡日本,去寻找人生的意义,却一无所获,最终在负罪中选择死亡;她的露莎曾投身伟大的时代,获得了爱情,却终于在世人的流言中憔悴、消沉。我们从她的故事中读到了五四新女性的境况:五四神话,一个开始却不曾完成的故事。五四主导意识形态只给新女

---

① 茅盾:《庐隐论》,《茅盾全集》第 2 卷,人民文学出版社 1982 年版,第 134 页。

性留下了一个娜拉的瞬间，走出封建铁栅的一瞬，便被历史凝固起来。这便是露莎们的境况：走出父亲家的门，面临着的是丈夫家的门。在这两扇门之间，后退，绝非所愿；前行，又难以自抉。于是，她们选择了游戏人生，但这个盾牌又是一把双刃剑。亚侠痛苦地说："我否认世界的一切；于是我便实行我游戏人间的主义，第一次就失败了！接二连三，失败了五六次！我何尝游戏人间，只被人间游戏了我！"① 她们深陷在爱情的旋涡里，姐妹离散，在这历史的断桥之上，死亡成了最终的收束。死，成了肯定生命、肯定爱情的一种方式，成了一种超常的、痛楚的诗情。

第三节　新月才女林徽因

林徽因（1904—1955），福建闽侯人。与冰心、庐隐并称福州三大才女。

林徽因是清华大学教授、诗人、建筑学家、文学家。在民国时期的著名才女中，林徽因的才华比萧红、张爱玲更全面一些，人生际遇也更为幸运。她最早加入新月社，在诗歌、小说、散文、戏剧、绘画、翻译等方面成就斐然。她几乎是一个时代的颜色，出众的才，倾城的貌，情感生活像一个春天的童话，幸福而浪漫。其父林长民毕业于日本早稻田大学，曾任段祺瑞政府的司法总长。其堂叔林觉民、林尹民是著名的黄花岗七十二烈士之二。其丈夫是建筑学家梁思成，20世纪30年代初，林徽因和梁思成用现代科学方法研究中国古建筑，他们走遍了中国15个省200多个县，实地勘查中国古建筑，是中国古建筑学的开创者。林徽因是人民英雄纪念碑和中华人民共和国国徽的设计者之一，她还参与挽救了濒临失传的中国传统景泰蓝工艺。

在林徽因的著作中，建筑学家的科学精神和文学家的精神融合得浑然一体。她的学术论文，不仅有严谨的科学内容，而且用诗一般的语言描绘了中国古建筑在技术和艺术方面的精湛成就。在文学方面，其代表作为诗歌《你是人间的四月天》和小说《九十九度中》、诗集《林徽因诗集》等。

《你是人间的四月天》最初发表于1934年，作品将内容与形式完美地结合，将中国诗歌传统中的音乐感、绘画感与英国古典商籁体诗歌对韵律的追求完美地结合起来，是一首可以被不断吟诵，并不断生出新意的天籁之作。

---

① 林伟民编选：《海滨故人》，人民文学出版社2001年版，第28页。

我说，你是人间的四月天；
笑响点亮了四面风；
轻灵在春的光艳中交舞着变。

你是四月早天里的云烟，
黄昏吹着风的软，
星子在无意中闪，
细雨点洒在花前。
那轻，那娉婷，你是。

鲜妍百花的冠冕你戴着，
你是，天真，庄严，
你是夜夜的月圆。

雪化后那片鹅黄，你像；
新鲜初放芽的绿，你是；
柔嫩喜悦
水光浮动着你梦期待中的白莲。

你是一树一树的花开，
是燕在梁间呢喃，
——你是爱，是暖，是希望，
你是人间的四月天！

关于这首诗有两种说法：一是为悼念徐志摩而作；一是为儿子的出生而作，以表达心中对儿子的希望和儿子出生带来的喜悦。

全诗一至四节句式结构基本相同，形成复沓又对称的乐章，将心中的爱以一幅幅四月天丰美的画面作比，节奏明快，排比的句式将画面连接，情感如水面层层叠叠荡漾起伏，最后第五节是收束，以抽象的爱、暖、希望来比喻心中的你，美不胜收。最后一句"你是人间的四月天"与开篇呼应，重复中有变化，诗情回旋流转，毫无滞涩之感。在形式上，此诗的节奏、韵律与词语的选取都处于词语的中性状态。读来是温和的，典雅的，甚至走向旖旎和慵懒；十一个"你"字，既突出了主题，又起到衬韵的作用，在诗歌诵读中，"你"的每一次出现，就像乐队演奏中的节点，以频率的方式突出了"我"的指向，这是一种形式美与内容美的深层结合。歌颂四月天，其实都是在向你倾诉。这首诗在明艳的画面背后，有着理性主义表达的节制和书写的雅致，体现出英国古典诗歌的高贵气韵。

《别丢掉》是林徽因的另一首代表作，写于1932年，发表于1936年的《大公报·文艺》副刊。

> 别丢掉
> 这一把过往的热情，
> 现在流水似的，
> 轻轻
> 在幽冷的山泉底，
> 在黑夜，在松林，
> 叹息似的渺茫，
> 你仍要保存着那真！
> 一样是月明，
> 一样是隔山灯火，
> 满天的星，
> 只有人不见，
> 梦似的挂起，
> 你问黑夜要回
> 那一句话——你仍得相信
> 山谷中留着
> 有那回音！

这首诗是林徽因为纪念徐志摩遇难一周年而作的怀人之作，写了一段隐秘而寂寞的情感，表达了对这段过往恋情的深切怀念和深深的惆怅。他们早年在英国发生的这段恋情，虽然无果而终，却奠定了这种关系的基础。在他们的全部感情交往中,我们看到更多的是徐志摩的热情、率真以及这份感情对他短暂一生的深刻影响。林徽因由于理性和性格因素,在行为上努力淡化处理。但是斯人已逝,林徽因还是把心底那份情感表达出来。现在那段火热的情感过去了,但是它依然像流水似的,在山泉底,在黑夜,在松林流淌着。我还在眷念着那份情感,但你的那份真纯不要随着情感的过去而消失。今夜的天和往日一样,有明月,有隔山灯火,唯一不同的是人没有了。物是人非,那既存的景物也如梦幻般失去了本真。你如果还希望兑现那份情感,如果你想向黑夜要回初恋时那句刻骨铭心的话,即使黑夜无法答应了,但山谷中留下的回音也不会消失。这体现了生者对于死者难以忘怀的思念和爱恋。

《笑》描绘了一个少女高雅纯洁的笑。

> 笑的是她的眼睛,口唇,
> 和唇边浑圆的旋涡。
> 艳丽如同露珠,
> 朵朵的笑向
> 贝齿的闪光里躲。
> 那是笑——神的笑,美的笑;
> 水的映影,风的轻歌。
> 笑的是她惺忪的鬈发,
> 散乱的挨着她的耳朵。
> 轻软如同花影,
> 痒痒的甜蜜,
> 涌进了你的心窝,
> 那是笑——诗的笑,画的笑,
> 云的留痕,浪的柔波。

诗人选取眼睛、口唇、贝齿等意象,从细节写起,那轻轻的笑是从眼神、口唇边泛起的酒窝,那整齐洁白的贝齿。在闪光的意象中,描绘了一个灿烂无比、甜美绝伦的笑。接着,笑由具象变为飘逸,由形的展现上升到神的描摹,意象由少女的身体过渡到清新的大自然,笑是水的映影,风的轻歌,是云的留痕,浪的柔波。那是神的笑,美的笑,是诗的笑,画的笑。那笑是那样甜蜜，痒痒地涌进了人的心窝。诗人的体察与表现细致入微而别开生面，她用真挚的感情与精微的感觉，勾勒出了一个稍纵即逝的美好瞬间。

《一串疯话》写人在恋爱中的激情体验，把一串酝酿已久的爱的疯话倾诉给爱人。

> 好比这树丁香，几枝山红杏，
> 相信我的心里留有一串话。
> 绕着许多叶子，青青的沉静，
> 风露日夜，只盼五月来开开花！
> 如果你是五月，八百里为我吹开，
> 蓝天上彩霞，那样子来的春天，
> 忘掉腼腆，我定要转过脸来，
> 把一串疯话全说在你的面前！

把对爱人的情感比喻成丁香、山红杏，大部分时间是沉静的，情感是藏在心里的。但是就如它们会在五月开花，"我"对爱人的情感酝酿了很久，终究会在特定的时间，把矜持和腼腆放下，对爱人倾吐出一串藏在心里的情话。

林徽因还有一篇短篇小说《九十九度中》，发表于1934年《学文》创刊号上。小说截取华氏九十九度高温的一天北平城内各阶层生活的一个横断面。有钱有势的人家为了庆祝寿辰而兴师动众、挥金如土；穷挑夫和车夫为了基本的生存奔波在滚烫的马路上；官老爷们思量着如何打发生活，如何吃更精致的美食和看美女以养眼；洋大夫、阔老板喝酒打牌大谈疾病预防；穷人家求医无门看着邻居走向死亡；大家闺秀和公子哥在打情骂俏；门外的丫鬟期待着寿宴早点结束，好吃一点少爷小姐们剩下的饭菜；平常人家的女孩追求恋爱自由而不得，无奈地嫁入富人家当填房。作者以意识流和电影蒙太奇表现手法，"人生横截面"对照手法，现代反讽手法，理智冷静地写出了20世纪30年代社会的不公和对弱势群体的同情，是当时一篇非常富有现代讽刺意味的小说。

第四节　回忆的诗学——评凌叔华的《古韵》

从诗学的视角看,"艺术与生活"的关系可以落实于"回忆与艺术"的话题,它所涉及的是创作实践的成功奥秘,其核心问题就是生命回忆与审美体验的关系。回忆让我们从生命沉淀中汲取最为精华的东西,有益于创作主体的返璞归真。真正的艺术经验发生于生活体验的沉淀,让感情经过反复沉淀才能产生真正的诗。

凌叔华的自传体小说《古韵》写于1938—1952年,是在英国作家伍尔夫的鼓励之下写的。此时她身居英伦,故园的生活却涌上心头。她的父亲曾任直隶布政使、北平市长。她幼年喜欢绘画,在父亲引荐下成为慈禧太后的宫廷画师缪素筠的弟子,她的英文得到清末民初翻译家辜鸿铭的指导。凌叔华在韵味悠长的古韵中,拉开了那个旧时代的大幕,让我们看到了旧式大家族女性的生存状态。

一、诗与思的结合——回忆的诗学

在心理学中,记忆、回忆的最一般含义是对过去经历的重现和再认,重现和再认指向经历并以与经历的最大限度的重合为最高目标。瑞士诗学理论家施塔格尔认为回忆是一种抒情的生存方式,那么回忆是否也是艺术文本诗化抒情的一种重要手段呢?回眸姿态是否本身就具有某种内在的诗意和美感?回答是肯定的。艺术创作层面的回忆是一种审美创造与建构的能力,作家或艺术家根据自己内心深处的记忆片段,通过审美想象和回忆,整合成具有审美内涵的艺术世界。鲁迅先生说过在感情过于浓烈时不宜作诗,须经过沉淀。从美学角度看,"写作就是投身到时间不在场的诱惑中去",普鲁斯特说:"小说是时间的心理学。"马尔库塞说:"艺术在其最基本的层次上就是回忆,它欲求达到一种前概念的经验和理解。"[①]

海德格尔认为回忆是文学创作的根与源。在他看来,回忆可以让被现代技术"污染"了思维的人们,重新找回"敞开"的自由的心灵空间,获得精

[①] [美]马尔库塞:《审美之维》,转引自刘小枫《诗化哲学》,山东文艺出版社1986年版,第28页。

神的敞亮与去蔽。当世界的表面空间都被外在于人的技术所充塞之时，回忆就打开了一扇通往无限广阔的心灵空间的窗户："回忆就是要告别尘嚣，回归到敞开的广阔之域。"① 由此可见，"回忆"是一种本体意义上的诗学范畴。

凌叔华幼年的记忆中便有一种身为女儿的屈辱感，她是一个大家族中的第十个女儿，是身为父亲的第四个老婆的第四个女儿，因为母亲没有儿子，所以总受到有儿子的三妈的奚落和嘲笑。如果不是她幼年展现的绘画才能，她在这个大家族中肯定是一个不受关注的女孩。所以她对女性的屈辱处境有一种本能的敏感。这正是我们民族的历史。在她的回忆中，母亲们性格各异，各有各的心思和表现，四太太则是一个温婉的人。父亲更是一个好玩的人，他娶进了一个个的妾，生养了一大群子女，却并不把他们放在心上，他好像自有一个他的世界。但是，父亲却是她精神成长的陪伴者，不管是不是偶然，父亲教她作画，给她找京城最好的画师，跟她谈论艺术，成了她精神上的引路人。为了有助于她学画，还请了五哥的老师贲先生教她诗词。"我跟他学了将近两年，他教我的所有诗和散文，都深深地印在脑中，出口成诵。他教我的大多是唐诗，他说那个时代的诗最适合青少年看，能使人产生新奇的联想，并能使人以乐观愉快的精神面对生活。"为了开阔她的视野，父亲把女儿们送到日本留学两年。在"义父义母"这一章里，义父多才多艺，义母精通音律，他们都给她很好的艺术滋养。义母教她弹古琴，给她讲古代的音乐故事，教她欣赏音乐，如古琴曲《广陵散》《渔舟唱晚》《平沙落雁》《阳关三叠》等。

> 义母是个好老师，教我弹琴时，让我耳听音乐，脑中却要构思一幅音乐的图画。例如，她教我《平沙落雁》时，给我描绘出一幅秋夜图：月光照着沙滩，微风吹拂，芦苇摇曳，流水潺潺。她说，想想看，群雁在沙滩上嬉戏。冬天来临前，要飞到南方去。它们翱翔在空中，一只大雁掉了队，在秋夜中呼唤着同伴。最后，它们相逢，在美丽的新家沉浸于欢乐之中。②

---

① ［德］海德格尔：《诗人何为》，转引自王一川《审美体验论》，百花文艺出版社1992年版，第135页。
② 凌叔华：《古韵》，天津人民出版社2011年版，第109页。

作者得天独厚的生活环境，使她得到了很优渥的艺术熏陶，绘画、音乐、诗书，无所不通。这样的艺术修养，才能写出沁人心脾、优美华丽的文章。由于《古韵》是用英文写成，作者似乎在向西方的读者讲述中国的古典文化，娓娓道来、细致、典雅、含蓄、简洁。

在回忆的时空中，作者选取了那些最富有艺术趣味的生活片段来叙述，情感节制内敛，距离的拉开使得美感呈现。沈从文在谈到自己的创作心境时指出："若把心沉下来，则我能清清楚楚地看一切世界。冷眼作旁观人，于是所见到的便与自己离得渐远，与自己分离，仿佛更有希望近于所谓'艺术'了。"[①] 心理距离和时空距离的双重拉开，使得情感沉淀，作品呈现了一种含蓄、蕴藉的美学风格。而这正是中国古典艺术的特点，或者说是西方人最希望看到的有中国特色的文化情调。有鲜明的中国文化风格，蕴含着浓郁的中国文化，典雅节制的叙述风格，对中国清末民初上层官宦之家家庭生活的细致描摹，很多方面都应和了西方读者的阅读期待。难怪这部书在英国一出版，便成了畅销书。

二、儿童视角

凌叔华曾说："回首往事，既喜且忧。"作者对往事的心境奠定了《古韵》这部作品的情感基调。回忆往事，那熟悉的人和事以及感受让人有淡淡的喜悦，但是往事里又有太多的无奈、感伤、不平和忧虑。当年的曹雪芹回首往事，不吐不快，写成了饱含血泪又流传千古的《红楼梦》。京派作家萧乾在创作中明确意识到心理距离的重要性，他在谈论艺术欣赏时指出："欣赏艺术，'距离'是重要的。然而这距离并不是限于物的方面，心理的距离更需要。"[②] 心理距离在小说创作中具体表现为作者、叙述者、人物和读者之间的距离。这四者之间，小说中隐含的作者是非常重要的。隐含的作者和小说中叙述人是两个不同的概念，两者之间可以重合，也可以是对立或疏离的关系。五四时期，创造社的浪漫抒情小说，作者与叙述者基本上是重合的，如郁达夫小说中抒情主人公的感情、心态、好恶都是作者自我的表现。由于作者和叙述者距离的过分切近，创造社的小说往往表现出热烈的直抒胸臆、大胆的

---

① 沈从文：《阿黑小史》"序"，《沈从文全集》第5卷，北岳文艺出版社2009年版，第305页。
② 萧乾：《欣赏的距离》，《大公报·文艺副刊》1933年11月8日。

诅咒呼喊、狂放的感情宣泄等艺术特征。京派小说家一般避免作家主观情感的直接抒发，采取与现实生活保持一段距离的冷静、克制的创作态度。心理距离给他们的创作带来含蓄、蕴藉的艺术风格，儿童视角的运用正是造成心理距离的一个重要因素。

作品第一章为"穿红衣服的人"，在儿童的记忆中，总会记住那些触目惊心又让人捉摸不透的事。这穿红衣服的人是京城里待处决的死刑犯，儿童对死亡具有恐惧的感觉，所以这种场面印象最深。而且这穿红衣服的死刑犯大声唱着，好像喝醉了，后面跟着的人在叫好，都好像很高兴。这引发了"我"许多的疑问，人怎么被处斩，他为什么唱，结局会怎样，这一系列的疑问吸引着"我"去看后面的故事。后面还讲了一个女囚犯，长得很美，但是杀死了自己的婆婆。小说以一个儿童不谙世事的眼睛来看这些事情，充满好奇和疑惑，也激起读者的阅读兴趣。死亡者的出场，也给整部作品奠定了一种凝重的意味，沉重感油然而生。

儿童视角的运用让人感到亲切，童趣也让故事更有趣味。小说中，"我"生活在一个有六个姨太、十几个姊妹兄弟和几十个仆人的大家族，这个家族里有矛盾和争吵，算计和阴谋，但在一个孩子的眼里，这一切都变得简单了。作者用儿童世界的纯真无邪来反衬了成人世界的倾轧和计谋。童心被认为是一块尚未被世俗社会污染的净土，作者以此来寻找心灵与诗意的精神家园。第四章"一件喜事"，写的是父亲娶六姨太的事，这在很多人眼里是喜事，在儿童的眼里，当然也是喜事，从早晨就穿上了新衣服，家里张灯结彩，鞭炮齐鸣，父亲还给每个孩子发红包，家里请了戏班子唱戏，热闹非凡。但是，这在"我"的母亲们那里，是个悲剧。正在受宠的五妈知道新人进门，她就会受到冷落，所以在看完戏的晚上，"我"听见五妈在叹气，"我"问五妈干吗要叹气，五妈说："你不懂"。大颗的泪珠就像断线的珍珠一样从脸颊上滚下来，她连忙擦去。"我"问她："你是不是可怜戏里那位小姐？你跟我说过那不是真的。"成人世界的悲喜恩怨，和孩子的懵懂无知，两相对照，既有童趣，又把现实中的悲剧写出。

英国浪漫主义诗人华兹华斯有句著名的诗："儿童是成人之父。"现代作家丰子恺指出："我初尝世味，看见当时社会的虚伪骄矜之状，觉得成人都已失本性，只有儿童天真烂漫，人格完整，这才是真正的'人'。于是变成儿童崇拜者,在随笔中、漫画中,诅咒成人社会的恶劣。"① 这些论述都是基于儿童稚嫩的生命状态和有限的社会化身份所作的诗意的、直观的理解。儿童的世界在一定程度上被诗化、象征化了。

三、语言的精致优雅

凌叔华有很高的艺术修养,她的绘画、音乐、诗词素养都很高,如果没有新文化运动,她的创作应该是典型的闺阁体。她的文字清秀俊逸而又朴实无华,伤感隽永而又浪漫生情,清朗明快而又雅淡细腻。徐志摩、沈从文和苏雪林都把凌叔华比作中国的曼殊菲尔。

在第十四章"义父义母"中,作者谈了对古典音乐的理解:

《流水》分成十一个部分。开始时,溪水从鸟语花香的山谷缓缓流出,在山石间穿腾奔涌,湍急飞流,形成瀑布,而后由支流汇成江河。林间狂风怒号,溪流冲击岩石,雷雨阵阵。涓涓泉流的归宿是浩瀚无垠的大海。海浪在咆哮,与高傲飞翔的海鸥构成一曲和谐的交响乐。突然,暴风雨过去了,海面上风平浪静。弹奏时,手指在琴上腾挪闪跳,异常灵活,富有韵律。——每当我孤独地面对自然时,音乐就会回到我的身边。

在这儿,作者把音乐转换成语言,把对音乐的感受用文字表现出来,写出了音乐的优美,语言典雅流利,充分体现了作者较高的音乐修养和用语言表现想象的能力。在《秋日天津》一章中,作者在孤独中描写了北方的风景:

北方的十月,阳光依然明媚,天空湛蓝澄澈,清晰透明如一块玻璃。天空中不时飘动着羽毛状的白云,时而还有鹰飞过,翅膀被阳光染成了金色。它在蓝天中搏击给我的印象极深,我不禁仰起头,注视着那鹰,直到它消失在云端。

街道两旁的树木早被一场早寒染成了黄色和淡绿色。第一场秋雨过后,柳树、橡树的叶子开始飘落。路另一侧有一株老树,还长着猩红的树叶,享受着阳光的温暖。晚风吹拂,树叶摇曳,那声音缠绵而忧伤,

---

① 丰子恺:《缘缘堂随笔集》,浙江文艺出版社1983年版,第121页。

足令一位充满激情的作曲家感到黯然神伤，战栗颤抖。

这是写从日本留学回来，在天津居住时，家里矛盾很多，"我"没有朋友，总是一个人到几处无名墓地游荡时的感受。文字写出了北方秋日的景色特点，又写出了小说主人公感伤而落寞的心情。但文字读起来流畅清丽，如北方秋日的阳光，一泻千里，色彩斑斓。或许因为作者是画家，她很注意对色彩的描写，增强了文章画面感和文字的表现力。

在"老师和同学"一章，"我"由于文章写得好，老师奖励了一本《庄子》，并告诉"我"读这本书可以让人头脑清楚、睿智。"我"被这本书迷住，常常凌晨就起来读它。其中最令"我"难忘的是《庄子·外物篇》中的一段文字："筌者所以在鱼，得鱼而忘筌；蹄者所以在兔，得兔而忘蹄；言者所以在意，得意而忘言。吾安得夫忘言之人而与之言哉！"并在后面谈了自己对这句话的理解："我急于找到启开无言思想的钥匙，故而几个小时静坐，观察不会说话、没有思想的猫、狗和树上的鸟。我想通过观察，或许能发现一些真谛，但屡屡不能成功。我常左思右想，很难凝神静气。没几分钟，就忘了开始想的什么。然后又重新开始，免得思绪像纵横驰骋的野马。我试图像'得鱼'的'筌'一样把握自己的思想，但把握的一瞬间，又不得不用'言'告诫自己。"这是写一个少年在读书之后，思维受启发很活跃，有所得又好像无从把握的感受。然后借老师之口，谈了对《庄子》的理解："庄子是个大散文家，他的书同文学作品一样，令你沉醉其中，并能拓开思路。西方有耶稣、苏格拉底和柏拉图，我们东方有孔、孟、老、庄，都是大教育家、大思想家，他们的学说对我们都有启发。"

《古韵》确实如一首优美的琴曲，凌叔华在离开故土后回忆幼年的生活，对北京的热爱，对家园的留恋和反思，让这首琴曲情思绵长。而作品中，大量的文字又是在写绘画、音乐、诗词、养花，北京的民俗节庆、人情风物，家族中的矛盾纠葛，成长中的人事变化，京城的名人显宦，所以又给作品增加了浓厚的人文气和北京味。由于作品在国外出版，作者有意要向外国读者介绍中国的文化，所以这首《古韵》更显得华丽优美、韵律铿锵。

第五章　20世纪30年代的女性写作

第一节　20世纪30年代女性写作的主题

20世纪30年代是中国女性写作的发展期和变奏期。在战火燃烧、社会动荡、文化围剿的环境中，女作家们经历了前所未有的磨难，在国难家仇的背景下，她们将自己对命运的思考融入对国家、民族命运的思考中，在不懈的追求与探索中，由稚嫩渐趋成熟。

血与火的时代营造了特定的语境，战争的硝烟遮盖了启蒙的声音，20世纪30年代的女性写作更具时代性，更呈多样化。五四时期的女性写作少有对民族国家的描述和思考，而20世纪30年代的女性创作则一改昔日小女儿情怀，对传统的叛逆、对自由的追求都染上了沉郁的色彩。她们在思考"民族—国家"宏大母题的叙事书写中，对社会进行全方位的观察、扫描与思考，进一步拓展了创作视野。这主要表现在以下几个方面。

一、创作视点下沉，关注社会底层

与五四时期相比，本时期女作家关注的焦点不再限于个人的爱情、婚恋与家庭，而是从书写自我转向书写社会，将女性问题融入为民族独立和家园解放而斗争的进步潮流中。她们的创作视点普遍下沉，关心处于社会底层妇女的疾苦。萧红的《生死场》《王阿嫂的死》《牛车上》等小说，描绘了下层劳动妇女的痛苦生活和不幸遭遇，也展示了她们的坚韧与挣扎；葛琴《一个被迫害的女人》，罗淑的《生人妻》，取材于农村的"典妻"陋习，细腻地描绘了"典妻"前后人物心理的变化；冯铿《贩卖婴儿的妇人》写农村妇女李细妹死了丈夫，生活面临绝境，为了能被人雇去当奶妈，流着泪抱着自己两个月的孩子去找收养人家，却在租界被外国巡捕抓住，以贩卖人口罪逮捕。

二、融入主潮，书写革命

活跃于这一时期的女作家，从私人生活领域突围而出，走向历史前台，满腔热情书写革命中的女性和女性的革命。丁玲积极投身左翼文学运动，以自己的创作实践进行探索，开创了将革命叙事与女性情怀相融合的书写新路，创作了三篇"革命+恋爱"的中篇小说《韦护》以及《1930年春上海》之一、之二。她的长篇小说《母亲》塑造了一个坚强而独立的母亲形象。在谢冰莹的《从军日记》《女兵自传》中，革命军中飒爽英姿的女兵形象第一次出现在现代文学的人物画廊。白薇的《打出幽灵塔》《炸弹与征鸟》《悲剧生涯》中的女主人公将革命看作拯救自己、拯救社会的最大希望。

三、对女性生命体验的内在探寻

在女性的整个生命历程中，源自生活的感性经验是女性观照自我与世界的一个基本出发点，也建构了其独有的写作方式和创作基调。萧红是一位体验型、情绪型的女作家。她极富才华，被称为20世纪30年代的文学洛神，却一生颠沛流离，柔弱多病的身躯几乎受尽了动荡年代的屈辱和人生苦难。坎坷的经历造就了萧红看待生活的独特方式和对人生的独特体验。她凭借女性纤细敏锐的艺术感悟力和生命体验建构起了自己的艺术世界，其创作以1938年分界为前后两个时期。前期作品包括与萧军合著的《跋涉》，以及《王阿嫂的死》《生死场》《商市街》等小说和散文；后期作品有《民族魂》《鲁迅先生散记》《旷野的呼唤》《马伯乐》《呼兰河传》《小城三月》等。其中，最具代表的是长篇小说《生死场》《呼兰河传》《小城三月》。作为一个独具创作个性的作家，她对妇女生活和命运的表现也独树一帜，擅长把个人的不幸置于广大女性的苦难之中，同时又把女性的苦难置于民族、人类的苦难中来表现。她用生命贴近现实，饱蘸着血泪，以忧郁的情感基调，越轨的笔致，执拗地追问生命的本质，探寻存在之谜，揭露民族文化的深层积淀，勾画出沉默的国民灵魂。

《生死场》是一部生命之书，它有着原始的生气及面对残酷的生存现实毫不避讳的生命体验。书中的一些男性伫立于压迫摧残妇女的前列，以粗暴的行为肆意践踏女性的身心。王婆服毒、金枝未婚先孕和分娩的痛苦、月英的瘫痪、麻婆的死亡、赵三抗租坐牢、中国警察与日本宪兵的烧杀奸掳，构成了一幅阶级、民族、性别多重压迫相交织的东北民众蝼蚁式的生存挣扎的图景。《小城三月》写了一个女性的生命悲歌。作为一个温婉内向的女性，翠姨身上体现了种种男权意识、男性规范的塑造和约束。翠姨朦胧的性爱意识被现代文明唤醒，却又被传统文化所扼杀。

四、文化夹缝中的性别批判

抗战爆发后，西北腹地偏僻荒凉的延安，成为抗日救亡运动的精神堡垒、革命圣地。从1936年起，陆续来到延安的女作家有白朗、草明、陈学昭、韦君宜、袁静等。丁玲是其中一位具有代表性的女作家。延安时期是丁玲创作中的重要阶段，其拓展了早期关注女性自我的视野，转向关注阶级群体的命运，成为解放区女作家的代表。她创作了小说《我在霞村的时候》《在医院中》、散文《风雨中忆萧红》，揭示解放区妇女的现实困境。《我在霞村的时候》塑造了一个自我主体意识初步觉醒并最终挣脱强大世俗观念围剿的女性刘贞贞，她身上承载着民族的苦难，又被落后的封建观念深深束缚。《在医院中》中的陆萍是一个受过五四精神洗礼并经过现代医学训练的知识分子，她的个性意志与科学见解遭遇长官意志和保守、愚昧的小农意识的挤压。她不仅感受到男权传统的压制，而且也感受到农村妇女的落后与封闭、愚昧。

第二节　被遗忘的传奇女作家——关露

关露（1907—1982），山西省右玉县人。1927—1928年，关露先后在上海政法学院和南京中央大学文学院学习。1930年初，关露的第一篇小说《她的故乡》发表。在20世纪30年代，她和潘柳黛、张爱玲、苏青并称"民国四大才女"。她曾在中国诗歌会创办的《新诗歌》月刊担任编辑，诗集《太平洋上的歌声》蜚声当时上海文坛，她是电影《十字街头》主题曲《春天里》的作者。"春天里，百花香，郎里格郎里格郎里格郎，和暖的太阳在天空里照，照到了我的破衣裳，郎里格郎……遇见了一位好姑娘，亲爱的好姑娘，天真的好姑娘，不用悲，不用伤，人生好比上战场，身体健气力壮，努力来干一场。"关露1932年加入左联。1939年至1945年，关露受组织派遣，到汪伪特工总部76号策反特务头子李士群，后打入日本大使馆与日本海军报道部合办的《女声》月刊任编剧，为了第二次潜伏，她和恋人王炳南分手，成为著名的"红色间谍"。她以此身份为掩护，收集日伪机密情报，并积极组织策反李士群，功勋卓著。1943年，《女声》杂志派关露等出席8月在日本举行的"大东亚文学者大会"，中国的代表全要被登报并附照片。如果有了这次亮相，关露的汉奸之名就要被坐实了。在关露犹豫之时，潘汉年派人送给她一封信，要她转交秋田教授。当时在中国的日共领导人与日本国内的领导人失去了联系，希望通过秋田恢复，恰好日本杂志社给关露介绍的日本朋友中有秋田，为了完成任务，关露再一次上路了。在日本，关露圆满完成了给秋田送信的任务。这次大会，日方要求中国代表发表广播讲话，分给关露的讲话主题是"大东亚共荣"，关露坚决地拒绝了，她把主题换成"中日妇女文化交流"，日方同意了。关露在讲话中提出，中日两国妇女语言不通，大家都要学习对方的语言促进文化交流。讲话中通篇没有吹捧日本军国主义的内容。1945年抗战胜利后，她被国民党列为汉奸。1946年至1951年，关露先后在大连苏联新闻局、关东日报社、电影局剧本创作所工作。自1955年至1976年，曾因潘汉年问题受牵连，两次入狱，长达十年。1980年，患脑血栓。1982年2月，中共中央组织部向关露宣布平反决定：关露的历史已经查清，不存在汉奸问题。43年的汉奸骂名，10年牢狱，终于昭雪。7个月后，关露写完回忆录和对潘汉年的纪念文章后，服安眠药自杀。关露死后，杨沫说："关露把一生贡献给了党。"由于特殊的身份和使命，关露一生蒙受了不少误解。在她身上，才女、红色特工、汉奸，三个身份纠缠了她一生。

1936年11月由上海生活书店出版的《太平洋上的歌声》，是关露的第一本诗集，收集诗歌22首。这本诗集中的代表性作品，反映了在民族危亡的紧要关头，一个爱国青年对世界政治风云变幻和祖国命运的深切关注。

>聪明的政治家，/在暴风雨将临的黄昏，/披着头发，袒着胸臂，/在太平洋的岸上，/听着那聪明的歌曲。这支歌曲不仅婉转动人，/而且悲壮激昂：
>
>艳丽的太平洋，/你广阔无边，/你像一幅有机的镜面，/你照出东方西方，/南极北极，/世界上的一切！你镜子里不是从前的面具，/在你镜子里蜂拥着，/百万纺织的罢工，/看管生产的机器，/衣衫褴褛的奴隶，/缴了地租，纳了官税，捧了空的饭碗哭泣！

> 风波亭风波亭,/我在你历史的故事中,/记得你两重的命运,/记得你屈辱的奴颜,/记得你英雄的强硬,/记得你卑污底史迹,/记得你爱国的忠勇底呼声,/记得你那阴冷的柱木上,/在被古老的蛛丝缠绕的下边,/飘展着两条互相争搏的对文:/一条是"精忠报国",/一条是"卖国求荣"。

这首诗以太平洋上的歌声为题,表达出一个青年对时代的深沉思考。1936 年的上海是亚洲第一城,如果日本没有侵华,上海将成功在 1937—1945 年完成大上海计划,1945 年上海市区人口将超过 600 万,经济翻两番。工业产值将是 1936 年的 4 倍,亚洲第一城地位将巩固,在国际上仅次于纽约伦敦。1938 年上海计划修建第一条地铁也因为日本侵华而被迫终止。当时的上海是东方不夜城,上海是南京国民政府倾力打造的经济中心和文化中心。上海的地理位置恰好面对东面的太平洋。《太平洋上的歌声》就是当时上海地理背景的写实。当时在日本侵华后,上海人能听到什么样的从太平洋上传来的歌声呢?诗歌写了三种身份的人,一种是政治家,政治家是聪明的,他们在暴风雨的黄昏,听着聪明的歌曲。日本侵华后,中国往何处去,众所周知当时有国民政府,有陕北的红色政权,还有南京汪精卫的伪政府。而汪精卫一开始便被恐日情绪所围困。他被日帝的淫威压倒,只看到日本的强,却看不到中国的大和得道多助的优势,他认为:"须知数十年来,中国军事经济,在物质上着着落后,固不待言,即组织上亦幼稚不完善。"[①] 他害怕打仗,全力交涉言和,搞所谓曲线救国。1932 年 5 月,在蒋、汪的同意下,国民政府跟日本签订了丧权辱国的《淞沪停战协定》。1935 年,汪精卫批准了"何梅协定""秦土协定",把华北主权拱手相让,社会舆论哗然,连他的子女都反对他兼任外长,以免"独负卖国责任"。汪精卫听了伤感万分,流着泪说:"现在聪明人,谁肯当外交部长!"(见《汪伪十汉奸》,第 54 页)诗中的聪明的政治家指的应该是汪精卫。1937 年七七事变后,抗战全面爆发。汪精卫起先不敢公开宣传投降论调。他在 7 月 29 日的《最后关头》演讲中装出腔调,谈得很豪壮。其实,他的内心是很畏怯的,在私下里却暗示抗战必败。他说抗战是"跳火坑",潜台词是"救国已无希望,

---

① 闻少华:《汪精卫传》,团结出版社 2016 年版,第 120 页。

只好跳火坑"①。汪精卫擅长演讲，他的演讲也打动了许多人。汪伪国民政府是中国抗日战争期间以汪精卫等投靠日本的中国国民党党员为首建立的政权，其以"中华民国国民政府"为名，实际上则是日本在战争期间扶持的傀儡政权之一，1940年在日本的扶持下成立于南京，汪精卫担任该政权的国民政府代主席及行政院院长，周佛海、李士群为主要成员，1945年抗战结束后解散。由于汪精卫在政治上的影响力，他的演讲确实吸引了一些看不到抗战胜利希望的年轻人，造成了诸多不良影响。所以关露这首诗很有时代感，她通过历史上的岳飞和秦桧的故事告诉当时的年轻人该如何选择。

诗歌第二小节写太平洋是艳丽的，它"像一副有机的镜面"，映照出东方与西方，南极与北极。1936年的上海确实是华洋杂陈，贫富分化严重。有不少外国人的租界，有百乐门夜夜笙歌的舞场，也有杜月笙的青红帮；有腰缠万贯的买办资本家，他们开办有大量的轮船公司、钢铁厂、纺织厂，也有天天出苦力却依然贫困无着的大批劳工。这时的上海简直就是个万花筒，既五彩缤纷，又光怪陆离。

这一节写了上海的两种底层人，百万罢工的产业工人和衣衫褴褛的农民。蜂拥的百万产业工人闹罢工的声浪和缴了地租、纳了关税的却填不饱肚子、衣衫褴褛的农民的哭泣声共同组成了大上海的歌声。

第三节一下子写到了风波亭，我们知道风波亭是精忠报国的南宋抗金名将岳飞遇害的地方。风波亭事件发生于公元1129年，金朝金兀术进攻南宋都城建康（今南京），抗金名将岳飞率岳家军抵抗金兵，金兵非常害怕岳家军，岳家军打败金兵数次。在南宋朝廷生死存亡的关键时刻，宰相秦桧主和，让宋高宗一日降十二道金牌，把岳飞召回。回临安后，岳飞被解除兵权。秦桧以莫须有的罪名将岳飞毒杀于风波亭。南宋自毁长城，与金朝达成议和。后人为纪念精忠报国的岳飞惨遭奸臣杀害，在各地修了不少庙宇，尊岳飞为岳武穆。在杭州西湖边栖霞的越王庙里，供奉岳飞的塑像，并在岳飞塑像前塑了秦桧夫妇的跪像，永远跪在岳飞墓前。这就是所谓"青山有幸埋忠骨，白铁无辜铸佞臣"。岳飞成了忠勇大义的化身，被后人永远纪念；秦桧成了陷害忠良、投降卖国的标本，被后人永远唾弃。诗人写风波亭有两重的命运，两

---

① 黄美真、张云编：《汪精卫集团投敌》，上海人民出版社1984年版，第113页。

条对文,是精忠报国,还是卖国求荣。1936年的中国很多人也面临着同样的选择,是为了国家利益像岳飞那样英勇参战,精忠报国,还是为了个人私利出卖国家利益,投靠日本人,做汉奸。诗人通过风波亭这样的历史故事,警示当时的国人,不要为了暂时的私利,抛弃国家利益,这样终究会被钉在历史的耻辱柱上,要像岳飞那样选择忠于国家利益,精忠报国,这样才会流芳百世。这首诗歌以简练的语言,形象的比喻,以古喻今,给很多处在迷茫中的上海人指出了在纷乱的时代中个人该如何做出正确的选择,是一首政治敏锐性、时代话题性和历史纵深感兼具的优秀诗歌。

关露还著有长篇自传体小说《新旧时代》、儿童文学《苹果园》、散文集《都市的烦恼》,译著有高尔基的《海燕》、《邓肯自传》。除了这些创作,关露在监狱里还创作了大量旧体诗,这些诗作细致、鲜活地反映了她在监狱中的所思所想。

秋夜

云沉日落雁声哀,疑有惊风暴雨来。
换得江山春色好,丹心不怯断头台。

这首诗诗风沉郁厚重,表达了以身许国的牺牲精神。

感慨

罪衣幽室夕阳迟,玉洁金真只自知。
锦绣江山谁是主,战场愁彻马声嘶。

这首诗是写诗人穿着监狱的囚衣看着外面的一抹夕阳,外面的人都认为自己是汉奸,只有自己知道自己从来没有做过出卖祖国的事。现在国家还在战乱之中,想起这些诗人好像听到了战场上战马的嘶鸣声。诗作表达了诗人含冤入狱,但依然牵念国家命运的赤子之心。

水管

铁门紧锁冬无尽,雪压坚贞一片心。
钢管无情持正义,为人申诉到天明。

这是首咏物诗。在监狱中是紧锁的狱门，就像这漫漫寒冬一样不知什么时候才能迎来自由的春天。大雪依然洁白晶莹，像自己高洁的心地一样，铁做的水管虽然没感情但是主持正义，滴滴答答的滴水声，好像在为含冤的人申诉，一直滴答到天色已明。诗人咏叹生活中没怎么有诗意的水管，借它来表达自己的心志。

遗憾——狱中读《红色娘子军》剧本
椰林遗憾未为家，孤鹜长空恋落霞。
自古英雄情义重，常青焉不爱清华。

诗人在监狱中读到了《红色娘子军》的剧本，然后引发感慨。《红色娘子军》说的是20世纪30年代发生在海南岛的革命故事。地主家的丫鬟吴琼华苦大仇深，从恶霸南霸天家逃出，在红军领导人洪常青的指引下参加革命，成为红色娘子军的党代表，解放椰林寨，枪毙了南霸天。诗人感慨吴琼华解放椰林寨之后没有在那里组建自己的小家庭，又带领娘子军继续革命去了。其实自古以来很多英雄都是重情义的。从剧本中可看出洪常青是喜欢吴琼华的。关露在上海曾有一个恋人王炳南，他们都在日军侵占下的上海做革命工作，书信相通，让孤独中的关露获得了一丝慰藉。但为了打入汪伪的特工总部极司菲尔路76号，组织让他们暂时分开。从此，关露永远失去了这个爱人，一生未婚。诗人读洪常青和吴琼华的故事，也是在感慨自己永失所爱的痛苦和遗憾。

闲坐
从来鞍辔骋前沿，汗马风尘未停鞭。
忽见春光流水逝，落花飞絮一年年。

这首诗写自己以前一直在前方战场上驰骋，就像奔跑的战马一样穿过战场的烟尘，从来没有停下马鞭。现在有空闲时间了，看着时光在流逝，花开了又落了，柳絮又飘飞了，一年又一年。这首诗前两句写忙碌，后两句写得闲，得闲之后开始去感知春花秋月。

夜闻

衔泥精卫犹填海，纸笔无情辩罪难。
贾谊谏书湘水恨，屈原忧国楚江寒。
忠心不怕谗言陷，真理依有领袖贤。
自有诗文昭史册，悲窗岂疾不平冤。

这首诗写诗人在一个夜里突然听到一个消息引起的心灵震动。小小的精卫鸟一直在填海，向大海复仇，做过的事终究要落在白纸上成黑字，犯过的罪是难辞其咎的。贾谊能写非常优秀的谏书，可惜33岁就去世了，屈原满怀报国之志，可惜不被需要，在楚国投了江。但是他们一片忠心，不惧怕被奸佞的谗言所构陷，只要有英明的领袖，真理终会得以昭彰。自己写的诗文终究会昭彰于史册，岂能老是在监狱里悲叹自己的不白之冤。表达了诗人借一个突发事件劝慰自己，相信历史终会给她公正的评判。只是现实中这个公正的评判来得晚了些。

岁暮放风

漫步庭前不敢前，羡他霜叶舞蹁跹。
萦回好梦无消息，风雪愁怀又一年。

这首诗写在一年就要过去之时，是在监狱里放风的感怀。漫步在前庭不敢再往前走，羡慕染霜的叶子在风中自由地翩翩起舞。梦中做了一次次得到自由的好梦，现实中却是毫无消息，在风雪漫卷中愁绪满怀地又过了一年。

盼望写作

戎马从来喜战场，驰驱不为世流芳。
文章兴祸成冤狱，犹恋风流纸墨香。

这首诗表达了自己盼望着能得到写作的权利。从前都是在战场上驰骋，为正义的事业东奔西跑不是为了在世上留下名声。倒是写文章能留下冤狱的把柄，但是自己依然贪恋那纸墨的香气，希望有写作的自由。

第三节 丁玲：革命与女权

一、辉煌与坎坷交织的人生

丁玲（1904—1986），原名蒋伟，自冰之，湖南临澧人。父亲曾留学日本，是个扶危济困的乡间西医。其母仰慕新学，在1908年丈夫病逝后，带着丁玲和一个遗腹子，辗转求学，后来自己办学教书，不失为中国现代女性解放的先锋。为此，丁玲还以母亲为原型写了一部长篇小说《母亲》。丁玲身上豪爽、独立的气质，与母亲的影响分不开。丁玲少女时代在桃源、常德、长沙等地求学，受到五四新文化的影响。1922年，与王剑虹同赴上海，入陈独秀、李达创办的平民女校。1923年，入上海大学中文系。这个系有不少共产党学者任教，吸引了不少青年。瞿秋白就在此任教，他与王剑虹的恋爱，被丁玲写在小说《韦护》中。1924年，丁玲到北大旁听，结识了胡也频、沈从文。1925年与胡也频结婚。1928年，在《小说月报》发表《莎菲女士的日记》一举成名。1929年，在上海与胡也频、沈从文合办《红黑》杂志。1931年，胡也频被害，丁玲加入左联，出任左联机关刊物《北斗》主编。1933年，被国民党逮捕并秘密在南京软禁。为摆脱软禁，丁玲与国民党派来感化她的冯达同居。1936年，在共产党的营救下，她逃离南京，到了陕北，受到共产党领导人毛泽东、周恩来、博古的热情接待。毛泽东写了一首词《临江仙·给丁玲同志》："壁上红旗飘落照，西风漫卷孤城。保安人物一时新，洞中开宴会，招待出牢人。纤笔一枝谁与似？三千毛瑟精兵。阵图开向陇山东，昨日文小姐，今日武将军。"对丁玲的道路选择给予了充分肯定。因为在国统区的名气，丁玲在延安备受重视。她曾率领西北战地服务团活跃在山西抗日前线，写了大量通讯及文学作品。1941年，《解放日报》创刊，她出任文艺副刊主编。1941年，她发表小说《在医院中》，1942年发表《三八节有感》。1942年，在延安整风运动中受到批判。为改造自己的小资产阶级意识，丁玲一头沉入基层，进行自我改造。1948年出版长篇小说《太阳照在桑干河上》，此部小说由于表现主旋律土改，1951年获斯大林文学奖。20世纪50年代，丁玲先后被定为丁陈反党集团、丁冯反党集团，开除党籍，下放北大荒劳改。1970年，入秦城监狱，1975年，遣送山西农村改造，1979年平反。复出后，任中国作协副主席。

二、革命与女性

丁玲成名时，已经是1928年，她的处女作《梦珂》发表于1927年，没有引起多大关注。《莎菲女士的日记》发表的时代，个性主义已成昨日黄花，文学开始关注社会革命。从梦珂开始，丁玲为我们塑造了一系列个性极其鲜明的女性形象：莎菲、丽嘉、美琳、贞贞、陆萍，她们构成了丁玲小说的独特魅力。丁玲小说中的女性形象，都有相似的性格：热情、倔强，敢于向世俗挑战。这是一种健全的个性，是健全的现代女性的个性。这一时期她的作品《韦护》《1930年春上海》系列涉及了城市知识女性与革命的关系，如果说《1930年春上海之一》还不过是娜拉出走的道路加上革命的归宿，那么另外两篇就触及了解放了的知识女性与未给女性留下地位的革命阵营初次相遇时发生的矛盾。《韦护》中的丽嘉固然是一个未曾了解革命的女性，但韦护与丽嘉的爱情为同志阵营所不容，并非因为韦护因爱情放弃工作，而是出于下层大众对他上层社会绅士风度、生活方式的嫉妒，这实际上是都市知识女性与革命及其偶像——大众的冲突。

三、《三八节有感》：女性对革命的申诉

社会上女性成为话柄，一是结婚，一是离婚。而离婚的口实，一定是女同志的落后。丁玲是中国现代作家中的女性主义者，但她本人的姿态，是超越女性主义本身的。她的女性立场，是比女性主义更自觉、更健全的个性主义，它的潜在思想资源，是五四的个性主义。时代的进步使丁玲比五四一代女作家有更健全的女性意识。丁玲在她的人生追求、感情方式和爱情追求上，都体现出毫无女性意识（自卑意识）的个性意识，一种与男性在精神上完全平等的健全人格。而健全的女性主义理论，也正是为了消除性别歧视，获得健全的、平等的人性和人格发展。丁玲前期小说的个性主义特征，代表了中国女性文学最健全的女性意识——无性别歧视、性别压抑的非女性意识。

四、放弃自我融入集体

在延安，知识分子视点的复苏引发了女性视点的复苏。一如当初女性自我的撤退是知识分子向大众妥协的第一步。1942年，延安整风之后，丁玲的转变体现了中国左翼作家普遍的生存方式和价值转换。她的创作道路代表了

中国现代知识分子的道路，他们从封建王朝中游离出来成为独立的群体后，一方面拒斥资本主义式的政治文化，另一方面试图改造乡土和大众，但终于在改造大众的愿望中被大众改造了。

第四节　20世纪30年代的文学洛神——萧红

在中国现代文学史上，萧红是一位有着独特才情和创作风格的作家。茅盾评价《呼兰河传》"是一篇叙事诗，一幅多彩的风俗画，一串凄婉的歌谣"。茅盾的评价指出了萧红小说的一个显著特点，即具有田园牧歌式的诗意化或散文化文体特征。

萧红（1911—1942），黑龙江省呼兰县人，她出生在一个张姓地主之家，从小就因淘气、同情下人而受家庭责罚。父亲和母亲轻视她、无视她，父亲是一个冷漠专横的人，常常为着贪婪而失掉了人性。封建双亲的冷酷是致命的，本能需要呵护的幼女心灵上留下了亲情缺憾的烙印。祖父的家和父亲的家犹如天地的两极。冰冷的亲子关系与温暖无拘的祖孙关系之对立两极，成为她认识人生的第一把钥匙。1927年，萧红冲破父亲、继母及包办未婚夫家的阻挠，考入哈尔滨东省特区区立第一女子中学。在这所有名的中学，受到了良好的教育，在文学和绘画上展露了才华。祖父的去世带走了温暖和爱，她只能在艺术的天地中延续着那一半快乐纯真的人格，作画、读书、想象，艺术是她的后花园。1930年，萧红初中毕业，被父亲许配给汪恩甲。为了逃婚，她回到哈尔滨，从此开始她颠沛流离的人生。她不愿乞求父亲，抱着侥幸心理找到原来的未婚夫——汪恩甲。此人极为卑劣，在哈尔滨与萧红同居一段时间后，便把怀孕的她留在旅馆，只身离开。萧红付不起房租，走投无路，给哈尔滨的左派报纸《国际协报》写信求救。舒群和萧军趁大水泛滥之际，将萧红救出。

以后"二萧"相依为命。他们共同经历失业、贫困与疾病的煎熬。1933年，他们合著的《跋涉》出版。1934年，"二萧"离开哈尔滨到青岛，在青岛，萧红完成了《生死场》。这年他们来到上海，在鲁迅的帮助下，处境开始好转。1935年，萧红的《生死场》、萧军的《八月的乡村》与叶紫的《丰收》在鲁迅资助下一起出版。萧红成为文坛关注的对象。1936年，萧军移情别恋。1938年他们分手。萧红与端木蕻良去了武汉，后去重庆。1940年，重庆轰炸，萧红与端木蕻良去了香港。在香港的两年里，萧红重病缠身，却完成了《呼兰河传》和《马伯乐》。1941年，日军轰炸香港。1942年1月22日，萧红在香港离世，年仅31岁，却留下了百万字的作品。

萧红短短十几年的创作历程，留下了百万字的文学作品。她有着过人的文学才华。她的创作以1938年为界分前后两个时期，前期作品包括与萧军合著的《跋涉》《生死场》《手》《商市街》《家族以外的人》等小说和散文，后期作品有《黄河》《民族魂》《鲁迅先生散记》《旷野的呼喊》《小城三月》《马伯乐》《呼兰河传》等。

萧红的小说，充满一种生命的悲剧意识。从处女作《王阿嫂之死》到《生死场》乃至《呼兰河传》，都在表现东北这块土地上的苦难。《王阿嫂之死》中那瘦得皮包骨头的王阿嫂，身怀六甲，还遭地主踢踹，丈夫因精神失常，被地主派人放火烧死。《生死场》从更广泛的角度展示了人生的苦难。在东北这块土地上，由于贫困和愚昧，到处是畸形的身躯和被苦难扭曲的心灵。人与"动物一样忙着生，忙着死"。麻面婆终年为生活劳碌着，过度的操劳使她的样子变得更加丑陋而古怪，她总是发出猪一样的声音。王婆第一个丈夫死了，改嫁到打渔村，她因为样子丑陋而被孩子们称为"猫头鹰"。大儿子当兵被枪毙的消息传来，她觉得生活无望而服毒自杀。但药的毒性不足，她在下葬的时候又坐了起来。由于药性的作用，她的腿瘸了，从此一瘸一拐地出没在乡场上。人们漠然看待女人的生产，却更看重牲畜的生产。这里没有青春和爱情，只有原始的冲动。金枝被成业追逐着，遭受侵害。和成业结婚后，生下的是个女孩，被发怒的成业摔死。金枝到城里谋生，面临的依然是男人的侵犯。村里最美的女人月英，瘫痪后被丈夫丢弃在冷硬的炕上，下体腐烂，直至死去。《生死场》写出了20世纪30年代人们不大注意的历史惰性。人的生育的频繁，但只是一种毫无内容的肉体程序，而不再是生命。它写的是我们民族大多数人赖以生存的自然—生产方式和生活方式的悲剧。在作品中，可以归纳出与乡土生活样态相应的三种群体心态。一是与乡土自然生产方式相应的动物性心态。他们的欢乐是动物性的，除了肉体的欲望没有对生活的美好愿望；他们的痛苦是动物性的，除肉体的苦难没有心灵的悲哀；他们的命运是动物性的，月英的病体成为蛆虫的飨宴，孩子的尸体成为野狗的美餐。二是与乡土社会生活相应的非政治心态、非文化心态、非主体心态。这是一个隔绝于政治、文化层面之外的社会圈，隔绝于政治、革命和西洋医药的大众。文明信息的匮乏使人们丧失认识力和主体感。相反，他们是被动的，不仅被自然、欲望，而且被历史、传统、因袭的观念所捆绑。三是作品揭示的是我们民族最大的利益集团——乡土大众的群体心态弱点。他们生存于20世纪30年代神话的边缘。萧红笔下的人物之所以昏睡，不是由于没有政治思想、社会眼光及阶级自觉，而是他们的生存样态，尚未剥离动物阶段，其心理结构尚未进入主体阶段。这一切与历史轮回的自然环境和生产方式密不可分。

一、《呼兰河传》：一个现代知识女性的故园之思

萧红自传体长篇小说《呼兰河传》于1940年完成于香港。1942年初，写完这部小说一年多后，她就在香港去世了，年仅31岁。呼兰河本来是东北的一条大河，萧红用它来指称自己的故乡呼兰县城。

《呼兰河传》是萧红在千里之外回望故乡的作品。故乡之所以与人血脉相连，就是因为它连接着人们在那里的生活记忆。思故乡，其实就是思自己的过往生命。人的经验与情感往往没有那么单一，所以记忆可能就是温馨与悲凉交织的。

《呼兰河传》共八个部分。前面七章，后面加一个小结。一、二章是对呼兰河整体乡土风情的描述，没有固定的主人公，从第三章开始，小说的视角转到"我"家的后院，写"我"的童年生活，以及"我"童年视野中所见到的人和事。

萧红如何回忆她的童年生活呢，她的童年在哪里展开？是后花园。童年和她关系最密切的人是谁？是祖父。后花园和祖父是作者童年生活回忆的核心。

> 花开了，就像花睡醒了似的。鸟飞走了，就像鸟上天了似的。虫子叫了，就像虫子在说话似的。一切都活了。黄瓜愿意开一个黄花，就开一个黄花，愿意结一个黄瓜，就结一个黄瓜。若都不愿意，就是一个黄瓜也不结，一朵花也不结，也没人问它。

在这里，动植物都拟人化了。花儿、小鸟、虫子都变得有主观意愿了。在这里，生命不受压制地成长，爱怎么样就怎么样，呈现出生命自由自在的特质。黄瓜的生长遵循的是自然规律，与自由意志毫无关系。这种自由自在的生命状态，只能来自作者的主观心灵。萧红把自己关于生命自由的理想投注到自己的写作对象中了。黄瓜想结瓜就结瓜，不想结瓜就可以不结。这种艺术构思，显然是一种童话思维。写这样的句子，萧红完全变成了一个纯真的小女孩。写作时的萧红，放下成年人的理性思维，向童年在后花园玩耍的那个小姑娘回归，才会写出这样纯真无染的句子。写作时的萧红一定有着生命自由的强烈渴望，才能以回归童年的方式召唤出这种令人陶醉的生命自由境界。所以当我们读这段话的时候，一定要知道这个回忆中美得像童话一样的后花园，灌注的是作者渴望自由的心境；一定要知道后花园这个回忆所召唤出的纯真生命境界，展示的是成年女性作者写作时的心灵面貌。也就是说，成年萧红的精神之中就蕴含着纯真无染的特质。

> 祖父一天都在后园里边，我也跟着祖父在后园里边。祖父戴一个大草帽，我戴一个小草帽，祖父栽花，我就栽花；祖父拔草，我就拔草——祖父铲地，我也铲地。

小说还写祖父给我烤小猪，给我烤鸭子，祖父跟小孩子捉迷藏，祖父教我读诗，这些都是最温暖的童年回忆。这个从童年回忆中召唤出的美好的生命体验，像一束阳光，穿越时光的隧道，照亮了当下的生活。可是童年回忆所生成的温馨的、本真的光芒，真的有足够的力量去驱散一个历尽沧桑的成年女性的生命荒凉吗？

> 呼兰河这小城里边，以前住着我的祖父，现在埋着我的祖父。我生的时候，祖父已经六十多岁了。我长到四五岁，祖父就快七十了。我还没有长到二十岁，祖父就七八十岁了。祖父一过了八十，祖父就死了。从前那后花园的主人，而今不见了。老主人死了，小主人逃荒去了。

写作时的萧红经历了岁月的沧桑，而且有家不能回。她把这种生命状态比喻成逃荒。这真有无限的悲凉。可见关于后花园，关于祖父的美好回忆所蕴含的那一束温馨的光芒。实际上并不足以完全驱散当下的生命荒凉。倒是互相衬托，使回忆中的温暖更加温馨，当下的苍凉更加苍凉。小说中不断出现这样的句子:"我家的院子是荒凉的""我家的后院是荒凉的"。"荒凉"在《呼兰河传》中是一个出现频率非常高的词。所以萧红在回忆过去美好的时候,既召唤出了一种本真诗意的生命状态,给我们无限的感动,也写出了生命的沧桑感,引发我们无限伤怀。

《呼兰河传》除了写"我"的童年生活,还写了跟"我"没有直接关联的其他人和事。作家是以什么情感来回忆其他人和事的呢?

> 晚饭一过,火烧云就上来了。照得小孩子的脸是红的,把大白狗变成红色的狗了。红公鸡就变成金的了,黑母鸡变成紫檀色的了。喂猪的老头子,往墙根上靠,他笑盈盈地看着他的两匹小白猪,变成小金猪了。

火烧云一照,东北的一切风景都呈现出灿烂的色彩。我们知道一切景语皆情语,灿烂的不仅是火烧云,灿烂的还是主人公的内心世界啊!我们从中体会到萧红有非常好的审美能力,我们还可以从中体会到她在千里之外对故乡无限眷恋的深情。

《呼兰河传》里面,这种美丽的景色还非常多。小说一开头就写冰天雪地的场景,说"大地裂开了一个口子",接着卖馒头的老头出现了,他说:好冷的天,地皮冻裂了,吞了我的馒头了。还写有的人家早晨起来推不开门了,因为雪把门封住了。这种大地冻裂,大雪封门的场景,可以写得很恐怖,也可以写得很美,并不取决于所描写的客观对象,而是取决于作者的主观心境。这种大地冻裂的场景,萧红把它处理成一种温馨有趣的乡土记忆,此中寄寓了怀念故土的无限眷恋之情。能把大地裂开口子的场景处理成一个温馨的场景,也说明萧红其实是一个内心如孩童般纯真的人。

二、小团圆媳妇、大泥坑和扎彩铺

故乡只是一个没有阴影的乐园吗?完全不是。萧红在小说《呼兰河传》中还批评了故乡种种落后、野蛮的现象。最触目惊心的是小团圆媳妇被害死这件事。小团圆媳妇就是旧社会所说的童养媳。这是一个十二岁的非常健康的小女孩,就因为她不像个小媳妇,"爱笑,一点也不害羞,走路风快,吃饭吃两大碗"。那个愚昧无知的婆婆,恣意放纵自己人性中阴暗的施虐本能。先是打她,吊在房梁上打,用烧红的烙铁烙她的脚心,接着是跳大神。小团圆媳妇被折磨得"夜里说梦话,白天发烧",不再是那个健康无忧的孩子,虐待并没有停止,直至让跳大神的把她当众放在热水缸里烫,把她折磨死才完结。萧红还揭示出,这种施虐是大众的共识。婆婆施虐,周围的很多人都是帮凶。大家以看热闹的态度去看小团圆媳妇,很少有人同情。

通过小团圆媳妇的命运,一方面表达了作家对弱者的同情。另一方面,萧红还展示了批判的思想力量。她深刻地批判了童养媳制度的吃人本质,批判了人性中阴暗的施虐本能。童养媳制度,是封建家族制度、男权制度下的一个陋习。施虐的婆婆尽管同为女性,但是她分享了男性家族承传制度的权力优势,得以放纵自己的人性之恶。萧红还批判了看客麻木不仁的心态。这样,萧红的写作姿态,就不仅仅是一个人在回望故乡、回忆童年的自我拯救,而是一个现代知识分子在自觉承担着文化反思、文化重建的使命。她继承了现代文学的启蒙立场,鲁迅的国民性批判传统。

《呼兰河传》还写了一个大泥坑,给居民带来很多不便,人们总是面临着掉下去的危险。有小孩掉下去了,还好被人救了上来。还经常有马掉下去,一旦出事了,大家都来帮忙,一半是帮忙,一半是看热闹,但是从来没有人想要把这个泥坑填起来。萧红批判的是敷衍人生的生活态度。萧红还在书中批判了迷信思想,如跳大神、扎彩铺等。家人生病了,就去跳大神。活着的生命,没有人关怀;但死了的人,要扎最好的扎彩烧给他。萧红批判了以上种种不文明的行为,展示了一个以现代思想为支撑的、充满自信的现代知识分子的精神风采。

三、有二伯等边缘人

萧红有一种广博的人类大爱精神。她的爱心总是特别地倾向于弱者,倾向于被大家所忽略的边缘人。有二伯与小团圆媳妇都是萧红所关爱的弱者。有二伯是"我"家的一个下人,而且对"我"家作过重大贡献,但也有严重缺点,没钱的时候就去偷"我"家的东西卖。

> 有一回父亲打了有二伯,父亲三十多岁,有二伯快六十岁了。他站起来就被父亲打倒下去。他再站起来,又被父亲打倒下去,最后他起不来了,他躺在院子里边了,而他的鼻子也许还流了一些血。

这段话，萧红的同情心在谁那边？在惩罚小偷的父亲，还是被打的有二伯呢？显然是在有二伯这边，因为她强调的是有二伯的年龄，有二伯的无力，而不是他的过错。她强调有二伯是一个长者，是个弱者，不强调他是小偷。就情感倾向而言，萧红总是特别同情弱者，哪怕他是一个有过错的人。《呼兰河传》里写到很多可怜的人。卖豆芽菜的王寡妇，她的独生子淹死了，她非常伤心，就疯了。"寡妇""瞎子""瘸子""叫花子"，都是萧红深切同情的边缘人。她感同身受地去体会这些边缘人的不幸，而且对世人在人类悲剧命运面前的麻木感到非常震惊。

　　　　呼兰河这城里，就有许多这一类的人。人们关于他们都似乎听得多、看得多，也就不以为奇了。偶尔在庙台上或是大门洞里不幸遇到了一个，刚想多少加一点恻隐之心在那人身上，但是一转念，人间这样的人多着哩！于是转过眼睛去，三步两步地就走过去了。

　　萧红对于人们一转念就放下恻隐之心的硬心肠，感到悲哀和无奈。这样的文字，能唤醒我们在世俗生活中被磨钝了的仁爱之心，能够唤醒对生命的敏感。

　　萧红对生命的敏感，不仅指向现实处境悲惨的各类边缘人；她思维的另一层，是超越具体的现实处境，从更抽象的层面去思辨生命普泛的悲感问题。

　　　　那里边的人都是天黑了就睡觉，天亮了就起来工作。一年四季，春暖花开、秋雨、冬雪，也不过是随着季节穿起棉衣来，脱下单衣去地过着。生老病死也都是一声不吭地默默地办理。

　　这段话穿插在染缸房、王寡妇的介绍中，但抓住的是生老病死这种谁也绕不过去的问题，因而实际上在同情他们具体的生命境遇之外，还指向了对生命普泛境遇的哲学思考。随着季节变化，生命之流在自然流淌，无论你是默默接受，还是歌哭咏叹，人终究都要接受生老病死的必然。人生是何等的落寞，何等的无奈啊！这种俯瞰生老病死而产生的生命悲感，包含着一种超越具体生活状况而在更高层面上彻悟生命本质的智慧。

　　这种荒凉的生命悲感，《呼兰河传》不止一次写到。深夜听着跳大神的悲凉鼓声，街坊邻居中有人终夜不能成眠。萧红不禁感叹："满天星光，满屋月亮，人生何如，为什么这么悲凉。"这种悲凉感，都是作家从某一个具体的场景出发，引发出对生命存在的普泛感悟。它的内容并不限于一己的生命体验，而是指向了对生命存在的普遍关怀。

　　总之，《呼兰河传》抒发的是一个漂泊的现代知识女性的故园之思。这回忆中，萧红既投注了自己无家可归的辛酸感，也召唤出一个令人向往的自由本真的生命境界；既熔铸了她热爱呼兰河的乡土之思，也展示了她作为一个现代启蒙知识分子的思想力量；既有对底层弱者的深切同情，也有对生命存在的哲学感悟。这丰富的情感内涵，共同构成了《呼兰河传》的思想价值和艺术价值。这部作品是萧红文学成就的最高点，是中国现代文学史上不朽的经典。

第六章　20世纪40年代的女性写作

现代文学史上的20世纪40年代指的是1937—1949年，这一时期的中国按政治区域分为三块：国统区、沦陷区、解放区，这三个区域无论在政治、经济还是文化上都面貌各异。三者赋予女性的地位及意义也有着相当的差异。最能体现民族内外危机的是国统区，这里聚集着全国政治、经济、文化的中心力量。民族危机和政治黑暗使得很多作家来思考社会各个层面的新的旧的弊病，于是便有了《华威先生》《腐蚀》《升官图》《马凡陀的山歌》《猫城记》《五子登科》。路翎谈到他的长篇《财主底儿女们》说："我所检讨，并且批判、肯定的，是我们中国底知识分子们的几种物质的、精神的世界。"①路翎的《财主底儿女们》、巴金的《寒夜》《第四病室》、陈白尘的《岁寒图》都在探索一代知识分子的命运，他们在慨叹战争毁灭了一代知识分子的理想和生活。

与国统区相对，解放区是一个全新的政权，新的土地关系、新的所有制、新的家庭伦理观，这个政权提倡男女平等，颁布了新的婚姻法，使得解放区的女性写作蕴含了一种全新的女性观：她们体现着新的社会价值（有政治觉悟、反封建、苦大仇深），体现着新的农民道德（勤劳、朴实、富于反抗精神），体现着新的女性美（坚贞、活泼温柔、感情含蓄）。这一时期优秀的文学作品有歌剧《白毛女》、赵树理的《小二黑结婚》、孙犁的《荷花淀》、李季的《王贵与李香香》，都体现了这些特点。解放区女性在生活上比五四知识女性幸运，她们不必面临经济上无法生存后或投降或毙命的窘境，她们是以经济自主和恋爱自由作为妇女解放的完满结局的，但是解放区的女性在精神上、心理上却没有达到五四女性的主体高度，都是男性讲她们的故事。有了经济权，却没有话语权。现在来看解放区的这种男女平等，女性是作为一种

---

① 路翎：《财主底儿女们》，人民文学出版社1985年版，第2页。

生产潜能被发现的,她们是在急需劳动力以维持生存的乡土社会中闲而未用的巨大劳动群体。新的政府打破原有的贫富分化而建立了一种平等的社会秩序,这种平等成了没有区别,也没有性别区分,妇女解放被赋予简单化的内涵,仅仅意味着从低于男性的地位上升到与男性相同的地位,特别是与男性同样劳动,就以为解决了性别压迫问题。

20 世纪 40 年代沦陷区涌现了一批女作家,其中有现代文学史上极富才情的女作家张爱玲,也涌现了一批成熟的女性文学作品,是女性写作的第三个高峰。究其原因在于:首先是侵略者建立的文化统治的特点。日本人的文化统治是对各种重要的文化机构,如学校、电台、报刊等强行控制,对各种反日爱国、民族社会命运等国事题目的禁令。20 世纪 30 年代以来的主导话语,社会革命推翻政府的政治叙事,爱国民族抗日的主导话语都被禁止,其推行宣传"日中亲善"的文学和扶植的汉奸文学也维持不了门面。于是,随着大众、民族、国家前途、社会革命被隔绝于藩篱之外,剩下的各种故事想怎么写就怎么写,包括自我、爱情与两性关系。其次,如果说沦陷区的人们普遍怀着一种前途未卜的生命无着感,那么女性则额外有一种命运无着感,她们进入了一个无神时代,既无性别之神,也无大众之神,她们进入了一个无序时代。除了侵略者的统治,以往都市要求的传统性别角色不再具有秩序的威力。她们可以自由地写自己,写男人女人。最后,是文化心理结构中的新因素。抗战以后,新文化的主力阵营大都转移到解放区和国统区,沦陷区的女作家前面没有新文化父兄的巨大身影,她们没有父兄意识,她们的想象力不受藩篱外的父兄的左右。

第一节 张爱玲:姬别霸王式的颠覆

张爱玲是一位聪慧早悟、清醒冷静的女作家,她不喜欢理论思辨,而是由衷喜欢鲜活灵动、丰富多彩的生活本身:"清坚决绝的宇宙观,不论是政治上的,还是哲学上的,总未免使人嫌烦。人生的所谓'生趣',全在那些不相干的事。"[①]

关于女人的本质。首先,她认为,女人在任何时候都是最普遍的,基本

---

① 张爱玲:《自己的文章》,《张看》,经济日报出版社 2002 年版,第 156 页。

的，代表四季循环，土地，生老病死，饮食繁殖，所谓超人是男性的，而女人则把人类飞越太空的灵智拴在踏实的根桩上。其次，她指出女人带有原始性和神性。就像美国剧作家奥尼尔在《大神勃朗》中的地母娘娘。地母娘娘是个妓女，她强壮、安静、肉感、动作迟缓、踏实、懒洋洋地像一头兽；大眼睛像做梦一般反映出深沉的天性的骚动，她说话口吻粗鄙而热诚。她给人以母亲的慈爱和抚慰，自己自始至终承受着恋爱、生产的痛苦，她为春天带来生命而愉悦欢欣，为经历夏秋走向死亡的生命而震颤感伤。地母所含的原始性和神性是自然赋予的，而神本就带女性的成分："神是广大的同情，慈悲，了解，安息，凡是女人，精神里都带有一点地母的根芽。"①

关于女人的特点，张爱玲认为："女人的活动范围有限，所以完美的女人比完美的男人更完美，同时，一个坏女人往往比一个坏男人坏得更彻底，一个恶毒的女人就恶得无孔不入。"② 她认为，"自我牺牲的母爱是美德，但女人似乎不能将这一点引以自傲，因为兽、家畜也有"。关于择偶，她认为，"女人比男人较富于择偶的常识，女人择偶不像男人那么偏颇，纯粹以貌取人，而是首先注意到智慧、健康、谈吐风度、自给的力量等，相貌倒在其次"③。关于婚姻，张爱玲主张婚姻以女性为本位，她认为只要婚姻的决定权操纵在男人手中的制度存在，那么婚姻就不能够成为公平交易，只有所有的婚姻全由女子掌握主动权，我们才有希望产生一个超人的民族。关于男女关系的格局，她认为，"男与女实质包含母与子的成分，女人涵容笼罩，有似地母，但女人在庇护男人的同时，喜欢崇拜男人"④。张爱玲的女性观以地母为基础，在内涵上基本步了五四时期周作人倡导的"兽性＋神性＝人性""神性＋魔性＝女性"的女性观，她反对将女性神化，力图在世俗中彰显其本真，旧文化往往把女性描摹成圣女或淫女，对于妇女放荡之攻击与圣洁之要求，其实都是老流氓的变态心理的表现，在传统的女性形象中，倾国倾城的祸水与纯洁美丽的女神是女人的两极，其间还有妖女、妒妇、美人淑女、节妇烈女、巾帼英雄，均出自男性中心标准，女人不仅在丑化中失去本真，也在神化中丢失了自己。张爱玲尖锐地指出："翩若惊鸿、婉若游龙的洛神不过是一

---

① 张爱玲：《谈女人》，《张看》，经济日报出版社2002年版，第202页。
② 张爱玲：《谈女人》，《张看》，经济日报出版社2002年版，第202页。
③ 张爱玲：《谈女人》，《张看》，经济日报出版社2002年版，第202页。
④ 张爱玲：《谈女人》，《张看》，经济日报出版社2002年版，第202页。

个古装美女,世俗所供奉的观音不过是古装美女赤了脚,半裸的高大肥硕的希腊石像不过是运动家,金发的圣母不过是个俏奶妈,当众喂了一千余年的奶。"① 在道破了圣母膜拜背后的男性话语的同时,也褪去了五四女作家的青春浪漫气息。张爱玲清醒地意识到当今社会的文明是男权的文明,女性在这种文明中生存比男人苦得多,但对于女性生出的许多劣根性,自己也要负责任。这表现出了张爱玲自觉的女性自审意识,蕴含着女性意识的成长。

张爱玲17岁写的短篇历史小说《霸王别姬》,可谓少年老成之作。故事依旧是垓下被围四面楚歌,依旧是英雄美人的故事,但故事的主角不再是力拔山兮气盖世的项羽,而是在司马迁《史记》中以四个字"美人和之"一笔带过的虞姬,司马迁笔下那个作为英雄陪衬的模糊身影,在张爱玲的小说中,成为女性传统命运的质疑者:

> 十余年来,她以他的壮志为她的壮志,她以他的胜利为她的胜利,以他的痛苦为她的痛苦,然而,每逢他睡了,她独自掌了蜡烛出来巡营的时候,她开始想起她个人的事情来。她怀疑她这样生存在世界上的目标究竟是什么。他活着,为了他的壮志活着。他知道怎样运用他的佩刀,他的长矛,和他的江东子弟去获得他的冠冕。然而她呢?她仅仅是他的高亢的英雄呼啸的一个微弱的回声,渐渐轻下去,轻下去,终于死寂了。假如他成功了的话,她将得到些什么呢?一个贵人的封号,一个终身监禁的处分。她将穿上宫装,整日关在昭华殿阴沉古黯的房子里,领略窗子外面的月色、花香,和窗子里面的寂寞。她老了,于是他厌倦了她,其他的数不清的灿烂的流星飞进他和她享有的天宇,隔绝了十余年来她沐浴着的阳光,当她结束了她为他而活着的生命的时候,他们会送她一个端淑贤妃或贤穆贵妃的谥号,一只锦绣装裹的沉香木棺椁,和三四个殉葬的奴隶。这就是她生命的冠冕。②

张爱玲借虞姬对女性角色、女性生存本质和生命价值做出了冷静的思考,显示出她对女性在男性中心社会中依附性地位的清醒认识,这依附的表象下,

---

① 张爱玲:《谈女人》,《张看》,经济日报出版社2002年版,第202页。
② 张爱玲:《张爱玲作品全集》,安徽文艺出版社1999年版,第4页。

是张爱玲在思考历史烟尘中女性生命的苍白。"她微笑着拔出小刀刺进自己的胸膛,说'我比较喜欢那样的收梢'。虞姬别了西楚霸王。"①

在张爱玲的遗作《小团圆》中,选用另样的、多层次的母亲形象出现在读者的视野中,将母女关系推上了另一种故事情节的高潮。在《小团圆》中,刻画了蕊秋这样一个与女儿"较劲"的母亲形象,也刻画了九莉这样一个时刻与母亲对抗的形象。这两个形象的交织,汇成了一个多层次的母女关系。

小说前半部分表现九莉和蕊秋的母女相处,蕊秋追求自己内心的渴望,视九莉为累赘,九莉却把母亲视为偶像,渴望得到母亲的关注。母爱的缺失使得九莉的性格、心理甚至爱情观都受到了影响。后半部分描写九莉由于童年受到的凄苦,缺乏亲人之爱,当她遇到一个能够读懂她文字,长相又英俊潇洒的邵雍之时,快速地陷入了小女生对爱情的渴望之中,九莉的爱情是错误的选择,即使她知道邵雍之是汉奸,是情场高手,但她仍然坚守自己的那份爱情,导致了自己的悲剧。

《小团圆》中的亲情和爱情不同于《金锁记》《倾城之恋》之中的冷淡甚至丧心病狂,《小团圆》是有温暖在的,只是比九莉、蕊秋之间温暖的母爱更多的是伤害和背叛。父亲的冷淡,让九莉感受不到一丝温暖,小的时候就一心想逃离那个家;母亲是希望,但她也一次一次地伤害九莉,最终,连蕊秋去世都没能见到九莉;邵雍之在九莉看来是自己可以付出一切的那个人,但九莉的痴心并没有换来邵雍之的真心,反而将自己变成了飞蛾扑火,被烧得遍体鳞伤。

张爱玲是驾驭语言的高手,她的《小团圆》也是继承了之前小说在语言上的特点,笔锋犀利,词语新奇,含蓄隐晦,耐人寻味。讽刺是张爱玲揭示人性、描摹世态不可缺少的方式,也是她小说审美精致的一个方面。《小团圆》中,张爱玲以一贯讽刺的工笔描绘了人生中的故事,不论爱情还是亲情。张爱玲认为她过往生活中对她影响最大的两个人就是她的情人和她的母亲,是她的母亲造成了她一生的痛苦与悲凉。因此,在《小团圆》中,张爱玲在写到他们时多用讽刺的笔法,来表示对他们的感情倾向。

《小团圆》中,张爱玲对母亲蕊秋的讽刺是尖酸刻薄的,丝毫不见一点温情与悲悯。"她在四面楚歌中需要一点温暖的回忆。那是她的生命。"张爱玲

---

① 张爱玲:《张爱玲作品全集:霸王别姬》,安徽文艺出版社1996年版,第4页。

讽刺年老的蕊秋只能靠玫瑰色的回忆来度过晚年。当母亲蕊秋回国后，文章没有以直白的语言告诉读者，此时的蕊秋已经老了，而是写她的鼻子、眼睛的位置都发生了变化，这对一生追求浪漫的蕊秋来说，何尝不是嘲讽。

张爱玲对于西方文化有着自己独特的见解，在《小团圆》中浓烈色彩的词语随处可见，"乳黄色球形玻璃罩""宝蓝缎子棉浴衣""金棕色的小圆脸"，等等。张爱玲还是用颜色来表现象征手法的高手，蕊秋去看九莉，亨利嬷嬷出来送母女俩，"两旁乳黄色水泥阑干，太阳把蓝磁花盆里的花晒成小黑拳头，又把海面晒褪了色，白苍苍的像汗湿了的旧蓝夏布"。乳黄、蓝、红与黑、白苍苍形成了鲜明的对比，这样一冷一暖的交替使得读者视觉上感到了明显的冲击，烘托出了九莉对母亲的自豪，没能让同学们看到母亲的惋惜，独自求学的孤独。

张爱玲将五四以来的女性意识，推向了一个新的高峰。因为在冯沅君等女作家笔下，女性的不幸大都反映在追求爱情；在庐隐那里，女人的悲哀涉及精神的苦闷；丁玲与苏青所表现的女性问题在于个性与生存空间的狭窄；而张爱玲所表现的是女人最基本的生存活动的艰辛，这更具中国特色，更切入了中国女性的生命深处。以女人为中心表现对女性的深深的了解与同情，构成了她小说叙述的特色。生存不易，单是为了活着，就让男女老少耗尽了一生的聪明才智与光阴，人生最大的目标是活着，这是多么可悲的生存状况。她的小说故事中，男人同样不幸，他们已不再是男子汉，而是外强中干、萎缩、弱化的中国男人。《茉莉香片》非但是一个寻父的故事，还表现了已普遍太监化了的中国男人的生存悲哀。传庆对丹朱喊出这样的话："对于我，你不单是一个爱人，你是一个创造者，一个父亲、母亲，一个新的环境，新的天地，你是过去与未来，你是神。"[①]"生长在都市文化中的人，总是先看见海的图画，后看见海；先读到爱情小说，后知道爱；我们对于生活的体验往往是第二轮的。借助于人为的戏剧，因此生活与生活的戏剧化之间很难划清界限。"[②] 这是散文《童言无忌》中的话。"很平整的一张脸，像一个新铺的床，加上忧愁的重压，就像新铺的床给人一屁股坐上去了。"[③] 这是《鸿鸾禧》中

---

① 张爱玲：《张爱玲作品全集》，安徽文艺出版社1996年版，第27页。
② 张爱玲：《张爱玲作品全集》，安徽文艺出版社1996年版，第620页。
③ 张爱玲：《张爱玲作品全集》，安徽文艺出版社1996年版，第121页。

张爱玲形容新娘邱玉清的长相。"天完全黑了，整个世界像一张灰色的圣诞卡，一切都影影绰绰。"① 张爱玲写出了自然人工化，张爱玲认同世俗生活，这是她的生活态度和艺术态度，对人生不尚幻想的务实姿态，她从不陶醉于理想化的男女之爱。"死生挈阔，与子相悦；执子之手，与子偕老"，好像我们自己说了算似的，她说其实比起外界的力量，我们人是多么渺小。"人是生活在一个时代里，可是这时代却影子似的沉下去，人觉得自己是被抛弃了，为了证实自己的存在，抓住一点真实的，最基本的东西，不能不求助于古老的记忆。"② 这是她的末日意识，对末日的恐怖而生出对当下生活的热爱，她几乎带着一种绝望的热情把世俗生活拥入怀中。末日意识与世俗性是张爱玲人生观的两个极端，这使她的文本充满了艺术张力。因小说有苍凉的底色使世俗有了超越，也因故事中有世俗的热闹才使苍凉有了内容。张爱玲作品中有这样几个极具张氏特色的比喻：冻在冰箱里的鱼，绣在屏风上的鸟，玻璃匣子里蝴蝶的标本，她用这三个比喻隐喻女性非正常、非自由、被异化的生存现实。她采用琐碎化、世俗化、自我感性化的书写策略，以体现出性别优势，避免落入男性主流话语的窠臼。她企图确立女性主体的书写模式，没有走鸳鸯蝴蝶派或摩登新感觉之路，而是走女性自我叙述之路，忠实于女性的经验和体验。她将个体经验抽象化、寓言化，使之变成关于女性族群乃至人类总体生存境况的一种寓说。

第二节 苏青小说中的女性主义特征

苏青（1914—1982），本名冯允庄，早年发表作品时曾署名冯和仪，后以苏青为笔名。中国现代小说家、散文家、剧作家，是与张爱玲齐名的海派女作家的代表人物，浙江宁波人。1933年考入国立中央大学（1949年更名为南京大学）外文系，后肄业移居上海。张爱玲曾说："即使从纯粹自私的观点看来，我也愿意有苏青这么一个人存在，愿意她多写，愿意有许多人知道她的好处，因为，低估了苏青的文章的价值，就是低估了现在的文化水准。如果必须把女作者特别分作一栏来评论的话，那么，把我同冰心、白薇她们来比

---

① 张爱玲：《张爱玲作品全集》，安徽文艺出版社1996年版，第122页。
② 张爱玲：《张爱玲作品全集》，安徽文艺出版社1996年版，第673页。

较，我实在不能引以为荣，只有和苏青相提并论我是甘心情愿的。"①

1935年，苏青为抒发产女苦闷，写作散文《产女》投稿给《论语》杂志，后更名为《生男与育女》发表，是为创作的开始。20世纪40年代初因婚姻变故而成为以文为生的职业作家，作品主要发表于《宇宙风》《逸经》《古今》《风雨谈》《天地》等杂志。与张爱玲"珠联璧合"，红极一时。1943年，代表作品长篇自传体小说《结婚十年》开始在《风雨谈》连载，一时被视为大胆女作家而毁誉纷纷；该书次年出版单行本，半年内再版9次，到1948年底，已有18版之多。1947年，《续结婚十年》出版。小说的内容为女性涉世而终遭幻灭，写男女情事文笔大胆；文学风格为实录通俗的故事品格，但世俗中又带有隽逸。苏青写作了大量散文小品，结集为《浣锦集》《涛》《饮食男女》《逝水集》。其中《浣锦集》一版再版，乃至印了十几版。此外还有长篇小说《歧途佳人》等，《歧途佳人》也一时洛阳纸贵。苏青为20世纪三四十年代海派文学女作家的代表人物，被称为"上海文坛最负盛誉的女作家"。

一、女性视角的确立

所谓女性视角，即用女性意识、女性经验创作作品。女性写作必须忠实于女性独有的经验与体验，女性的生理、心理特征都区别于男性，只要女性忠实于自己的体验，就可以写出有别于男性的女性文本。也许是由于社会性的原因，女人比男人更善于体验自己的心情感受，也更重视自己的心情感受，所以她们的个人意识要比男人们强，她们天生地从自我去观照人类与世界。苏青的小说就体现了一种女性自我。

痛史——女性的身体体验。女性如何才能发出自己的声音？她们必须找到自己的话语之源。这话语之源就是女性身体。认识自己的身体，体验它们所引起的感受，这对提高女性自身的认识具有重要的意义。苏青的小说中频繁出现的身体经验便是生产与流产的痛苦，她以血为墨告诉一个女孩成长为一个女人、一个母亲的"痛"，这是一个19岁的小母亲的经历，正因为有了这刻骨铭心的痛，才有了"再也不要养孩子"的感慨。苏青在作品中大胆地坦露了女性生产时的身体体验，内在地释放出女性的感觉和能量，也告诉了人们一个

---

① 张爱玲：《张爱玲作品全集》，安徽文艺出版社1999年版，第705页。

女性成长中所经历的痛。苏青的创作证明了身体的历史就是女性的历史,身体的遭遇就是女性的遭遇,因为女性就是以身体的遭遇而形成自己的性别体验的。苏青小说中对性爱的关注,使她的文学创作迎来了一个真正的女性话语时代。在苏青看来,"性是人类生命的源泉,是整个人生不可或缺的一部分"。苏青站在女性的立场上,大胆书写其性爱感受。她要打破那种统治了几千年的男性中心模式,建立一种男女平等、相互理解、相互信赖与理解的夫妻关系。

二、苏怀青:作为知识女性的言说

《结婚十年》的出现并不是一个偶发的巧合和苏青本人的灵光一闪,其作品的形成必然绕不开历史与空间在不同向度的交叠与暗示。20世纪上半叶,没有一座城市如同完璧一样屹立在中国的版图上。外族的入侵不只是在战场上刀光剑影,在文化领域同样掀起了一场没有硝烟却也战况激烈的战争。这场战争以狂飙突进的五四运动为代表,民主和自由意识都不可否认地在这片古老的文化土壤中植根。尤其是年轻一代,他们建构起来的现代文明的价值观,随着社会的新陈代谢,日渐取得社会地位和发言权,为处在风雨飘摇的中国社会摆脱封建阴影各自努力。而上海作为最早开埠通商的一批城市,更具有前瞻性和典型性,"那个时期居于上海近郊的西方人认为这是势所必然的,因为他们在这个特别的通商口岸的近郊居住,自然使得上海城的现代性成为可能"①。拥入的西方人使这座城市迅速地摩登化,平地而起的银行和百货大楼,舞厅和夜总会等,由此带来的生活方式和生活观念的变化要比其他的城市更为强烈,与中国几千年来固结的传统分庭抗礼。

在此基础上,女性,特别是知识女性,先觉意识使她们纷纷卸下肩膀上沉重的传统负担。几千年来在历史的长河中被忽视的女作家,在五四及其余晖的照拂下纷纷登场,以自身的女性经验开始表达自己身为女性所经历的切肤之痛。苏青作为其中的一员,她的文字显然没有丁玲等左翼女作家"铿锵玫瑰"般的昂扬和激烈,也没有张爱玲的华丽和凉薄,而是她自己提到的是一种坦诚与实际。王安忆在《寻找苏青》中写道:"她是实实在在的一个,我们好像看得见她似的。即便是她的小说,这种虚构的题材里,都可看见她活

---

① 李欧梵:《上海摩登:一种新都市文化在中国(1930—1945)》,毛尖译,浙江大学出版社2017年版,第5页。

跃的身影,她给我们一个麻利的印象,舌头挺尖,看人看事很清楚,敢说敢做又敢当。我们读她的文章,就好比在听她发言,几乎是可以同她对上嘴吵架的。"① 因此,看苏青的作品实际上是在看一幅炭笔素描画,没有工笔细描的精致,却完整地记录了当时社会中人物的生活历程。尤其是《结婚十年》中的苏怀青,这个印刻了作者自身履历的人物,在这种"一吐为快"的叙述策略里,更加真实可感。

1. 最后的"自我":人生价值的全力追求

"性情倔强"是苏怀青身上的关键词,除此之外还有知识女性的自觉,两者合并在一起促使苏怀青或自觉或不自觉地追求自由的人生境界和生存价值。在十年的婚姻中,苏怀青要面临接踵而来的难题,与自己针锋相对的小姑子,与自己丈夫关系暧昧的嫂子瑞仙,态度忽冷忽热的公婆,从结婚第一天就使得她陷入了一种尴尬的境地。如此种种,苏怀青没有认命、妥协,而是毅然决然地选择告别夫家,独自前往南京去求学。同样是在困境中挣扎选择离开,对比张爱玲笔下《倾城之恋》,白流苏的出走像是无奈中的逃离来为自己觅得一个容身之所,而苏怀青的出走则是一种不忿,对没有爱情空有名分的婚姻的抵抗,把主动权握在自己手中后的积极选择。苏怀青没有采用更加柔和的方式唤回丈夫的心意,而是在新婚燕尔的时候愤然出走,是性格中倔强部分的展露,更是对自我不放弃的追求和女性主体意识的宣誓。

除此之外,在新旧交替的年代里,社会看待女性的眼光也越发苛刻,"德才兼备"找到了一种新的生存环境,即要求女性在知识上是新的,苏怀青去应聘教师,因大学肄业所以只能担任小学教员;而在行动和思想上,却希望女性可以循规蹈矩,恪守陈规妇道,苏怀青与丈夫贤爆发的第一次正面冲突正是起源于此。苏怀青与贤组成的小家庭面临着许多危机,首先是夫妻的角色分工。贤同样是在新式教育下成长起来的新式青年,受过大学教育,但这仍然不能使他摆脱传统父权思想的影响。西蒙娜·德·波伏娃在其作品《第二性》中说道,"在社会上,男人是一个自主完整的个体;他首先被看作生产者,他生存的正当性通过他给群体提供的劳动成果来证实"②,贤通过剥夺苏怀青的工作的权利来展现自己的这种"正当性"。贤反感苏怀青阅读报纸书刊

---

① 王安忆:《寻找苏青》,辽宁人民出版社2013年版,第224页。
② [法]波伏瓦(Beauvoir, S. D):《第二性》,郑克鲁译,上海译文出版社2014年版,第590页。

以至于将自己的书锁起来，更反对苏怀青谋求职业，给杂志投稿赚取稿费贴补家用，贤的这些行为是他思想中根深蒂固的大男子主义所致，因此在他与苏怀青二人的小家庭中形成了一种压迫关系。苏怀青被要求成为一个专心于家务，同太太们闲时看看电影，搓搓麻将，花瓶一样的女性，对于其自身的个性思想和求知欲等则给予打压，由此来确定贤在这个家中独一无二的话语权。在新的历史情境下，苏怀青与贤两个人身处摩登城市的新社会人，仍旧在重复着几千年来在家庭角色上不断重复的悲剧。然而苏怀青是不肯在这种"暴力"之下就范的，尽管中间贤采取了怀柔的方式，企图用跳舞和电影来转移苏怀青的注意力，苏怀青也曾因为失去了精神支撑而萎靡消沉，"知道我是个性情倔强的人，勉强抑制着，终必郁郁致病"，但她始终不放弃对自我的捍卫和价值的追求。

2. 四面八方的生存困境

家庭是每一个拥有自我意识的女性所不得不面临的困境，即使西方文明的涌入对中国传统造成了冲击，但对于封建家长制却很难从根基上撼动，即便今日我们仍然能感受到来自传统家庭的压力。这既包括来自原生家庭，如苏怀青的妈妈，也包括出嫁后与公公婆婆相处，甚至也包括与贤的小家庭，这些都如同层层防线对于自由的人生观和价值观进行规训。在《结婚十年》第一章"新旧合璧的婚礼"中展示了令人迷惑的场景，女方遵循着旧式的婚礼习俗，比如母亲坚持让苏怀青坐花轿，由弟弟将苏怀青抱上花轿等，而男方则是按照西方的新式婚礼来办，这从某种程度上表示出两个家庭对于旧式传统的一种执着和背叛。从原生家庭来看，苏怀青的母亲带给她的并不是人格塑造上的影响，而是从心理和行为方面的约束，这也同时约束了苏怀青母亲本身。最突出的表现在《结婚十年》中的"归宁"一章，苏怀青产子后第一次回娘家，她秉持一颗久别重逢、思念母亲的心，面对母亲却分明又感受到了生分，为了应付娘家来的奶妈和不被街坊邻居说闲话所以小心谨慎，牺牲掉了与女儿的亲密无间。嫁出去的女儿真的成了泼出去的水，"在寂寞的夜里，在寂寞的床上，母亲也是一样的茫茫然呀；而且还有一种陌生的感觉，似乎有些拘束，似乎有些装作，我也知道那是不必要的，然而仍旧不自然"[①]，母女双方都饱尝一种隔膜后的寂寞。然而对于这种母女生分后引发而来的

---

① 苏青主编：《结婚十年》，中国妇女出版社2015年版，第100页。

"痛苦"和"寂寞",苏怀青在否定中却选择了默认,困境中选择了妥协。

夫家带来的"痛苦"更是沉重不堪,苏怀青(以及同时期大多数女性)嫁到男方家中时即面临着自我的丢失和女性被物化的危机。苏怀青与贤的婚礼并不由自己做主,两个人始终像提线木偶般听凭长辈们的安排,因此新娘苏怀青只能疑惑和无助地在内心发问:我的房间在哪里?我的新郎又在哪里呢?除此之外,苏怀青在徐家过着少奶奶的生活,用外人的眼光来衡量这种生活是令人艳羡的,但少奶奶生活中的酸甜苦辣只能由她独自消磨。小说里提到了苏怀青女儿薇薇的奶妈,这是一个祥林嫂式的苦命女人,对于自己和孩子完全没有自主权,孩子一出生就送掉了,出来做奶妈挣钱以填补丈夫好赌的无底洞。苏怀青与她虽然在生活水平上面临着天差地别,但是本质上依旧面临着一个难题:对身体自主权的丢失,这一点被苏青在文中表现得淋漓尽致。苏怀青怀孕后诞下女婴,然而这个婴儿却辜负了公婆在内的所有人盼望长孙的期待。当苏怀青想要与孩子多待一会儿时,公公却下令差人去乡下找个奶妈,这样能够使苏怀青更快地怀上孩子,并认为下一胎一定是一个男胎,由此苏怀青被剥夺了一个做母亲的自由,连自己的孩子都不能随时亲近,慢慢导致了薇薇长大后也不和苏怀青亲近。即使苏怀青是一个接受过新式教育的女性,在一个传统的家庭里依然被物化为一个延续香火的产子工具人。

为了摆脱种种人生困境,苏怀青又做了更勇敢,也更符合五四价值观的行动——与贤离婚。《续结婚十年》中苏怀青重新以独立女性的身份走入社会,依靠写作使自己成为一个可以自食其力的人。但是,开启了全新人生篇章的苏怀青并没能轻松,生活往往是从一个石窟掉进另一个无底洞,离开了小家庭却要面对更复杂的社会熔炉。首先,苏怀青的独立精神使她不能在社会中找到一个令自己保持舒适的状态。当她寄居在亲戚家的时候,内心独白是:"我是一个爱好自由的人,不惯受拘束。我只希望有一个自己的房间,可以安心写作,可以自由进出。"[1] 这与弗吉尼亚·伍尔夫的《一间自己的房间》不谋而合,"一个女人如果打算写小说的话,那她一定要有钱,还要有一间自己的房间"[2]。独立女性将物质财富和精神财富同时放置在天平两端而保

---

[1] 苏青:《苏青文集:小说卷(中)》,安徽文艺出版社2016年版,第39页。
[2] [英]弗吉尼亚·伍尔夫:《一间自己的房间》,贾辉丰译,人民文学出版社2013年版,第2页。

持平衡，但世俗对女性的偏见使得以苏怀青为代表的女性面临着一种求而不得的窘境，仍旧摆脱不了"花瓶"的刻板印象。比如单独与金总理吃过饭后，金总理邀请她做他的"私人助理"，这对于有文人身份的苏怀青是一种折辱，仍然用一种传统的眼光将女性扁平化。即便如此，能得到金总理的赏识已经是一种幸运，在其他地方苏怀青受到的待遇更加不容乐观。她为了求职像交际花一样出入社交场所；她的目的是寻找一份谋生的工作，而别人却只关注交际，不把她的谋生放在心上；想要在报馆任职却被上级排挤和打压；等等。这都是苏怀青需要面对的尴尬和令人气愤的不公平待遇。即使是政界高层，文人墨客，在这座城市里仍旧因循着一种传统的眼光，苏怀青从 N 城到上海，从家庭走向社会，空间背景的置换还是难以带来性别地位的变化。

3．"娜拉"走后的无奈

在阐述了苏怀青面临的种种不可解的困境后，很容易看到其作为进步女性本身存在的思想上的割裂。准确来说，苏怀青是一个新旧杂糅的女性，她的的确确是新式，不论是思想上还是行动上都散发出一种不卑不亢的独立精神和浪漫的自由色彩，可是旧时代的影子几千年深植进女性们的灵魂深处，无法得到根本的改变。最明显的地方就是这本书的最后两章，《结婚十年》中的"都是为了孩子"和"最后的安慰"。前者的结局是贤婚内出轨，苏怀青知晓后为了孩子选择隐忍，然而忍无可忍最后离婚。后者是贤又再婚，后母排挤两个孩子，于是苏怀青把孩子接回身边生活。这显示了苏怀青作为母亲的一种天然的责任感，同时也隐隐透露出女人为扮演好母亲的角色所不得不做出的牺牲。两本书中，性格现实的苏怀青几乎每一次的妥协与退让都与孩子有关。除了上面提到的两个情节，在《结婚十年》续篇中，女儿菱菱生病了，苏怀青立刻将赵瑞国抛在脑后，没有顾及这可能是她与赵瑞国的最后一面，在主观上放弃了自己的爱情。母爱的伟大毋庸置疑，但是歌颂的同时人们往往只把眼光放在"牺牲"这个行为本身，对于牺牲所付出的代价是否具有不人道的地方，这很少得到人们深刻的思考，因此使得成为母亲的女人，一边享受着儿孙伴膝的快乐和来自外界对于其妇道的肯定以及对于内心的自我满足，同时也遭受着这些"牺牲"带来的阵痛。

除了孩子，我们看到她即使做出上大学、外出工作和离婚等一些在当时看来十分大胆的举动，但她仍然不是一个强硬的女人，"优柔寡断"引起了一系列连锁反应，为她今后的人生埋下种种隐患。苏怀青拥有"娜拉的行动但没有她的决绝"，她的出走是勇敢的，但是兜兜转转却又回到了原来的家，即使最后没有回到家庭中，她对于家的感情始终是打断骨头连着筋，正如鲁迅在《娜拉走后怎样》中提到的，"不是堕落，就是回来"。苏怀青向贤追要生活费并且责备贤没出息，与贤争吵起来还挨了贤一巴掌。然而她的愤怒消退得很快，下半夜就开始担心刚刚闯出去的贤，这是她性格中软弱的部分在作祟，无奈地低下自己作为贤妻良母的头。另一个很典型的事情是关于金总理，金总理听说了苏怀青的不幸遭遇，第二天给苏怀青直接送去了十万支票。这笔巨款确实解了苏怀青的燃眉之急，但是她与金总理不过才见几面，因此这笔钱实在暧昧。苏怀青本来不想收下这笔钱，但最后还是做出了妥协，直到金总理去世也没能将这笔钱还给他。这里不是指责苏怀青，而是更加直面地展示了苏怀青身上的真实和软弱，敢于反抗生活，但也善于向生活低头。而她的软弱也不可避免地衍生出许多的痛苦，十年如一日的不幸婚姻的积累，最后终于爆发导致她与贤离婚；因为收了金总理的钱而被人误会为汉奸，担惊受怕了好一阵；等等。这些都是导致苏怀青不幸人生中的一砖一瓦，累积起来建成女人痛苦的原因。

4. "两颗樱桃"——爱的饥渴与遗失

苏青笔下的苏怀青对爱情从头至尾都有一种"爱的饥渴"，但不可避免地逐渐走向失望。最开始的爱情的萌芽是对文明戏中赵云的幻想，将他视为自己的"英雄"，后来又把这英雄的形象嫁接到未婚夫贤身上，让这段不自由的婚姻找到了一个可以自由生长的园地。然而幻想很快就因为苏怀青走进真实的婚姻而破灭。在第一次失望后，苏怀青又迅速萌生了第二段情感，与应其民的感情是真正自由萌发的恋爱，然而很快这段恋情竟然因为苏怀青的孩子戛然而止，"两颗樱桃"只能作为一段纪念永远地留存在心底。然而这"两颗樱桃"并不是永远新鲜亮丽，在《续结婚十年》中，苏青妙笔安排了经年后苏怀青与应其民的偶遇，应其民与苏怀青约好在咖啡馆见面叙旧，而苏怀青满心牵挂着孩子菱菱，曾经真挚的情感只能随着孩子等因素的加码，全然失去了它的重量。

如果说第一次她与贤的婚姻属于"父母之命"，而到了第二次能够由她自己做主的时候却处在一种尴尬的状态。"女人都是现实主义者，因为物色对象之不易，所以一遇到略为相像的男人便把握住了，唯恐又错过了机会。"苏怀青即使结婚十年也不到三十岁，是可以再度物色对象的年纪，却因为她"离过婚"的身份使她自始至终没有与合适的人走到最后,那些出现在她生命中的男人统统成了匆匆过客。与赵瑞国的恋爱就是最典型的例子,苏怀青选择赵瑞国也只是将就着选择了一个差不多的人,同样赵瑞国给予她的爱本身也并不纯粹。赵瑞国不是一个单身汉,他有老婆但是苦于自己的生理问题不能拥有儿女,于是在上海与苏怀青同居也不必担心儿女的问题,与此同时赵瑞国被宗法意识影响着,觉得无法生儿育女着实是一种遗憾,对于苏怀青拥有三个健康的儿女时常表示艳羡。这让苏怀青陷入迷惑,同时也感受到这份爱情来得并不纯粹。于是兜兜转转,尽管苏怀青已经逃离原有的家庭,尽管她作为一个女作家做出了一番事业,写出畅销书还尝试办杂志,然而一旦将眼光放在她女人的身份上,一切成就都被涂抹干净,围着她的依旧是外表和生育能力,这实在是那个年代,甚至包括社会进步的今天,女性生存不得不面临的生存困境。

第三节　九叶派诗人——郑敏

郑敏(1920—2022),福建闽侯人。父亲是河南某矿山的工程师,她在矿山度过童年。1930年,她随母亲移居北平,开始上学。1931年,九一八事变,全家迁到南京,她在南京中华女中上完中学。中学时期,是她走上文学之路的准备期,她在国文老师的影响下,痴迷于"世界文库"读物。1939年,郑敏考入在昆明的西南联大外语系。西南联大是郑敏记忆里的"太阳",是她成为诗人的文化摇篮。她先考入外语系,后改修哲学,在哲学大师冯友兰、金岳霖、汤用彤的指导下,她成了一个冷静的观察者和深沉的思考者。她选修了闻一多的"诗经",沈从文的"中国小说史",冯至的"歌德",在冯至的影响下开始写诗。1943年大学毕业后赴美国,在布朗大学和伊利诺伊州立大学研究院学习。1956年回国,在文学研究所从事英国文学研究。1960年后,任教于北师大外语系。郑敏出版的诗集有《诗集1942—1947》(1949)、《寻觅集》(1986)、《心象》(1991)、《早晨,我在雨里采花》(1991)和《郑敏诗选1979—1999》(2000)。

《诗集1942—1947》是郑敏第一本诗集,包含62首诗歌,可以分为抒情诗、咏物诗和社会诗。郑敏的抒情诗意象鲜明而不单调,构思巧妙而不落俗套,感性细腻而不感伤,所思所写较为辽阔,给人以悠远的遐思。《晚会》写一个少女赴约的心态:"我不举手敲你的门,/但相信你能听到门外我宁静的呼吸。/当你无声推开大门时,/我已经等在你的门边。"一对恋人彼此渴望相遇和心灵相通的情境被表现得惟妙惟肖。《音乐》《春天》《怅怅》都写得文字纯净、感情细腻,比较能代表诗人早年单纯而美好的心灵与梦幻。然而,诗人毕竟身处乱世,沐浴西南联大人文精神的郑敏,同很多爱国青年一样,忧国忧民,迷惘疑惑,对时代、历史、社会都有着自己的观察和思索。《无题》不再描绘那种心灵微妙的颤动,而是将冷静与理智浸濡在爱情之中,"我们并肩坐在这秋天的窗下",然而彼此之间却是一汪白水,爱变得缄默模糊起来,美好的回忆就此丧失。咏物诗是诗人创作中最能代表其创作特色和艺术追求的一部分。现代诗派里,郑敏深受奥地利诗人里尔克的影响。里尔克做罗丹的秘书时,接受罗丹的建议,先到动物园观看再写。郑敏的很多咏物诗也由观看开始。《金黄的稻束》是诗人对收割后稻田的一片遐思,她面对站立着的稻束,想起了无数疲倦的母亲,在静默中对稻束引出了"人类的一个思想——伟大的收获,来自伟大的疲倦"。《树》是对树木的观察加上诗人的想象和思考,写树的声音和宁静。"我"听到树的声音像一个失去民族自由的人民,封锁在血里的声音,春天树的枝条,像人民强壮的手臂怀抱着啼扰的婴儿。"我"从树的姿态里感受到树的宁静,枝条间斗转星移,溪水流淌小鸟鸣叫,树永远在沉思、祈祷。诗人写树,抓住了树的富有张力的声音和宁静两个侧面,对树的比拟,极富时代特点,在表现对树的思考时也映射了时代。诗共两节,修辞上很讲究,开头写:"我从没有真正听见声音,像我听见树的声音,当它悲伤,当它忧郁,当它鼓舞,当它多情。"第二节用的同样的句式,否定的句式带来表现的真切,形式整饬,富有张力。社会诗里也有一些相当优秀的诗篇,诗人深入社会肌体深层,揭示中国积弊,热爱祖国、探索真理的热情溢于言表。《噢,中国》是首悲壮而崇高的诗,它把古老的中国放在世界发生巨大变化的背景下,进行历史反思:"噢,中国,你的命运,阻挠你的力量那么多!一份历史就是一份束缚!"接着又真诚地礼赞人民革命,期待着再来个第三次革命,"这一次是你的血液里升出真的觉醒/从灵魂的田野里将隐埋在泥土下的腐败连根掘去/还有那些怠惰的杂草"。郑敏的这类诗,常常挖掘国民劣根性,如《生命》称"服从是中国人的生命底色",而《清道夫》则对历史的停滞不前发出令人深思的叹息:"那有过的污秽,重新又有/那没有过的智慧,仍然没有!/时间推不动这一群人们/像河水卷不走一片滩石。"在这类诗里,她还以特有的情思伸张正义、驱逐黑暗,呈现独特的信念和勇敢。她的社会诗确如袁可嘉在1948年《诗的方向》中所说:"她将圣雄甘地所代表的真理,对智慧的肯定,对人生意义都作了有力的肯定。而这个力,不是通常意义上为重量级拳王所代表的力,却来自沉潜、明澈的流水般的柔和,实在使人折服。"[①] 诗人赞美在苦痛里生长的英雄和为正义而死的烈士,并由此咀嚼生命的意义,"只有当痛苦浸透了身体/灵魂才能燃烧,吐出光和力"。把痛苦看作冶炼灵魂的前提。郑敏还有一组专门写生死主题的诗,或把死亡看作一种解脱,或把死亡当作一种启示,而对闻一多先生那样为伟大事业而献身的死,则给予崇高的评价。诗人还寄情于贫苦的劳动者,倾听他们的悲苦,赞颂他们的坚忍,放射出人道主义的光辉。《人力车夫》写一个人力车夫把他人拉到了目的地,而他自己却失去了目的,诗人的目光久久停留在这些"生命的马拉松赛者"面前,抓住了人力车夫的一个动作,"举起,永远举起,他的腿,/奔跑,一条与生命同始终的道路/寒冷的风,饥饿的雨,死亡的雷电里/举着,永远地举着,他的腿"。一个在道路上奔跑的车夫形象,出现在读者面前,他在寒风冷雨中奔跑,面临着风雨交加的困境,诗人悲悯他们的命运,为他们呼吁,希冀社会为他们开辟出一条坦途来。

20世纪40年代,郑敏的诗在艺术上已经形成了独特的个性。她的诗歌在内容上追求哲理性,形式上注重意象性,把沉思和美结合在一起。

首先,重视"雕像",即重视视觉形象。雕像是解读郑敏诗歌的一把钥匙,她喜欢将一片景色、一幅画、一个动作,定格或流动起来,使其流露出深刻而丰富的思想。如《寂寞》围绕"一棵矮小的棕榈树"构思,《舞蹈》围绕一个舞蹈演员在舞台上定格的一个动作展开运思,《小漆匠》从油漆匠头向手微微倾斜的一个刷漆动作开始写起。在这些如雕塑般的动作和景象中,有着属于郑敏的独特诗意。

其次,注重写实和象征的结合。郑敏认为对事物意蕴的揭示,须经历一个由外而内、由实而虚、由写实到象征的过程。郑敏深受西方现代主义的影响,特别是里尔克的影响,她致力于新诗现代化的建设,旨在使新诗成为现实、象征和玄学的融汇。她强调反映现实和挖掘内心的统一,比如她的《时代与死》赞颂生命的永恒,表现了"生"和"死"的价值和意义。她

---

① 袁可嘉:《论新诗现代化》,生活·读书·新知三联书店1988年版,第198页。

的长诗《诗人与死》是有感于诗人唐湜的意外死亡而作。开篇就把诗人的死亡比喻成"冬日折断的水仙""被有力的手砸碎的典雅的古瓶",这种意象是从现实生活中的择取,又象征了诗人高洁生命被夺取给人带来的悲剧感和痛惜感。

最后,对结构的讲究。郑敏的诗歌有丰富的感觉意象,又表现出鲜明的智性特征,实践了九叶诗派将"思想知觉化"的诗学理念。此外郑敏很注重诗歌形式和结构的严整,力求结构上的美感。比如《树》第一节的第一句是"我从来没有真正听见声音,像我听见树的声音",第二节的第一句是"我从来没有真正感觉过宁静,像我从树的姿态里",两节起首是相同的句式,后面是对树的声音和树的宁静的叙写,两个小节句式相同、结构相似,非常讲究。还比如《当你看到和想到》,诗歌这样写:"当你看到月亮时/你在想地球/当你看到地球时/你在想太阳/当你看到太阳时/你在想别的太阳/当你看到婴儿时/你在想老人/当你看到老人时/你看不见婴儿"。诗人用重复的句式,写出看到和想到的不同,而它们又彼此依存的关系。

郑敏新时期的诗歌创作以《寻觅集》和《心象组诗》为代表,既抒写了萦绕心头的对祖国、大地、未来、探索者和奋斗者的爱,闪烁着思想和希望的光泽,也沉思世界的辩证法和从复杂里开采真理的追求。她的《心象组诗》是一组充满各种玄思妙想,面对生命内在本质和生存真相进行灵魂探险的诗,打开了无意识领域,仍"在宁静中重记感情",又借助无意识的帮助,所谓"心象",指的是那些交叠隐藏于人们无意识深处的变幻莫测、云谲波诡的心灵图景,诗人试图用诗句捕捉它们,致使20世纪80年代中后期以来的诗作既富生命力的强烈震撼,又进入出神入化的意境。沿着郑敏20世纪40年代抒情哲理诗的特点,考察其新时期诗作可发现其发展轨迹:其一,从对客体的观看和沉思,逐渐发展到从客体指向心灵深处,抒写人生的感悟和生命的激情;其二,艺术上进一步重意象、重结构,而语言的自觉使诗艺增强了张力和弹性。

第四节　他塑:中国现代男性叙事文学中的性别意识

在现代文学的进步与落后、光明与黑暗相对峙的价值体系中,一般来说只有男性才能成为这对立阵营中的主体。黑暗阵营的男性不外是封建家长、剥削阶级两类,附属于他们的女性,一般被认为是愚昧的、没有觉悟的、可恶的。如《家》中的陈姨太、三太太、四太太等,作家站在进步、光明阵营的立场,用旁观者视角描述落后、黑暗阵营中的男女,因而这些人多多少少是脸谱化、简单化的,是被判断为失去历史合理性的过时之物。从男性作家塑造的女性形象可以清晰地窥探到男性作家的性别意识。现代文学史上男作家塑造的女性形象,可以分为以下几类。

一、天使型女性

天使型女性一般总是无条件地爱着男性,外貌美丽,性格柔顺,富有献身精神。经曹禺改编的话剧《家》中,瑞珏对梅表白对觉新的感情:"你会明白一个女人爱起自己的丈夫,会爱得发了疯,真的把自己整个都能忘了的。"还比如曹禺《北京人》中愫方对周文清的感情:"他走了,他的父母我可以替他伺候,他的孩子,我可以替他照料,他爱的字画我管,他爱的鸽子我喂,连他所不喜欢的人我都觉得该体贴,该喜欢,为着他所不爱的也都还是亲近过他的。"

天使型女性的第一个特点是形象美,性格开朗活泼或沉静忧郁。女性外貌的明朗活泼透露出内心的明亮,这不仅体现了男性对于女性外貌、气质方面的审美理想,还承担着拯救男性内心阴郁的功能,是男性作家内心光明面的外化。如巴金的《憩园》中作者近距离感受女性笑容的精神慰藉功能:"我有这样的感觉:她一笑,房里便显得明亮多了,同时我心上那个莫名的重压(这是寂寞,是愁烦,是悔恨,是同情,我也讲不出,是它逼着我写文章的)也似乎轻了些。"[①] 女性的内心健康,是拯救男性世界的身外的青春。《雷雨》中内心矛盾、忧郁的周萍,这样感受四凤:"他见着四凤,当时就觉得她新鲜,她的'活'!他发现他最需要的那一点东西,是充满地流动着在四凤的身里。她有青春,有美,有充溢着的血,固然他也看到她是粗,但是他直觉到这才是他要的,渐渐地他厌恶一切忧郁过分的女人,忧郁已经蚀尽了他的心。"[②]

如果说女性开朗活泼的青春美,主要起着拯救男性阴郁、表达男性人格

---

① 巴金:《巴金全集》第4卷,人民文学出版社1986年版,第159页。
② 曹禺:《曹禺戏剧全集》第1卷,人民文学出版社2014年版,第69页。

理想的话，那么，女性的沉静忧郁，则主要满足了男作家控诉封建势力、悲悯女性苦难的现代文化追求。曹禺在《北京人》这样写愫方："见过她的人第一印象是她的'哀静'。苍白的脸上恍若一片明净的秋水，里面莹然可见清深藻丽的河床，她的心灵是深深埋着丰富的宝藏的。存心坦白的人的眼前那丰富的宝藏也坦白无余地流露出来从不加一点修饰。她时常忧郁地望着天，诗画驱不走眼底的沉滞。像整日笼罩在一片迷离秋雾里，谁也猜不着她心底压抑着多少苦痛与哀愁。她是异常的缄默。"① 曹禺延续了传统才子凝视才女的前现代眼光，从女性的压抑感中升华出美感。

天使型女性的第二个特点是其人生信条是奴性化的爱的哲学。天使型女性一般总是无条件地爱着子辈男性、受压迫阶级的男性，无论这些男性值不值得爱，《家》中琴对觉民的爱，瑞珏对觉新的爱，梅对觉新的爱，鸣凤对觉慧的爱，《雷雨》中四凤对周萍的爱，《憩园》中方昭华对姚国栋的爱，《雾》中李静淑对杜大心的爱，女性对男性都是忘我的、无条件的爱。这种放弃自我、牺牲自我的爱是一种奴性特征。由于把泯灭自我的奉献作为爱的真谛，女性甚至把囚禁自己的牢狱也当作了成全自己的神圣舞台。《家》中的梅沉湎于对觉新的感情无法自拔，最后郁郁而终；《北京人》里的愫方隐忍、牺牲，留在曾文清身边，不能放下无法实现的爱情。

天使型女性的第三个特点是其结局是死亡或新生。天使无一例外都陷入受难的境遇。她要么在男作家派定的死亡中充当着男性控诉父权专制，社会黑暗的道具，要么在男作家派定的新生中为男性的拯救指明道路。《家》中的鸣凤、梅、瑞珏属于前者，《北京人》中的愫方、曾瑞贞属于后者。无论死亡还是新生，表现的往往都不是女性自身的人生经验、生命愿望，而是男性由反叛走向自我拯救过程中的愤懑和希望。

二、恶女型女性

中国现代男性叙事中的恶女，以老舍小说中的虎妞、大赤包、胖菊子，钱锺书小说中的苏文纨、孙柔嘉，曹禺戏剧中的曾思懿，路翎小说中的金素痕为代表。这种恶女形象往往代表着男性对女性主体性的恐惧与憎恨。在塑造这类形象时，男作家采取了一些叙事策略。

---

① 曹禺：《曹禺戏剧全集》第1卷，人民文学出版社2014年版，第230页。

首先，把主动型女性妖魔化。男作家通过把这些主动型女性妖魔化，使她们在男性视域中成为不可理喻、带着危险的异类，显得可怖可恨。《骆驼祥子》中这样描写祥子眼中的虎妞："这个走兽，穿着红袄，已经捉到他，还预备着细细地收拾他。谁都能收拾他，这个走兽特别的厉害，要一刻不离地守着他，向他瞪眼，向他发笑，而且能紧紧地抱住他，把他所有的力量吸尽。他第一得先伺候老婆，那个红袄虎牙的东西；吸人精血的东西；他已不是人，而只是一块肉。"① 这里显然继承了民间传统文化以"母老虎"这一指称来妖魔化性格中具有阳刚气度的女性这一思路，同时又用道教文化把男性对象妖魔化为吸人精血的可怖之物。

其次，把女性主体性诬为是对男性主体性的压抑。《骆驼祥子》中，祥子第一次和虎妞偷情后，有一段祥子的心理描写："想起虎妞，设若当个朋友看，她确是不错；当个娘们看，她丑，老，厉害，不要脸！就是想起抢去他的车，而且几乎要了他的命的那些大兵，也没有像想起她这么可恨可厌！她把他由乡间带来的那点清凉劲儿毁尽了，他现在成了个偷娘们的人！"② 在这一对性关系中，祥子到底是欲望的主体，还是仅仅被女性当作欲望主体的客体呢？实际上，两个人在性关系中是互为主客体的，是平等的，并不存在一个没有责任能力的、被动的受诱惑者。在叙事中隐去男性实际存在的欲望，使得男性与女性互为主客体的性爱关系被阐释为女性欲望单方面运作，并使男性失去主体性，从而完成对主动型女性的不合理指控。中国现代男作家在一定的范围内熟练运用这一传统的叙事策略。

再次，抹去主动型女性的生命伤痕。《北京人》中曾思懿安排曾文清娶愫方为妾，被演绎成她对愫方、曾文清的有意侮辱，演绎出她要长期役使愫方的阴谋。客观而言，在这个安排中纯粹受害的还有她，曾思懿不得不压抑人类渴求性爱单一性的本能，与另一个女人共有一个丈夫。旧家庭大奶奶的身份、得不到丈夫之爱的实际处境，都迫使她只有通过迎合封建男权中心这一强势文化、委屈自己做好女奴来维护自己的基本生存条件，强迫自己用女奴教条来压抑自我生命。对女性因处于女奴地位而受到男权中心文化压抑所产生的人性变异所做的无奈挣扎，嘲讽有余、同情不足，是男性作家文本中普

---

① 老舍：《老舍全集》第2集，人民文学出版社1999年版，第265页。
② 老舍：《老舍全集》第2集，人民文学出版社1999年版，第267页。

遍的价值倾向。《围城》中，孙柔嘉千方百计使自己的爱情追求隐秘化以保护自己免受男权舆论的攻击，这真实再现了女性在强大男权道德压制下以自我分裂、自我扭曲为条件来保护自己声誉的情形。

最后，以喜剧的态度嘲弄主动型女性。男权叙事贬斥主动型女性的又一策略，是以喜剧的嘲弄态度把那些不守传统妇道的女性丑角化，使她们失去悲剧人物的崇高感。男性叙事以喜剧态度嘲弄主动型女性的方式有两种：一种是以夸张的方式，把主动型女性的外貌、言行漫画化；另一种是叙事者以评点的方式，对主动型女性的行为进行嘲笑。前者以《骆驼祥子》《四世同堂》为代表，虎妞、大赤包、胖菊子都是经过作家喜剧化手法处理过的漫画式人物。精明粗犷，好像老嫂子疼爱小叔子那样对待祥子的虎妞，一开场就被画上丑角的脸谱。她搽了粉的脸，像黑枯了的树叶上挂着层霜，没搽粉的时候，黑脸上起着一层小白的鸡皮疙瘩，像拔了毛的冻鸡。这一脸谱化的丑化处理，体现的是男性作家对僭越性别秩序女性的强烈厌恶。后者以《围城》为代表，小说嘲弄主动追求爱情的苏文纨，总是让方鸿渐从旁来一番否定性的心理独白，使得苏文纨的爱情举动在男性视域的审视下显出自作多情的滑稽来。

三、正面自主型女性

中国现代男性叙事文学在《蚀》三部曲、《虹》《雷雨》《春桃》《死水微澜》《寒夜》等作品中，塑造了慧女士、孙舞阳、章秋柳、梅行素、繁漪、春桃、蔡大嫂、曾树生等一系列独立自主、美丽性感的正面女性形象，男作家对这些女性主体性的高扬，既有男作家在平等的意义上对女性生命逻辑的细心体察和理解，也寄寓了男作家自我多重的心理需求。

首先，这体现了男作家对男权道德的否定。慧女士、孙舞阳、梅行素、繁漪、春桃、蔡大嫂都是独立自主型女性，她们是一群在生命意志和肉体方面都非常成熟的女性，不再是五四时期那一类困在爱情追求与恋母情结的心灵矛盾中艰难成长的青春少女。茅盾在《虹》中这样描写梅行素："她是虹一样的人物，她的特征是往前冲！她唯一的野心是征服环境，征服命运！几年来她唯一的目的是克制自己的浓郁的女性和更浓郁的母性！"① 繁漪，以狂风暴雨般的生命激情去追寻爱，去追求生命的自由意志，去反抗既定的女奴命

---

① 茅盾：《茅盾全集》第3集，人民文学出版社1984年版，第137页。

运,最终以飞蛾扑火般的惨烈使自己成为一个困在楼上的疯女人,她成为作者心目中最具有雷雨般性格的人。"这总比阉鸡似的男子们为着凡庸的生活怯弱地度着一天一天的日子更值得人佩服吧。"①《死水微澜》中的蔡大嫂,在情人逃命、丈夫被捕的危难之际,完全无视传统的贞节观,无视社会舆论,断然改嫁顾天成,为自己、儿子、丈夫改善了生存环境,并且通过与顾天成签订不平等婚约,使自己成为两性关系中绝对占上风的一方。敢作敢为的她成为改变自我命运的决策人,成为小说叙事的核心点。这种叙事让一系列女性以顽强的生命力按照女性作为人的主体的逻辑行动,从根本上否定了夫为妻纲的封建伦理秩序,体现了男作家克服自我性别视域局限性,以平等的态度理解女性生命逻辑的现代思想维度,展示了男性叙事在性别意识方面反封建的新高度。

其次,这些女性是男性欲望的对象物。男作家在以女性独立个体冲击男权传统肯定女性主体性的同时,也必定在他的创造物身上投射男性主体对女性的欲望。《雷雨》中这样描写繁漪的外貌:"整个地来看她,她似乎是一个水晶,只能给男人精神的安慰,她的明亮的前额表现出深沉的理解,像只是可以供清谈的;但是当她陷于情感的冥想中,忽然愉快地笑着;当着她看见她所爱的,红晕的颜色为快乐散布在脸上,两颊的笑涡也显露出来的时节,你才觉得她是能被人爱的,应当被人爱的,你才知道她到底是一个女人,跟一切年轻的女人一样。"② 这种男性视点下的女性描写,完全从男性心理需求的角度来评价女性美。如果说曹禺《雷雨》中的女性美,偏于契合男性的精神需求,那么茅盾笔下的女性形象美则偏重欲望需求。无论是慧女士、孙舞阳、梅行素,这些自主型女性无一例外都是丰乳肥臀、明眸小口的性感尤物。渴望女性的精神慰藉、渴望女性的肉体性感,本都是男性对生命的欲求。茅盾在性与革命的相互激发、置换中,使女性躯体充分发挥其作为男性欲望对象物的作用。

最后,男性心理的女性面具。女性人物明艳的躯体、旺盛的欲望中所流溢出的活力,是男性作家驱逐心中虚无颓废之气的身外的青春。这些女性的生命激情,凝聚着中国现代男作家以西方现代生命哲学对抗封建礼教的文化冲动。《死水微澜》中,作家以赞赏的态度写蔡大嫂毫无道德顾忌地追求婚外

---

① 曹禺:《曹禺戏剧全集》第1卷,人民文学出版社2014年版,第82页。
② 曹禺:《曹禺戏剧全集》第1卷,人民文学出版社2014年版,第112页。

的爱情，追求个性幸福，正是作家自我人格中渴望突破社会俗规的限制，自由自在地按照自己的愿望生活这一生命渴望的形象表达；作家以激赏的态度写蔡大嫂在关键时候毅然与顾天成结婚，从而改变其命运，也是男性作家渴望自己能够灵活地把握局面，在关键时候具备随机应变这一人格愿望的形象投射。易性想象释放了作家潜意识中的另一种性别需求。"我们必须永远记着，在每一个人身上都混合着两类特征，只不过与'他'或'她'性别相一类的性格特征更占多数而已。"① 荣格把男人心理中女性的一面和女人心理中男性的一面分别叫作阿尼玛（Anima）和阿尼姆斯（Animus）。

四、落后型女性

中国现代男性叙事在对生命做种种超越性追求的时候，往往把女性指认为落后于男性的、缺乏生命诗意追问和历史理性追求的、沉沦于日常生活的价值否定对象。在男作家们用生命的诗意批判庸俗人生的时候，也否定女性日常人生关怀的合理性，把女性在男权文化压制下的生存挣扎也当作日常人生的庸俗态予以否定。

首先，把女性的日常思维和生命的诗意追求对立起来。老舍的《离婚》以生命的诗意追求来批判日常人生的平庸、无聊。对生命诗意的追问与对庸常人生的批判，使《离婚》成为老舍小说中最具哲学深度的作品。小说中这样写李太太："她的心中蓄满了问题，都是实际的，实际得使人恶心要吐。她的美的理想是梳上俩小辫，多搽上点粉，给菱做花衣裳。她的丈夫会挣钱，不娶姨太太，到时候就回家。她得给这么个男人洗衣服，做有肉的菜。有客人来，她会鞠躬，会陪着说话，送到院中，过几天买点礼物去回拜，她觉得在北平真学了些本事。跟丈夫吵不起来的时候自己打嘴巴，孩子大闹或是自己心中不痛快，打英的屁股；不好意思多打菱，菱是姑娘，急了的时候只能用手指戳脑门子。她的一切都是具体的。老李偏爱做梦。她可是能从原谅中找到安慰；丈夫不说话，太累了；丈夫的脸像黑云似的垂着，不理他。老李得不到半点安慰。"② 李太太的思维总是在实际问题上盘旋，这固然是李太太自身缺乏形而上的超越思维使然，但也是做不稳家庭女奴，随时都有被丈夫

---

① [美] 埃·弗洛姆：《为自己的人》，孙依依译，生活·读书·新知三联书店1992年版，第126页。
② 老舍：《老舍全集》第3集，人民文学出版社1999年版，第260页。

送走的女性生存困境使然。

其次,把女性日常人生与社会事业对立。中国现代男性叙事,在追求历史理性的社会事业、革命激情、国家民族叙说中,也仍不时地陷入压制女性合理生命欲求的价值陷阱中。《伤逝》中以涓生的立场说出这样的判断:子君停滞不前因而破坏了爱情,随后涓生提供了子君忙于做饭、养鸡、养狗之类的家务,以至于和"我"谈天、读书的时间都没有了。在价值判断上,涓生还有隐含作者显然把日常生活置于爱情的对立面,把摒弃日常生活的"我"确认为树立价值标准的权威,把沉入日常生活的子君判定为价值否定对象。否定日常生活,进而否定与日常生活紧密相连的女性的生命价值,背弃了基本的人道主义,使女性成为男性生存的牺牲品。

最后,把女性日常人生与民族、国家对立。比如老舍《四世同堂》中的韵梅,她是麻利又和气、机敏又厚道、勤劳能干的当家孙媳妇,她没有文化,不能理解丈夫的思想,也不理解民族、国家大事。小说中这样写她:"她仍不大清楚日本人为什么要和我们打仗,和为什么占据了北平,可是她由困难与劳累中仿佛咂摸到了这些不幸与苦痛都是日本人带给她的。她觉得受到更大更多的苦难已经是命中注定的事了。"① 韵梅在男性作者的眼中,其精神缺憾是作为家庭主妇与社会历史、民族国家的隔膜;但同时,韵梅作为家庭主妇,由于其坚韧的母性品格,又被当作社会历史的坚强后盾,其朴素的生活价值观,被赋予与社会历史理性暗自息息相通的意义。无论是作为缺乏民族整体观念的大众代表,还是作为支撑民族心理的母性代表,"韵梅们"在小说中的作用都是男性在特定时期反思民族心理、整合民族国家意识的道具。

中国现代男性叙事在以生命的诗意追问与历史理性追求这两种超越性认识追求为价值尺度,批评缺乏自为意识的生命自然状态时,由于强大的男权集体无意识的渗透,往往流露出压抑女性合理生命欲求,否定女性生命价值的价值错位。中国现代男性叙事以现代启蒙、革命思想为价值依托,对性别秩序进行重新言说,改变了传统男性叙事把女性分为贤妻良母、才女佳人、淫妇泼妇的分类,然而仍是男性中心立场。

---

① 老舍:《老舍全集》第 5 集,人民文学出版社 1999 年版,第 160 页。

第七章 "十七年"时期的女性写作

中华人民共和国成立后,文学事业在社会主义政治和文化方针指导下发展。当代文学中一般把1949年新中国成立到1966年"文化大革命"爆发这一历史时期叫"十七年"时期,也就是20世纪50年代到60年代中期。这一时期,女性写作在政治、文化一体化的背景下,形成了比较单一的模式,其文学传统主要继承的是20世纪30年代的左翼文学和20世纪40年代的解放区文学,性别意识淡薄。1966年到1976年的"文化大革命"期间,文艺界首当其冲。在整个中国文艺事业遭到空前破坏的背景下,女性写作陷入空前低谷。

第一节 "十七年"时期女性写作的单一模式——准女性题材

一、性别意识的萎缩与消解

20世纪五六十年代,歌颂党和领袖,歌颂社会主义建设,歌颂革命斗争历史成为文学创作的主要内容,昂扬奋发充满激情成为文学艺术表现的主导精神。这个时期女作家相当活跃,有五四时期登上文坛的老作家冰心、陈学昭,左翼文学时代的丁玲、草明、白朗、葛琴,来自解放区的柳溪、袁静、韦君宜,还有在革命队伍中成长起来的茹志鹃、菡子、刘真,以及新中国成立后成长起来的文坛新秀宗璞、柯岩、叶文玲等。新中国成立之初,这些不同身份背景的女作家汇聚在同一时代,共同倾吐对时代的思考。这一时期在小说创作方面,女作家有不小的收获。长篇小说有杨沫的《青春之歌》、草明的《乘风破浪》;短篇小说有茹志鹃的《百合花》《高高的白杨树》《静静的产院》,宗璞的《红豆》,刘真的《长长的流水》,柳溪的《我的爱人》等。这些作品中,虽然同样是革命战争、社会主义建设类的主题,但在这些主题背后,自觉不自觉地流露出对女性命运、社会地位的关切。

1. "男女都一样"的时代想象

"时代不同了,男女都一样,男同志能做到的事,女同志一样能做到。"这一发自领袖的召唤,不仅成为当时社会性别关系的主流话语,也成为新中国女性确立自我价值的标尺。新中国成立后,国家将女性的地位和权利以法律的形式加以确立。中国女性享有世界范围内较高程度的解放,她们在法律上与男性地位平等,同工同酬,工作上开始介入社会生活的各个领域。女性生活方式的巨大变化,直接催生了一批与社会生活和时代政治密切相关的小说,如草明的《原动力》《火车头》,陈学昭的《土地》,丁玲的《跨到新时代来》,白朗的《为了幸福的明天》,葛琴的《女司机》,江帆的《女厂长》,韦君宜的《女人》等。其中草明的《火车头》,开启了当代文学工业文学的先河,草明也因此被誉为"中国工业文学的拓荒者"。这些作品分别写的是女厂长、女干部、女战士、女模范,虽然各有特色,但都同样再现着宏大的社会主体思想。她们以抛弃和排斥女性自身的性别特点争取平等,希望做与男性同样有用的人。女性写作在战争中流失的委婉、细腻的美感,在和平年代里未得到很好的弥补。

"时代不同了,男女都一样"作为强大的意识形态话语,对女性进行了男性化、无性化的强制性塑造,人为地抹杀了两性之间的生理差异,致使女性的性别认同发生错位。铁娘子、铁姑娘成了妇女作为生产力主体的代名词。她们有强壮的身体、粗犷豪迈的性格,以及对新中国的赤胆忠心。《静静的产院》中荷妹的强壮身体得到谭婶婶的赞许;黄宗英的《小丫扛大旗》中女主人公张秀敏"两眼虎虎有神",身体甚为强壮;等等。这些描写显然主要从女性能否适应劳动生产这样的角度,传达的是20世纪五六十年代女性对男女都一样的号召与想象。

2. 家庭生活模式的改写

走出传统小家庭、融入社会大家庭,成为此时女性创作表现家庭生活的主要模式。韦君宜的《阿姨的心事》讲的是家庭妇女李玉琴战胜亲戚的讥笑与压制,以出色的工作赢得了社会的信赖和尊重;茹志鹃的《春暖时节》中,静兰以前只关心小家庭的幸福,但总觉得和在工厂工作的丈夫有些隔膜,她进入里弄工厂后,跟随丈夫一块儿搞技术革新,在夫妻彻夜为了同一目标的奔忙中,隔膜消失了。天津女作家柳溪的《我的爱情故事》中有这样的描写:

> 男主人公云鹏说:"金燕!让我们团结战斗吧,没有任何理由不好好建设咱这美丽的家乡!爱祖国的观念不是空的。党已经为我们制定了宏

伟的目标,咱们携起手来大干社会主义吧,有你这样的伴侣,我多幸福!"我紧紧握住他那发烫的大手,钦敬和爱慕地喃喃着说:"二哥,你可真是个铁打钢铸的人。"

这段描写,颇能体现"十七年"时期爱情描写的风貌——写爱情一律革命化。

二、革命历史的温情回顾

革命战争年代的叙事是"十七年"女性创作的主题之一。女作家往往回避对战争本身的描写,而是带着深情与忧伤对革命历史进行回顾,在回顾革命历史中展开爱情、亲情的叙事。

1. 成长中的置换与重构

杨沫的长篇小说《青春之歌》是"十七年"文学的重要收获之一,其构思明显贯穿着意识形态的主观意图与价值重构策略。《青春之歌》的自传色彩较重,女主人公林道静的故事与作者的经历比较接近。故事发生的时间是1931年"九一八事变"到1935年"一二·九"运动之间。作者从社会政治革命的角度重构早年的生活经历,并把个人记忆和生活经验融于宏大的叙事之中,力图写出林道静从"一个个人主义者的知识分子变成无产阶级革命战士"的成长过程。林道静的成长过程是与她在三个男性余永泽、卢嘉川、江华之间进行选择的过程同步的。余、卢、江的置换过程,也是女主人公政治上成长的过程。在林道静的视野里,余永泽、卢嘉川、江华均以拯救者、引导者的身份出现,林对他们是仰视的。余永泽很快被淘汰出局,原因是他虽然具有骑士风度,但他是胡适整理国故派的弟子,与卢嘉川、江华地下共产党员、革命者的身份相形见绌。这里,感情戏被纳入革命文学的叙事结构中,有力地支持了林道静的人生道路和性格成长的合理逻辑。其实这种"红色叙事"依然沿袭了20世纪30年代"革命+恋爱"的书写模式,表现了知识女性对男性革命者的崇拜与追求。作者杨沫在塑造林道静这一知识女性形象时,以其革命的激情也以女性的柔婉较为合理地展现了主人公思想转变过程中的细波微澜。这在当时确实是一部出色的女性成长小说。

2. 战火中的插曲与温情

茹志鹃是新中国成立后"十七年"时期影响较大的女作家。她不仅擅长写"家务事,儿女情",反映战争生活也是其20世纪五六十年代作品的基本主题,如《关大妈》《澄河边上》《三走严庄》《同志之间》等,其中《百合花》是茹志鹃的成名作。作者从个体感受出发进行创作,避开了出生入死的战争场面的描写,将战争的硝烟作为背景,通过前沿阵地包扎所发生的小插曲——护送、借被子、牺牲、献被子的叙写,赞美了人与人之间纯真温馨的情感,创造出一种美好圣洁的意境。作品剔除了几个人物的社会政治身份,将其还原为普通人:一个羞涩腼腆的通讯员,一个活泼开朗的文工团女战士,一个通情达理的新媳妇。在人物塑造上,注重细致入微的心理刻画,朴实的心灵和百合花一样圣洁的情感与战争无情地践踏、摧毁年轻生命形成强烈对比,构成作品内在的情感张力。小通讯员枪筒上的野花、衣服上的破洞以及两个干馒头,这些细节都非常好地塑造了人物的爱生活、生活艰苦等特点,残酷的战争消灭了这样热爱生活的年轻人,新媳妇看到小通讯员的尸体后由原来的不舍得借被子支前,到含着眼泪主动把自己的新被子盖在小通讯员身上,写出了战争年代人与人之间的美好情感,也对战争进行了有力的谴责。刘真的《长长的流水》《我和小荣》从儿童视角书写战争记忆,以儿童的纯真心灵来传达战争中人与人之间的感情,温馨而动人。

3. 怀旧中的忧伤与诉说

20世纪50年代中期,"双百"方针的贯彻,激活了女作家内心深处的性别意识,一批探索人性人情的作品出现。宗璞的《红豆》以北平解放前夕学生运动为背景,描写了女大学生江玫和齐虹的爱情悲剧。江玫是追求进步的革命青年,齐虹是银行家少爷出身,两个人在校园里相恋,齐虹的才华吸引了江玫。北平城外解放军的炮声隆隆,很多国民党官员都逃走了。齐虹的父亲为躲避战争要去美国,让齐虹到美国留学。在去和留的问题上,江玫产生了一丝犹疑,是选择爱情,跟齐虹离开祖国,还是选择新中国的革命和留下来照顾老母亲。江玫最后坚定地选择了后者,选择了革命和祖国,和爱人说了再见。这篇小说揭示了在爱情与政治信仰发生冲突时的人生选择主题。作者对那段历史的回忆充满感伤,淡化了政治因素和时代主题,深入女性的内心世界,从人性的角度表现女性体验和女性关怀。作者没有回避这份选择的沉重与复杂,在青春的感伤和怀旧浪漫中,留下了长长的叹息。刘真《英雄的乐章》以主人公"我"的回忆,向人们诉说了战争年代一对年轻战士的友谊和爱情。作者面对壮丽的北京城,发出对英雄儿女曾为此付出鲜血和生命的感叹，从人性的角度看待战争的苦难。这在爱情描写几成禁区的20世纪50年代是不合时宜的，后来受到批判。

三、"潜在写作"中的女性之声

尽管20世纪五六十年代性别感受的表达处于压抑状态，但女性的创作中仍有大胆表露内心情感之作，只不过在当时的政治文化氛围中没有问世。"文化大革命"中，一批从北京到河北保定地区安新县白洋淀插队的知识青年出于对诗歌的爱好，在写作实践中相互交流，形成了后来在文学史上被称为"白洋淀诗群"的诗歌圈子。这个群体成就比较突出的除了多多、芒克、根子、林莽外，还有赵哲、周陲等女知青。1969年，赵哲写下了小诗《丁香》，包含了对时代赋予知青命运的隐喻："一群女孩子兴冲冲走过，/满怀盛开的丁香，/留下一路芬芳，一路欢唱。//生活里更多的是丁香叶子的苦味啊，/姑娘，/不信，你就尝尝。"写于1971年的《无题》则自然纯净，清新深沉，被认为和芒克的诗风很接近。"深夜从睡梦中惊醒，/包围我的是一片可怕的虚空。/我伸手在无边的暗夜里挽留你，/挽留你神似的幻影。/我怕这悠长的冬夜，/我怕这死一样的沉静，/我怕听梦醒后空寥的回声。/真若如此，让我永远酣睡吧，/我不愿醒。"女诗人张烨生活在上海，"文化大革命"前期即已开始创作。1965年，17岁的她写下了阅读名著后的感怀《给安娜·卡列尼娜》以及《牵牛花》《追求》《秋千》等诗篇。在"文化大革命"期间保存下诗作100多首，这些诗真实记录了动乱年代普通青年人面对被时代席卷的命运的无奈、无望以及对生活的复杂感受。1975年写的爱情诗《彗星》："真正的声音是石头的声音/我在天空听到了，激动无比/我几乎同时认出了你/感受到你青苔的气息/我的眼睛充满了泪水/火焰在皮肤下面滚烫地流/我们的深情不必用语言来描述/一个字便是全部辞典/我如何奔向你/我如何与你在一起/如果，天上人间，只有一条通途/我必选无疑。"张烨写出了一种沉痛绝望的痴情。写于1974年的《撒旦之歌》全诗阴冷恐怖但又蕴意凝重，恶魔撒旦的形象耐人寻味。"地狱旋起夜色，/旋起夜色般漆黑的风/真冷啊！真冷/打碎固有的观念/像打碎一面镜子，一堵墙/我是天堂里最大的悲剧/没有泪只有火的悲剧/思想把我变成魔鬼/我缺乏恶魔的魔力正因为我是撒旦/那就用我带血的头颅/撞开地狱的门/解放无数被称为魔鬼的天使/我完成了最美的死亡。"

"十七年"文学中的女英雄叙事模式：代表党的男性指路—投入运动/生

产/战斗—得到改造/解放/保护—不断斗争/追求解放/不怕牺牲—成为党员/团员/妇救会主任—变成女英雄。

第二节 "十七年"历史剧创作中的女性话语

1958年至1962年,新中国的戏剧舞台上突然如雨后春笋般涌现出一大批历史剧,其数量之多、影响之大、质量之优都是前所未有的,"十七年"时期几乎所有的优秀历史剧都产生于这一阶段。它作为一种在泛政治化语境下生成的历史叙事,带有深刻的时代烙印,负载着强烈的政治理念和意识形态使命。其中所建构的女性话语具有这样一些形态与特征:它是由男性史剧家们通过历史女性形象,曲折隐晦地表达男性在意识形态上的归属和对政治文化权威的臣服,并以之演绎各种流行的政治理念;历史剧呈现出一种双声话语的不协调状态,共同的"类"的特征遮掩了女性的自然特征,使得对历史女性形象的刻画有明显的公式化与符号化倾向,包括对爱情的表现;仅有少数史剧家尊重并赋予女性历史人物形象以自己的声音,但较之20世纪二三十年代史剧中女性以叛逆姿态的隆重登场,无疑构成了一种断裂。

诚如戴锦华和孟悦所言,新中国成立后的妇女解放,是承袭了以前解放区妇女的解放特征。"它第一次从政治、经济而不是从文化心理角度肯定了男女两性社会地位的平等,妇女有史以来第一次有了与男人一样的经济权利和政治—社会价值。从鼓励妇女离开锅台下田劳动、男女同工同酬,到提倡婚姻恋爱自由乃至妇女工作协会及各项妇女工作机构的确立,男女平等成了解放区新的社会总体秩序的一部分,成为一种制度。"这种机制虽然确立了女性在政治、经济上享有与男性平等的权利,但"主观控制上片面强调妇女要跟男人完全一样,在思想和体力行为模式上,消除了妇女选择的自由权,实则是在传统尊卑之外又平添了一份妇女承受不起的负担"。粗糙的革命美学的导引,折射到历史剧中,便是一种双声话语的不协调状态:文采盖世的蔡文姬,中国历史唯一的女皇武则天,致力于传播中原文明的文成公主、解忧公主,等等,展现了她们文化、政治上的雄才,黄钟大吕、豪情满怀,但在展现她们的感情世界时,却是气若游丝,细若丝竹。

通过考察"十七年"时期的剧作,可以发现创作成就比较高的是在20世纪20年代到20世纪40年代登上文坛,并已取得很高文学成就的现代剧作家是主体，他们是郭沫若、田汉、老舍、曹禺、丁西林、马少波、刘肖芜等。郭沫若、田汉、老舍、曹禺这些剧作家，在"十七年"时期选择历史剧创作是他们基于时代形势的一种应对策略。在知识分子被否定和批判的年代，老作家们以其特有的智慧、顽强的精神、精明的策略，赓续了干预生活的写作传统。进入历史是为了更深入地面对现实，显示他们极强的艺术创造力。

一、以历史女性形象演绎现实政治理念

在"十七年"时期的历史剧中，女性形象与男性形象一道，共同承担起演绎新历史观念及政治观念的重负。郭沫若是一位喜欢用女性形象来充当自己理想人格的史剧家。他在"十七年"时期创作的历史剧有《蔡文姬》《武则天》。在这两部剧作中，郭沫若都强调女性个体对社会的付出。无论是蔡文姬、武则天、上官婉儿，都注重在社会的整体关系中，在自我对社会的付出中确立自我完美的人格和社会价值。《蔡文姬》中，郭沫若塑造的蔡文姬在创造精神财富，帮助曹操重振文教声乐的事业中找到了自己的存在价值，借以拯救了蔡文姬个体所遭遇的苦难，蔡文姬"忧以天下、乐以天下""以国家为重"的思想极为鲜明。剧作中除了描写蔡文姬一代才女的形象，擦去她身上的道德蒙尘，还重点讴歌了曹操的文治武功，"他锄豪强，济贫弱，兴屯田，使流离失所的农民又重新安定下来，使纷纷扰攘的天下又重新呈现出太平的景象"。历史剧《武则天》中，郭沫若塑造的武则天是一位励精图治、锐意改革的女政治家，她以国为重、以民为本、重视人才、为国家大事殚精竭虑。她对上官婉儿的器重、对骆宾王的宽容、对裴炎的打击都服从这一主旨。她的民本主义的人格力量感染了上官婉儿母女等人，才使她能迅速击破裴炎等人的阴谋。剧作中借上官婉儿之口说出武则天的功德："天下的百姓都在过着太平的日子，大家丰衣足食，人兴财旺。大家都在说这比太宗皇帝在位时的贞观年间要富庶得多了！她破格录用人才，就是耕田的人，砍柴的人，有话都可以到京城里来向她说。"[①] 这颂词，既在歌颂过去，又在歌颂当时。它在昭示人民，百年来中国人民梦寐以求的强国梦就要实现了。田汉的《关汉卿》中，田汉除了倾力塑造关汉卿"响当当一粒铜豌豆"的刚正不阿的坚强性格，还虚构了一个无耻文人、奸臣走卒叶和甫的形象。叶和甫的人生信条是"做

[①] 郭沫若：《武则天》，人民文学出版社1979年版，第18页。

事说话就得把谁硬谁软好好地估量一下"。他只求个人名利,极端卑劣自私,作为读书人不识尊严为何物,见风转舵,蝇营狗苟。通过两个文人的对比,田汉要表达这样一种思想:"不是任何一个写戏的人都配称剧作家,只有当具有高度艺术性的剧作替老百姓说了话,把剧作家的尊严与人民的尊严、正义的尊严融为一体的时候,这样的人才能够得到人民的拥护和爱戴。尊严属于像关汉卿那样'拼着命写戏'的人民剧作家,光荣属于像《窦娥冤》那样反映人民疾苦的优秀作品。"[①]

二、女性意识和女性话语的缺失

"十七年"时期历史剧中的女性意识与女性话语几乎处于一种"缺失"的状态,而这种缺失在某种意义上也是一种话语特征。即使涉及或表现爱情题材的剧作也不例外,因为史剧家们已赋予她们以极强的政治指涉性,以之寄寓流行的政治理念或新的历史观念,爱情成为一种政治型的爱情。在郭沫若的历史剧《蔡文姬》中,郭沫若的目的是通过蔡文姬为曹操翻案,把历史故事和戏曲舞台上的曹操还原为一个忧国忧民、平定北方战乱、横槊赋诗的有作为的政治家和文学家。所以剧中对蔡文姬的塑造服从于这一创作主旨,对她的塑造并不立体。剧中蔡文姬和董祀的结合是丞相赐婚,剧作并没写当事人的感情波澜。在历史剧《武则天》中,郭沫若干脆回避武则天的爱情需求,否认女性丰富的感情世界,仅从政治化的角度进行刻画,在革命的意识形态中赋予她一个英雄、正义的化身,表现她所具有的雄才大略和崇高气质。这使得武则天形象呈现中性化甚至于雄性化,这显现了"十七年"时期的郭沫若和五四时期的不同,这时的郭沫若更多地在向传统男权的价值尺度回归,而没有了五四时期高扬人的价值和女性价值的激进。在《武则天》中,曾被历史污为篡李唐政权的恶妇武则天,成了一代圣主。郭沫若为一位备受非议的女性正了名,这的确是女性千载难逢的盛事福音。但是细看剧作,我们会发现这是一位身份可疑的女性,她拥有至高无上的权力,生杀予夺,雷厉风行,但除了被定义为女性外,我们无法区别作为女性的武则天与一个男性帝王的差别。在这种差异性消失的同时,她已然成为男性秩序中的一部分。

[①] 王行之:《剧作家之歌——简论话剧〈关汉卿〉》,《新观察》1959年第16期。

三、回归爱情本体的历史女性话语

"十七年"时期,只有少数史剧家在刻画女性历史人物形象时尊重并赋予了她们以女性的意识与声音,表现她们丰富感人的情感世界。田汉的《关汉卿》中的朱帘秀便是一个敢爱敢恨、追求爱情的女性。她既是关汉卿形象的映照与陪衬,又有其独特的社会意义。朱帘秀作为一个受尽蒙古王爷欺凌的下等歌姬,十几年来挣扎在社会最底层,生活的磨难培养了她顽强斗争、舍己为人、光明磊落的性格。历史上关于元代杂剧家关汉卿留下的史料较少,这为田汉留下了较大的创作空间。田汉不自觉地按左翼文人的自我想象来虚构了关汉卿的故事。关汉卿写出了《窦娥冤》,剧本触怒了统治者,编剧和演员都下狱;可剧本唤醒了民众,壮士王著在剧本"为万民除害"呼声的鼓舞下,刺杀了黑暗势力的代表人物权臣阿合马。在这个虚构的情节框架下,田汉塑造的关汉卿具有英雄人物的光彩。写出《窦娥冤》的关汉卿被直接推上了正义与邪恶殊死搏斗的第一线,他所面对的三次考验——改戏、出走、投降——在程度上层层递进,而每一次关汉卿都不屈不挠。而剧作中对关汉卿的红颜知己朱帘秀的塑造也同样生动感人。她鼓励关汉卿用笔作刀枪,写杂剧为民请命;她自告奋勇主演《窦娥冤》,并不辞劳苦,亲自组织起演戏班子,开锣演出。当统治者威逼着扼杀剧作、迫害剧作者时,朱帘秀大义凛然,宁愿掉脑袋也不改戏。再演《窦娥冤》后,朱帘秀表现得像窦娥一样坚强。关汉卿赠她《双飞燕》,她回赠关汉卿《寄生草》:"虽然沥血在须臾,同把丹心照千古。"这是她纯洁爱情与坚贞性格的自我写照。丁西林的历史剧《孟丽君》中着力塑造了孟丽君这个有才有貌、有胆有识、敢作敢为的女性,为了实现自己的人生价值,也为了洗刷父亲的冤屈,她蔑视权贵,挑战陈规,女扮男装、参加科考,官至丞相。她不慕荣华富贵,不被皇帝的诱惑所动,不被其权势所制,坚持自己的爱情、理想与追求,与皇甫少华真心相爱,历经磨难,终成眷属。这些爱情描写由于不负载强烈的政治意识形态使命,仅注重爱情自身的挖掘与展示,刻画女主人公生动丰富的爱情心理,使得女性意识与女性话语得到了一定的复归。

第八章　20世纪80年代的女性写作

20世纪70年代后期发生在中国的政治变动带来了整个社会文化的深刻变迁，一个被称为"新时期"的时代拉开了序幕，文学艺术出现了前所未有的繁荣景象。政治上改革开放，经济上进行市场经济的探索，文化上思想解放、大量引进西方的哲学思想、文学创作多元化的提倡，对"文化大革命"时期的拨乱反正，都为20世纪80年代的作家创作提供了一个前所未有的黄金时代。

第一节　新时期文学主潮中的女性写作

在新时期文学的创作中，女性写作异常繁荣。新时期女性写作的繁荣有着多方面的原因。首先是因为政治解冻。"文化大革命"结束后，1979年10月，在第四次文代会上，邓小平代表党中央作的祝词明确提出了文艺为人民服务、为社会主义服务的"二为"方针，使文艺从从属于政治的状态中挣脱出来，迎来了创作的春天。新时期的女作家群正是在这样的大背景下再度崛起。其次是历史文化的原因。新时期思想解放运动大潮气势磅礴，它在新时期初期推动着女性写作从思想桎梏中解放出来，通过对人性美、人情美的呼唤，一大批以弘扬爱和美为主题的作品应运而生。20世纪80年代中后期，"文化热"浪潮，使得女性写作对女性存在的思考进入更深的层面，由政治性表层深入伦理的、心理的、人性的境界，女性写作呈现出前所未有的力度和睿智。随着改革开放的脚步，女作家主体意识空前觉醒和高涨，文化性格也趋于开放、活泼。女性意识的增强，使女作家们寻找到女性自我发展的基本道路，即将"人的自觉"与"女性自觉"结合起来。思想解放中西方文化、哲学思潮的涌入，包括西方女权主义文化浪潮的冲击，使得女性写作获得了新的思想、理论武器。20世纪80年代，最先在文坛上引起关注的是杨绛、韦君宜、宗璞、谌容、张洁、戴厚英等女作家。

一、历史反思与人性关怀

"文化大革命"结束后,女作家和男作家一起,以深广的人道主义情怀积极参与了新时期的文学大潮,共同承担起对民族历史灾难的思考、对人性罹难的反思。这一时期比较重要的女性作品有:茹志鹃《剪辑错了的故事》,宗璞《三生石》,张洁《从森林里来的孩子》《爱,是不能忘记的》,韦君宜《洗礼》《心祭》,戴厚英《人啊,人》,刘真《黑旗》,杨绛的《洗澡》,韦君宜的《露莎的路》等。《剪辑错了的故事》《黑旗》从底层民间视角反思、嘲讽"大跃进"的浮夸风;《人啊,人》则是"文化大革命"后第一次大胆提出人性、人道主义命题;《爱,是不能忘记的》以感伤、细腻的文笔描写了超越一切的理想爱情,以不能忘记的爱去拯救历经劫难之后心灵的荒芜与贫瘠。而20世纪90年代《洗澡》《露莎的路》则对一代知识分子的历史命运进行了基于作家个人立场的反思。

历史反思和人性关怀的时代主题在朦胧诗时期的女性诗歌中也得到了较为全面的表现。相比于北岛、杨炼等人诗作中的"受难英雄""纪念碑"情结以及夸张、悲壮的情感宣泄,女性诗歌更关注个人的尊严与价值,关注日常生活、亲情和爱,充满了人们久违的温情、浪漫而感伤的气息。代表诗作如舒婷的《致橡树》《惠安女子》《赠别》《啊,母亲》等。舒婷的这些诗歌对女性个体生命的关注、对爱情的重新阐释,也是新时期文学对性别意识最早的彰显。同时,舒婷也不乏回应时代强音的诗作,呈现迷惘与觉醒相纠缠的内心冲突,表现人的解放的艰难历程以及对社会、时代的承担,如《这也是一切》《土地情诗》《祖国,我亲爱的祖国》《一代人的呼声》。无论是思想意蕴还是艺术表现,舒婷的诗歌都代表了这一时期女性诗歌的最高成就。她的诗作复活了中国现代诗歌个体化写作的传统,诗风深受中国古典诗词影响,有深厚的传统文化积淀。女性散文对创伤历史记忆的讲述有黄宗英的《故我依然》,梅志《往事如烟》,韦君宜《思痛录》等作品,都堪称文坛优秀之作。

二、介入变革中的社会进程

新时期到来后,文学创作发扬了干预现实、针砭时弊的现实主义精神。在参与历史反思的同时,女作家也积极关注现实中存在的种种社会问题。如张洁的长篇小说《沉重的翅膀》是首部反映中国四个现代化建设、工业改革的作品。该作品叙述重工业部副部长郑子云支持曙光汽车制造厂陈咏明进行改革，但遭到部长田守诚反对。女记者叶知秋写了有关陈咏明改革的报告文学，引起反响。但有人借机造谣中伤副部长郑子云。部长田守诚为了自己的地位，也与改革派的郑子云展开较量。作品展现了改革之初，工业领域改革的艰难。

谌容的小说《人到中年》第一次提出了重视知识分子的时代命题。中国要改革，应该重视人才，而知识分子是国家的宝贵人才。应该打破"文化大革命"时对知识分子的戕害，尊重和重视知识分子。《人到中年》叙写了现实生活中普通知识分子生活的艰难、人的基本权利被漠视，同时也写出了女知识分子的性别境遇——角色之累。作品中主人公陆文婷是20世纪80年代初北京某大型眼科医院的主治大夫。40多岁的陆文婷20世纪60年代大学毕业后，被分配到北京这所眼科医院工作，与从事冶金研究的大学生傅家杰结婚，并有了一双儿女。人到中年，陆文婷一家四口蜗居在12平方米的小屋中，繁重的工作、微薄的收入、沉重的家庭负担对陆文婷的生活构成了巨大的生活压力。某天上午，她连着做完焦副部长、张老汉、王小嫚三台手术后，累倒在医院。经过一个月的治疗，她终于从死神那里闯过来，在丈夫的搀扶下走出医院。她的大学同学姜亚芬不愿意过她这种生活，和丈夫去了美国。陆文婷作为一个忍辱负重、无私奉献的知识分子形象引起了社会的广泛共鸣。在改革之初，国家建设需要大量科技人才，但由于"文化大革命"造成的知识分子的断代问题，中年知识分子不得不承受几代人的工作压力。而就在他们为祖国发展呕心沥血时，政治地位、生活状况却迟迟得不到改善。谌容在20世纪80年代初期，首先提出了重视知识分子的问题。

这一时期铁凝的《哦，香雪》《没有纽扣的红衬衫》，王安忆的《本次列车终点站》《流逝》等小说，描写了社会变革和转型所带来的普通人日常生活境遇和心灵世界的变化。《哦，香雪》写的是河北某列车小站台儿沟，从北京开来的列车每天在这里停留一分钟。这停留一分钟的火车给台儿沟小姑娘香雪和她的小姐妹们带来了外面的世界。香雪为了见识有生以来第一次见的火车，穿上了新的布鞋，凤娇用珍藏的香皂把脸洗过，朵儿换上了花衬衣。她们为了看火车，要走几公里的夜路，她们像过节一样兴奋。在火车上，她们看到了说一口北京话的列车乘务员，香雪还看到一个小姑娘手上能自动开合的塑料铅笔盒。为了得到那只铅笔盒,香雪愿意用自家的一篮子鸡蛋换。等香雪拿到那只铅笔盒,火车却开走了,载着香雪离开了台儿沟。香雪在火车上不再害怕,谢绝了"北京话"和旅客们的挽留,在下一站于天黑中下了火车。香雪一个人沿着铁轨往回走,终于在隧道里听到了同伴们呼喊她的声音。小说写火车给一个大山里的小姑娘带来了对文明的憧憬和生活的变化。王安忆的《本次列车终点站》首次反映了回城知青的命运及相应的社会问题。上海青年陈信在新疆当了十年知青后回到了上海,他是坐火车回来的,列车的终点就是上海。回上海后,陈信由一名教师变成了一名开车床的工人,在自家天井里的"违章建筑"内和弟弟共睡一张床。既然上海接纳了他,立住了脚,就要考虑成家了。陈信的母亲、嫂嫂张罗着给他介绍对象。随着陈信的婚事成为大家关注的事情,矛盾也随之而来。嫂子、哥哥提出要分户口。母亲因为都是自己的儿子,伤心而无奈。因为贫穷,也因为自私,最亲近的家人也出现了裂痕。王安忆的这篇小说在知青小说还未脱离痛苦、伤痕、反思、呼告等主题氛围下,较早关注了回城知青的命运及相应的社会问题。知青作为中国特定时期的特定历史产物,其产生、发展、变化都有其自身的复杂性。知青问题是一个个人问题,也是一个全局问题。它的范围之广,牵涉到了中国的每一个家庭。王安忆通过这篇小说,将知青返城后所引发的矛盾,完整地反映出来。从知青的自怨自艾转向社会大众层面的理性思考。知青回城了,面临的就业、房子、婚姻问题怎么办?

三、"文化寻根"中的女性创作

在当代文学史叙述中,20世纪80年代中期蔚为壮观的"寻根文学"大潮,是以男性作家的创作为主体的。但实际上,20世纪80年代后期,王安忆的"三恋"、铁凝的"三垛"以及翟永明的组诗《女人》同样具有文化寻根的意味。王安忆的《小鲍庄》《大刘庄》则以中性面目参与了寻根潮流。《小鲍庄》无疑是20世纪80年代寻根文学中的经典之作。王安忆从容冷静地写出了小鲍庄人的生活。在小鲍庄里,全村人无不遵照仁义的规范行事,赡养老人,长幼有序,人人都为村子的仁义名声而自豪。但是捞渣幼小的生命一降生就被忽略;小翠子活泼开朗的天性很快被压抑;拾来与二婶苦难中的结合,被认为伤风败俗,加上拾来外姓人的身份更是遭到全村人甚至孩子们的仇视与侮辱;"鲍秉德家里的"因不孕而常招丈夫毒打,直至被流言蜚语逼疯；自以为守着千百年仁义之风的人们做了刽子手而不自知。同时，王安忆对随着捞渣舍己救人事迹而涌进小鲍庄的现代文明保持了警惕的态度，在报纸宣传所制造的语言洪流下，事实真相被遮盖，个人无力保持本色而裹挟其中随波逐流，新一轮的人性扭曲开始了。这难道就是儒家仁义文化的精髓？《小鲍庄》写于1984年王安忆访美之后，正是经历了中西文化的碰撞后，作家才能从中国百姓认为很平常的生活中看出不平常来。崇尚自由生命力、尊重个人价值的西方文化，给了王安忆一个反观中国儒家文化和现实生存状况的价值立足点。正是这样的价值立足点，才使《小鲍庄》具有了相当的思想深度。铁凝的"三垛"[《麦秸垛》（1986）、《棉花垛》（1989）、《青草垛》（1995）]，写作跨度长达十年，这"三垛"系列小说分别记录了下乡时光、抗战岁月和商品经济时代所发生的不同人的不同故事，反映了铁凝对这三个时代的不同思考和理解。《麦秸垛》是铁凝对知青岁月的回顾。在知青们下乡的端村，村里到处有麦秸垛。麦秸垛是村里青年人休憩、聊天和发生恋情的地方，在麦秸垛旁，作品叙述了女知青杨青和男知青陆野明、乡下女子沈小凤的感情纠葛，也描写了杨青在下乡后的心路历程，杨青刚下乡时满怀激情地追随村里的人芝娘身后收麦子，过了四年只是咬牙追赶收麦子的知青生活后，临近返城时不再追赶大芝娘了，只觉得这麦田、这原野大得太不近人情了。麦秸垛在杨青视野中投射距离的远近，从某种意义上象征着人从自然走向城市，从无我走向有我的精神文明的发展。《棉花垛》反映了铁凝对抗战时期河北乡村女性生存方式的思考。广袤的河北平原历来盛产棉花，棉花影响了北方乡村人们的生活方式。北方的棉花分三等：洋花织洋布，土地产的笨花织粗布，紫花织紫布。穿不同等级的棉花织成的布与衣代表着人们不同的生存方式。紫花大袄，是贫苦人民的专利，抗战时期共产党的部队都穿这种衣服；从日本引入的洋花织的洋布是女人精心装扮自己的最高形式，以之装点肉体显示魅力，代表着传统时代的女人靠本能吃饭的生存方式；而毛布又称日本布，是经济与技术的强大象征，只有日本人或警备队的太太们才穿。铁凝在这篇小说中以抗战为背景讲述了传统女性米、米的女儿小臭子、抗日女干部乔、共产党干部国之间的故事。传统女性米不愿意劳动，靠在棉花地里"钻窝棚"，跟男人要棉花生存。她的女儿小臭子长大之后也是好逸恶劳，整天在秋贵家的牌场里混。日本人来了，秋贵成了汉奸。小臭子抗拒不了物质诱惑，出卖了自己的好友抗战女干部乔。乔被日本人抓走，被蹂躏而死。

乔的战友国把小臭子抓住,送往县里,在押送路上,把小臭子先奸后杀。这篇小说以北方农民赖以生存的棉花为切入点,表现了铁凝对抗战、女性生存、男权等的复杂思考,是一篇很有深度的优秀作品。《青草垛》写作于20世纪90年代,青草垛和茯苓是茯苓庄的两个事业。冯一早和女友十三苓从小就在青草垛里做游戏,说悄悄话,那是纯真的少年时代。后来商品经济时代来了,十三苓辍学跟随舅舅到城市卖衣服,后被城里人欺辱直至疯掉,才回到了茯苓村。商业化的风沙扑面毁掉了茯苓庄两个纯真的青年。这篇小说表达了铁凝对20世纪90年代以后商业化时代对以青草垛为代表的淳朴的乡村文化的冲击。

四、日常生活叙事与现实关怀

在20世纪80年代后期兴起了新写实小说,这种小说直面日常生活,摹写现实生活的细节和烦琐。可以说新写实是20世纪80年代人文激情退缩、浪漫因素消解后的产物。其中方方的《风景》《桃花灿烂》,池莉的《烦恼人生》《冷也好热也好活着就好》,谌容的《懒得离婚》,范小青的《杨湾故事》等是代表性作品。

《风景》所呈现的汉口棚户区底层人的生存图景与以往现实主义叙事中对劳动人民生活的表现迥然不同。方方以近乎自然主义的笔法,表现了以往文学作品中常常被忽略的物质生存本身的不可回避性和严峻性,以及人对环境的不可超越性。随后方方又发表了《落日》《埋伏》《黑洞》《白驹》等表现武汉市民阶层日常生活状态、欲望本能、感性生命形式的作品。这些作品回避市民生活中常见的温情、幽默、趣味,而是呈现出一幕幕黑色的人性风景,荒原般的苍凉和宿命。这种深切的宿命感同样体现在方方表现知识分子生活命运的作品中。如《祖父在父亲心中》《乌泥湖年谱》《行云流水》《无处遁逃》《定数》等,勾勒了20世纪三代知识分子的人生。《祖父在父亲心中》中的祖父面对日本人的刺刀凛然扬手一指,不惜牺牲生命;而《乌泥湖年谱》中的父亲却只会写出一摞摞的交代材料,曾经激扬文字的父亲在乌泥湖的生命泥沼中变得萎缩、平庸。但方方的叙事不指向政治批判,而是强调了人在环境中不可超越的命定。

同样是武汉女作家,池莉的新写实小说和方方的新写实小说迥然有别。方方是鲜明的知识分子立场,而池莉则是明显的认同市民伦理。池莉的《烦恼人生》是新写实最早的小说之一，发表于 1987 年。在文坛还都在高扬理想主义、叙写浪漫温情之时，池莉在《烦恼人生》中道破了中年人日常生活中的诸多烦恼。小说细致描摹了武汉轧钢厂工人印家厚一天的生活流程，展现了当代普通工人所面临的生活困境和不尽的烦恼：狭小的住房、微薄的薪水、上有老下有小的艰难处境；每天上班长达两个多小时的公共汽车和轮渡；想报考电大，又被领导阻挠；难忘的初恋和必须回避的女徒弟雅丽的感情。印家厚的一天是那样漫长和难耐，小说十分准确地捕捉住了一个当代产业工人在重重困境中挣扎、奋斗的心灵感受。在《不谈爱情》中，自命清高的教授夫妇为实际利益驱使，前去拜访他们一向不屑的小市民亲家。知识分子那些无奈与激愤和貌似高大的精英身份顿时变得可疑。池莉对知识精英的解构表现在小说《冷也好热也好活着就好》中的一个细节上，知识分子猫子对小市民青年四侃侃讲述人生、理想，四却睡着了。《太阳出世》则消解了主体精神与日常生活的紧张对峙这一知识分子自我中心的叙事模式，欣欣然融入日常生活。池莉这些作品表明了她对正在崛起的市民伦理的认同。

五、关注底层生活

迟子建是当代优秀的女作家。她的写作一直眷顾着她生长的地方——东北乡野，执着地表现黑土地上卑微而艰难的底层生存。她以女性特有的悲悯表现乡土大地上的朴素人生，尤其是女人和孩子这两个弱势的群体。对儿童世界的关注和艺术表现，是迟子建对 20 世纪 80 年代以来女性小说创作的独特贡献。《疯人院的小磨盘》《雾月牛栏》等作品写出了儿童天真、率性的天性与成人世界的隔膜，以及由此造成的心灵伤痛。迟子建也书写了很多乡村女性的命运。比如《逝川》中的吉喜，男权文化规范造成吉喜一辈子孤身一人的境况，但是她平静豁达地在日出日落间劳作，一次次迎接新的生命，一年年收获从逝川上游来的泪鱼。对自然和生命的热爱，成就了吉喜作为女性生命存在的尊严和高贵，其中也包含了一份对男性的宽容和理解。《日落碗窑》《亲亲土豆》《白银那》等作品都表现了在艰难生活中夫妻之间、亲人之间、乡亲邻里之间的温情，相互以自己卑微而具有韧性的生命支持着对方，点点滴滴共同求取生存之光。迟子建的小说还特别善于描写灵性、诗意的自然形象，唤起读者对家园的记忆。坚忍、包容的人性之光和宁静、悠远的大自然，构成了迟子建小说中的温情、伤怀之美。

辽宁作家孙惠芬也以表现乡土生活见长。《歇马山庄》《歇马山庄的两个女人》《上塘书》是孙惠芬颇受好评的作品。《歇马山庄的两个女人》敏锐地捕捉到20世纪90年代随着男性农民工大量进城，留守乡村的女性实际上成为乡村社会经济与文化的主要承担者这一新动向。主要叙写了歇马山庄的两个青年女性李萍和潘桃的交往和友谊的破裂。这两个形象的塑造打破了关于乡村女性、乡村世界的刻板印象，塑造了两个鲜活、丰富、很有时代内涵的女性形象，呈现出人性与性别经验的丰富与深邃。长篇小说《上塘书》以类似人类学地方志的结构方式，全书分九章描述了上塘的地理、政治、交通、通信、教育、贸易、文化、婚姻和历史，这种别具一格的地方志小说真正揭示了乡村人特殊的心灵世界、生存法则，这种写法充满对乡土生命人性尊严的尊重，杜绝了那种奇观式的展示。

第二节　新时期文学中的爱情主题

一、爱，遥远的回声

苏格拉底说："爱情是一种渴望。"

理念的爱和世俗的爱。理念的爱是对爱情的抽象的本质化提炼，我们从中可得到一些关于爱情的属性：超功利性、恒久性、排他性。理念的爱，在现实中无一例外被打了折扣，即理念的爱的种种标准在世俗的爱里都不能绝对化。因此说，这两种爱既相互背离，又相互依存。

爱的目标和爱的过程。人类的爱情生活体现着目标与过程的永远追逐和永难相交。一方面，人类设立了指向绝对理想的境界，纯粹的精神领域中的"至爱"，它是无止境的。另一方面，人对这种至爱的追求也是无止境的，人追求着那个目标，误以为能够实现，可每当将其抓入手中时，却发现它又逃离了。追逐与逃离成了文学中爱情主题的无限张力，也构成了它在现实人生与艺术世界中的永恒魅力。

表面上看，"文化大革命"对爱情题材的放逐纯粹是处于特定时空下权力斗争的需要，但如果进入深层的民族文化分析，它实际上是封建主义以畸形的方式对五四以来中国新型伦理观念的成功复辟。"文化大革命"十年，是阶级关系取代一切人际关系的十年，也是文学清洗血亲、讨伐爱情的十年。"文化大革命"前许多革命加恋爱、抗日加恋爱、社会主义建设加恋爱的作品，如《青春之歌》《林海雪原》《烈火金刚》都被封冻，代之而起的是革命样板戏，主人公大多是寡妇、鳏夫。

"文化大革命"结束，文学中的爱情题材在内在精神上首先是对五四新文化孕育的、在"文化大革命"十年失落的现代新型性爱婚姻观念的呼唤。"文化大革命"中被打成毒草的作品又成了重放的鲜花。

1978年1月《十月》杂志发表了刘心武的短篇小说《爱情的位置》，这篇小说可以说是在当时的政治气氛下，在无产阶级革命这个不可逾越的政治前提下，对爱情至上观念的极限表达。作品为主人公孟小羽设置了一个对立人物——亚梅，她反复挑拣找到了最满意的对象：有文凭、有存款、有住房、无负担。孟小羽问亚梅：他这个人怎么样，你爱他吗？而孟小羽寻找真正的爱情。他，宽宽的肩膀、阔阔的额头、细黑修长的眉毛下，双眼闪着钻头般有力的光芒。俩人买《毛泽东选集》时两次巧遇，有了政治、文学的共同语言，又相约图书馆。作者给小伙子安排了一个烙火烧的职业（正在报考外语学院），而且让女主人公说出这样的话：他就是烙一辈子火烧，只要他是一个高尚的、正直的、有道德的革命者，我也爱他。抛开阶级性的局限，我们看到女主人公推崇的爱实际上是一种抽象的绝对意义上超功利的爱。

以这部作品为先导，一大批描写当代生活，却与五四精神衔接的作品，渐渐浮出地表。张抗抗《爱的权利》、孔捷生《姻缘》、王蒙《风筝飘带》、宗璞《三生石》以及《第二次握手》等爱情小说大量出现。《爱的权利》着力控诉了那个剥夺人的一切爱的权利的时代，头枕卢梭、伏尔泰著作睡觉的男主人公无疑是西方民主思想的代言人，因出身不好，不能爱、不敢爱的女主人公也如此发问：人与人不是平等的吗，可为什么她没有爱的资格？

张洁《爱，是不能忘记的》是爱情至上的宣言。作品反复强调爱是一种绝对意义上的无条件的爱，抽象的、理念的爱。作品反复说什么不是爱，爱不是由对方外表引起的愉悦（珊珊并不爱英俊伟岸的乔林，钟雨的前夫也是相当漂亮的人物），爱不是责任、义务、同情心（如老干部与其妻子），爱不一定是用朝夕相处来培植（两个人一生相处的时间很短），爱不一定非要耳鬓厮磨（两人连手都没握过），这是一种无法说出原因的爱。

与都市爱情故事不同，农村题材的文学在实践着另一个层面的爱情问题探索。我们都知道20世纪50年代作为中国新婚姻法首批受益者的二黑、小芹和刘巧儿及其同辈人,是有过爱情的。然而当农村经历了初级社、高级社、人民公社的三级跳之后,就开始由巅峰向谷底下滑,农民和个人之间的差距越来越大。农村题材的爱情小说只能在最基本的生存层面上来探讨婚姻和爱情。张弦《被爱情遗忘的角落》以简省的篇幅记述了当代农民由富到穷,再到富的历史事实及母女两代的感情和婚姻生活。母亲是小二黑年代与父亲恋爱的,他们凭借新的婚姻法冲破父母之命自由恋爱结了婚。大女儿生在20世纪50年代的丰收时,发育得浑圆结实,在"文化大革命"的贫穷和蒙昧中,她凭着原始天性与一男青年小豹子野合,败露后投水而死。骨瘦如柴的二女儿是20世纪60年代大饥馑的产儿,姐姐的死在她心里罩上了阴影。她开始恋爱时,当年曾自由恋爱的母亲为了得到一份聘礼意欲将她嫁给她不爱的人。这时"文化大革命"结束了。富裕与自由恋爱,贫穷愚昧与买卖婚姻,而后又是新一轮的富裕与自由恋爱,这种叙事直接揭示了农民的经济状况在当时的恶性发展,具有很强的社会批判性。

其次,作品很像马斯洛的需求层次论的一个图解,它告诉人们,当生存需要成为第一需要时,爱情显得多么蹩脚可笑。母亲的生活经历和心灵历程,颇有说服力地讲述了一个简单的道理:爱情与贫穷无缘。当年她曾激愤地向父母喊:"你们要把女儿当东西卖呀!"然而,同样的一句话,三十年后女儿又向她喊出,她被噎住了,捶胸顿足地痛苦自语:"报应,报应!"作为一个过来人,她亲眼见证了自己年轻时视为至高无上的爱情怎样被残酷的现实生活所侵吞,她的心灵也经历了由希望、幸福到平淡,由焦虑、痛苦、无奈,再到新的希望——将女儿的婚姻大事作为改变家庭现实困境的唯一出路。

张一弓的《流泪的红蜡烛》,像是《角落》的继续和补充,男主人公李麦的爱情曾因贫穷惨遭毁灭。改革开放后,他发狠地劳作,终于有了娶妻的经济基础。于是他完全用买卖婚姻的方式筹划婚事。当他有幸一睹那个女孩的芳容后,心一横,对媒人说:"我出两亩烟钱。"然而这个美丽的姑娘和当年以生命殉爱情的心上人一样,有自己的心上人,绝不肯为了李麦的钱屈从父母,对爱情有着切肤之痛的李麦成全了姑娘,最终成全了自己。这个故事似乎在回答一个问题:富裕起来的农民是否应该找回以及如何找回被贫穷赶走的爱情?

此外,郑义的《老井》,路遥的《人生》,李宽定的《良家妇女》,贾平凹的《火纸》都不同程度涉及了农民的生活与他们的婚姻道德问题。

二、执着与背叛的变奏

"文化大革命"十年，不仅是封建主义回潮的十年，也是人的社会角色、人的政治地位大起大落，人的生存质量旦夕骤变的十年。老干部一夜之间成了阶下囚；往日风流儒雅的知识分子成了低三下四的"臭老九"，千百万的城市青年将终生交付给穷乡僻壤；特别是那些以各种理由打入地狱的"反革命"，权力、尊严都与他们无缘了。更可悲的是，这些人身后，还有一群子女，出身成了他们无法摆脱的重负，使他们的择偶、婚恋陷入困难。在这样动荡的岁月里，爱情变得无所附着，执着与背叛成为家庭伦理的主要表现形式，婚姻道德经历着前所未有的政治洗礼。

"文化大革命"后，又是一次社会角色、人际关系的重新调整，然而社会秩序可以重建，人的政治地位可以恢复，千万个已破损的家庭却难以修复如初。于是，"走资派"官复原职，却妻离子散了；"反革命"平反昭雪，却破镜难圆；知识青年离乡返城，却不得不把另一半丢在乡下；高考制度恢复了，人到中年的大学生却面临着婚姻危机。

落难公子（受迫害知识分子）与民女为主人公的新才子佳人爱情模式，《天云山传奇》《绿化树》《牧马人》都属于这一类。鲁彦周的《天云山传奇》用对比的手法，描写了执着与背叛的两个女性，一个是脆弱而世故的宋薇，残酷的政治运动一下子将她的罗曼爱情击碎，她嫁给了一个政治保险柜，然而最终惨遭命运捉弄；另一个是用自己的一生去赌爱情的冯晴岚，她守护着自己的深爱——被宋薇放弃了的男人罗群，与他共度了最艰难的岁月，当苦尽甘来时，却因积劳成疾而去世。这是一篇典型的伦理小说，作者的旨趣不在于控诉"文化大革命"对人性的戕害，而在于歌颂一个为了爱情放弃一生的物质享受和政治生命，至死不悔的女人冯晴岚，作者顺带贬抑了爱慕虚荣、贪图享受的宋薇，并让她尝尽背叛的苦果。

李秀芝、马缨花、冯晴岚，她们有的是文盲，有的是才貌平平的知识女性，在那个阴错阳差的年代，她们与一个个为不公命运所戏弄，由天之骄子沦为阶下囚的精神贵族结下了不解之缘，因而改变了作为普通女性的生活道路。她们是男人们漫漫寒夜中的灯塔，默默奉献自己的小草，扶助他们走出泥泞的忠实伴侣。这些女性名为妻，实则为母，她们身上折射出数千年的民族文化传统中重道德理性、重实用价值的品格。

与民女与落难公子的忠贞爱情相比，张弦的《挣不断的红丝线》思考更为深刻，作者不仅塑造了一个爱情执着者，而且合情合理地塑造了一个执着者的背叛。主人公傅玉洁是一个真诚追求爱情的女性，革命时代，这个大学生出身的文工团员被一位没长相没文化但作战勇敢的齐副师长看中，但她坚守她的小资产阶级浪漫，最终与风流倜傥的白面小生苏骏结了婚。在一切都被革命和阶级照亮的国度里，他俩曾奢侈地挥霍着爱情——音乐、文化、水上嬉戏、林中漫步，不过这样的好日子只停留了短暂的一瞬，个性凌厉的苏骏没能逃脱"右派"的厄运，而备受艰辛的傅玉洁仍苦守着爱情，摘掉帽子的苏骏不再被报社续用，在中学不能当老师，只能干一个备受轻视的跑腿打杂的差事。他变了，修长的身材伛偻了，潇洒的风度和开朗的性格、风趣的谈吐都不见了，成了一个草木皆兵的运动恐怖症患者，一个唯唯诺诺的胆小鬼——他身上全部可爱之处都荡然无存，曾抱持"爱情至上"的傅玉洁这个时候离开了他。当"文化大革命"结束，一切都重新开始时，她再也无心为自己的半生勇敢和坚强骄傲，毅然投入二十年前被她拒绝过的、丧妻的老干部怀抱。

《挣不断的红丝线》的深刻之处在于，它并不盲目歌颂固守爱情的忠贞女性，而是紧贴生活，把一个爱的主体和客体放在一个动荡的大环境笼罩下不断变化的小空间里，进而把握人物的心性历程和个性发展。政治风雨的剥蚀不仅使傅玉洁爱情至上的观念从云中坠落地上，而且使她的所爱——其生活情趣、人生信念和所有的性格魅力都消失了，为了爱情守身如玉的女人的全部付出，换回的只是一个虚无的爱的对象，这种付出还有意义吗？作品对社会的批判非常具有穿透力——残酷的政治风雨所毁灭的，不仅是家庭，也不仅是爱情，而是毁灭了爱的主体，毁灭了人的个性风采，人的精神存在。人被摧折至此，爱将焉附？

叶辛的《孽债》将婚姻道德的问题探讨由夫妻双方引向了下一代。当年离乡返城的知青中，有一批数量相当可观的已婚者，为了给他希望的城市，为了不再将那些被时代营造的、不和谐的婚姻带进新生活，临行前，他们快刀斩乱麻地抛妻别子，仓皇而逃。然而旧日的恋人可以不再有瓜葛，可留在乡下的孩子是一条斩不断的根。他们长大了，便来到城里寻父问母，闯进一个个甜美的家庭，于是营造了十多年的小巢不再完整，而且无法修复，这是一笔无法了结的旧账。

第三节　徐坤的小说创作

徐坤是当代著名的女作家之一。有人说,因为有了徐坤,中国女作家的创作丰富了不少。她是位学者型的作家,又是位既有鲜明的女性立场又有男性作家的粗犷与大气的作家。她的笔下,既有对女性生存困境的深刻揭示,又有对知识分子负面性格的辛辣调侃,还有对20世纪90年代社会思潮中消费文化无所不在的反讽和慨叹。

一、对女性生存困境的揭示

这一类作品表明了作者鲜明的女性立场。代表作品《狗日的足球》《厨房》《乡土中国》等。发表于1993年的《狗日的足球》是徐坤的成名作。作品写了柳莺在丈夫的影响下变成一个球迷的过程。通过写柳莺在看一场球赛的遭遇,揭示出女性作为第二性在这个男性世界中的失语感。"在几万人汇集的公共场所,当对方攻入一球后,男性球迷们众口一词、无比流畅、无比浑浊、无比恶俗地汇成一句话:傻×。柳莺还没明白过来,那句话又无比热烈、无比欢快、无比生动、无比愉悦地再次响起:傻×,傻×,傻×。柳莺的心跳骤然间停止了,像是突然被当众扒光了衣服……几万人啊,几万人的粗口汇成一股排山倒海的声浪,用同一种贬损女性性别的语言,叫嚣着。……所有的男人女人都把这种语言认同了,自古以来他们就已经如此了。她想对他们这种侮辱回击时,却发现这个世界根本没有供她使用的语言,所有的语言都被他们垄断了,他们如此这般地把女性性别恶意贬损刻毒侮辱时,却让女人愤怒时张口发不出声音,为什么?"[①]"话语即权力。"徐坤在这儿用一个非常典型的事例道出了现实生活中女性的弱势地位。几千年来她们被男性剥夺,她们没有表达自己的语言,她们的这种失语感,让女性在男性的侮辱面前,毫无反击的能力,这是为什么?所以柳莺最后只好以一种痛楚的决绝拼命吹响了胸前的小喇叭"呜哇"。这种声音或许纤弱,但这是失去了话语权的女人发出的呐喊,它或许含混,但总有一天它会变得清晰。在这儿,徐坤以一种近乎悲愤的情绪,揭示了女性所面临的一种社会现实:她们没有自己的语言。

---

① 徐坤:《狗日的足球》,《徐坤作品精华》,中国青年出版社2001年版,第134页。

她们在这个世界上，只能是处于被命名，被言说的"他者"位置。这种表达，比 20 世纪 80 年代的张洁、张辛欣们要深刻了很多，女性怎么会获得说话的权利，她们从来没有过自己的语言。

再看《厨房》，作品写了一个冲出家庭在商场获得成功的女性，再次想重返家庭，通过精心设计给一个画家过生日，想抓住婚姻但最终落空的故事。它写了女性的另一种困境。同时也是一个"娜拉走后怎样"的旧日话题在当下的商业背景里的重提。"厨房是一个女人的出发点和停泊点"，枝子从这儿出发了，却无从停泊，她厌倦了商场的尔虞我诈后，又想重建一个温暖的家。这儿枝子已有了自我的觉醒，有了自己选择生活的行动。第一次冲出家庭的围城，是她的主动，第二次想回到家栖息，也是她的自觉。女性无论选择怎样的生活方式，只要是她的自觉自愿，就是女性的解放。于是枝子刻意装扮，费尽心思，来到被她捐助的画家松泽家，在厨房里，为他精心准备了一次晚餐，她想用她的厨房语言，向他表示她的真爱。而画家却只想和她游戏，并不想担负责任，不想因她而束缚住自己。所以她所有的努力，换来的是拒绝。最后，枝子走出画家的家，拎着一袋从厨房中提出的垃圾在风中哭泣。在这儿，这袋垃圾简直是神来之笔，它给了人很多启示：女人啊，在你前行的路上，你膨胀的情感有可能成为你前进的累赘，你自造的这些情感，他人认为正是你软弱的表现。什么时候，女性能扔掉这些不必要的累赘，也就是女性大踏步前进的开端。对于七十多年来"出去"和"解放"的话题，今天的解答依然让人失望。在商业化的境遇中，冲出家庭的女性再也无从归依。坚强的女性在赢得社会价值的同时，也已经被男性的社会准则异化。要么做一个成功的社会人，但不要有女性的情感与渴望；要么做一个男性覆盖下的传统女性，拥有家的温暖与庇护。除此之外，别无选择。中国已从个性化时代走入了商业化时代，为什么女性的天空还是如此低矮？在物化的时代，女性的情感很大程度上已变成了垃圾。在钢筋水泥的城市中，在商业利益第一的社会法则面前，女性的情感要么被利用，要么像垃圾一样被弃置一边。在《乡土中国》中，作家告诉我们：社会对男性和女性从来不用相同的评价标准，招弟虽然在陈家贡献最大，但因为她是女性，在过年一家人团聚的宴席上，是那些男性在吆五喝六，她却没有发言的权利。在一种社会的集体无意识里，女性被永远地驱逐了。最后，招弟只得一个人开着车在大雪中离去。

二、对知识分子负面性格的辛辣嘲讽

这一类作品是带有自剖性质的创作，因为作家就是他们中的一员，她熟悉他们的生活，写起他们来自然也得心应手。在现代文学史上，以知识分子的身份写知识分子的弱点的，最出色的当数鲁迅和钱锺书。但他们的创作背景不同，鲁迅是在五四时期，在呼唤人的觉醒、民族的觉醒的时代主旋律中，痛切地感受到作为拥有话语权的知识分子的软弱和矛盾，时代提供了他们发言的"广场"，而他们却难以成为"振臂一呼，应者云集的英雄"，民众和他们的隔膜，使痛切的呼吁变成了玩偶的表演，所以他们彷徨伤感，如鲠在喉。钱锺书描述的是在 20 世纪 40 年代沦陷区的上海，一群高级知识分子在战乱中的蝇营狗苟，借对知识分子弱点的展示，表达对人的劣根性的思考，另外，身处"围城"，作家也表达了浓重的忧事伤生的情绪。到了徐坤，已经是身处 20 世纪 90 年代的商业时代，当精神的清高日益掩饰不住物质的贫困，当金钱的法则横行无阻，逐渐把他们推向边缘的时候，知识分子又是怎样一番模样呢？徐坤不无调侃地展示给了我们。

一是解构知识分子人格与价值。知识分子在西方被称为"社会的良心"，他们不仅掌握知识，是社会文明和文化的传承者，而且对社会的发展与进步负有责任，他们应及时地传达出对社会发展的建议或批判，起到一种指导的作用。这样的一个群体理应有着坚定和高尚的人格，才能体现他们的价值。而在以儒学为正宗的中国，知识分子历来对体制有着依赖，缺乏独立于体制之外的勇气与传统，所以在每一次社会体制发生变化的时候，知识分子都显得不适应，都要经过一番挣扎，这成了中国知识分子的必然。在《热狗》中，作家写了学者、评论家陈维高的故事。评论家和演员之间，没有什么艺术良心，变成了名望和色相的交换，各取所需，沉瀣一气。在商业大潮袭来的时代，知识分子在感到压抑谋求改变的同时，也丧失了自己的节操，陈维高在慨叹着自己这一生的艰难："这一辈子啊，自己仿佛就是烤箱里的热狗，翻来覆去地烤炙、煎熬着，摆脱不掉，休想摆脱得掉。那么艰难，可是又那么廉价。为什么？到底是为什么？"这种想要补偿的心理和想靠色相诱惑评论家吹捧自己出名的女演员小鹅一拍即合，陈维高给小鹅写了热情洋溢的评论文章，小鹅也向他奉献了自己的贞操。后来小鹅在陈维高的吹捧之下终于成了名演员，大红大紫，片约不断，她不再需要他的评论，就一脚把他蹬开，为了出自己的写真集,又和一个摄影家搅和在一块。刚焕发了第二春的陈维高感到空前的失落。这是在社会上的遭遇。在单位和家庭里,陈维高怎么样呢?在他所在的现代主义和后现代主义研究所里,为了争一个破格晋升研究员的机会,有的人提前进了八宝山,陈维高费尽心机,终于如愿,工资补发了,医疗蓝卡拿到了,房子的面积也要给补齐。然而,第一榜的房子却没有他的份儿,后来在老婆马利华的谋划下,把岳母的户口迁来,突出了实际困难,又八方游说,软的不行又来硬的,她让陈维高给上边写了个信,递上去,才终于分到了一套一居室。在单位里,陈维高完全听命于以老婆为代表的小市民的生活逻辑,失掉了知识分子应有的情操。而在家庭中,他对强悍、粗俗的妻子既厌烦又惧怕,但当他和小鹅的暧昧关系被老婆发现,小鹅弃他而去,他住进了医院,儿子给他送来了老婆包的三鲜馅的饺子时,他终于流下了浑浊的泪水。在这儿,原来那种知识分子人格的高洁和社会良知的体现者的形象轰然倒地。在《含情脉脉水悠悠》中,所谓的学术会议,不过成了那些学者、博士猎艳的场所,那些在这个圈子里磨炼出来的女孩子,也早已失掉了女孩的纯真。这个本应是文人们进行心灵沟通的高雅的场所,却充满了污秽和龌龊。这样的揭示可谓触目惊心,这帮知识分子不过借一个冠冕堂皇的名义,在行痞子的勾当。

二是解构知识分子语言。我们通常认为知识分子的语言应该是优美、高雅、深刻而准确的,因为这个群体掌管着知识的创造和传播。然而,在《招安招安招甚鸟安》里,作家却对知识分子的语言进行了有力的嘲讽,她通过一个少年在成长历程中对一个词语的理解,戳穿了貌似高雅的知识分子语言的孱弱、隔膜和可笑。在"文化大革命"时期,"我"作为一名红小兵,在很多场合都讲革命故事,当"我"讲到"黑李逵智斗矮宋江"时,其中有这么一句,李逵大喝一声:"招安,招安,招甚鸟安!"帮"我"排练的红卫兵叔叔告诉我,讲这一句时应用胳臂做鸟儿飞翔的姿势。我深信不疑,于是加上这个姿势我讲了很多遍这个故事,并一次次得奖。后来在大学课堂里,古典文学老师又对这句话作了不同的解释:覆巢之下安有完卵。我以为这就是标准答案。大学毕业后,一次我到了乡下,又听到了民间说书人对这句话的解释,他说的是"招甚屌安"。和前面那些看似合适的解释相比,老百姓的语言才最直白,直抵事物实质,这让所有的知识分子的语言显得隔膜而滑稽,它们貌似高雅,实则和意义相去甚远。

三是解构知识分子的艺术。知识分子创造出来的艺术应是严肃和高雅的，可我们在《先锋》中却得出了相反的结论：艺术不再是智慧的结晶，在反世俗的精神支撑下，艺术流向了恶俗。所谓的废墟画派，不过是几个叫撒旦、鸡皮、鸭皮、屁特的家伙的随意编造，撒旦的名为《存在》的画展不过是在门口用一堆砖头支起了一个空画框，鸡皮的《我的红卫兵时代》不过是他把烂泥一把把攒到画布上，然后他撒了一泡尿。一方面作家写出了在20世纪80年代中后期，当所谓的先锋艺术以及存在主义、解构主义、后现代主义等新名词被评论家们以集装箱成批地进口到国内后，艺术者们的惶恐和六神无主，纷纷用怪诞的方式来表现自己艺术的先锋；另一方面也写出了这样的艺术经过短暂的盲目轰动后，艺术家们内心的悲凉，他们纷纷以混世的姿态掩盖精神的痛苦，变得无所适从。徐坤的解构可谓一针见血，辛辣至极。

三、对20世纪90年代以来消费社会的反讽与批判

面对消费社会给人们生活带来的变化，徐坤首先感到了知识分子的精神痛苦，文化人的失落成了不可逃避的宿命景观。作家在思考知识分子该以怎样的姿态面对当下的生活。《鸟粪》中，象征着思想的思想者的塑像原本处在整个城市的心脏部位——中心广场，它的诞生过程充满激情，是罗丹狂风暴雨般的灵感的体现，后来经过很长时间的颠簸才来到这个城市。它的周围到处是喧闹的鸟儿，它感到一种整日枯坐不能与人类交流的痛苦，那整日地思想还有什么价值？于是它不再只沉湎于思想，它开始了行动。它离开广场，浮浪的城市女人对它肆意猥亵，夜幕下，民工用斧锯切割它，想拿它去卖钱，警察也用电棍捅它，它再也找不到一个可以安居的位置。当又回到广场，它因经历过大悲大痛已变得大彻大悟。鸟儿依然在它的周围喧闹，它的头颅已被鸟粪腌绿。作品采用寓言的形式，对思想在当下现实中的遭遇进行了揭示。在《遭遇虚无》中，那个在故乡面临洪水之灾时想要用生命去拯救故乡的旅人，却发现昔日的故乡早已不在，那里成了人狼共舞的地方，罂粟代替了玫瑰，昔日的贤妻变成了妖妇，一切的价值都已颠倒，所寻求的皈依和悲壮的献身都遭遇了虚无。时代的巨变和精神的巨变都呈现在文本中，精神的错位、价值的悖反都让人感慨。《做秀》中，由于城市中电视节目的做秀姿态，所有的人都传染上了电视里的做秀，想找个说真话的孩子已成妄想，人们费尽心

机,终于找到了一个说真话的小孩皮皮,然而在录制那个叫真话实说的节目时,皮皮的表现完全相反,他比所有的孩子更会说假话,这期节目也终成做秀。《谁给你传球》写中国人盲目的排外情绪,在球队中,引进一个外援的作用仅在于把一盘散沙的球员的矛盾集中于一点而达到团结的目的。

《春天的第二十二夜》是徐坤的第一部长篇小说,也是一部带有自传色彩的小说。小说依然保持了她前期小说中善于讲故事的特点,她写了一个女知识分子从20世纪80年代到90年代的人生历程。20世纪80年代的中国,是人们心灵纯净的时代,人与人之间可以真诚相待,相濡以沫。作家具体展示了一群在北京高校里的知识分子的生活,虽然物质上贫寒,住筒子楼,挣几十元的工资,但因为社会还没有完全进入一个竞争机制,因而过得单纯而快乐,上上课,打打麻将,和爱人一块儿围着炉子做锅塌豆腐……这些生活片段组成了他们的主要生活内容。毛榛和陈米松就生活其中。他们从大学就相恋,结婚后他们相亲相知,相互善待相互信任,他们之间的爱是一种只关乎心灵,青春无邪的爱。物质生活中的一点点进步都让他们心满意足,因为他们有的是丰富的精神生活:和朋友逛酒吧,逛遍北京的酒吧,到白洋淀下乡锻炼……很快,20世纪90年代以它铺天盖地的金钱和竞争声势冲击到了每个人。知识分子群落中开始比出书比学位,于是毛榛和陈米松都身不由己地被裹挟其中,毛榛开始忙于考博,陈米松要出一本规模浩大的书。两个人像陀螺一样旋转着,生活在不知不觉中转变了方向。陈米松在出完他的那本书后彻底崩溃,作为一个人在极度紧张后的逃避,他提出与毛榛离婚。十几年的爱情就这样随风而逝。毛榛慢慢地从离婚的重创中恢复过来,心灵上已留下了重重的伤痕。她又去寻找爱情,那种昔日和陈米松一样的爱情,能够相爱—结婚—厮守终生的爱情。她遇到了一个电视台的导演兼诗人庞大固埃,相爱,同居,当她期望着把相恋变成婚姻时,却发现庞大固埃还有别的爱人,她只不过是他的爱人中的一个。于是她毫不犹豫地选择了和另一个商人汪新荃同居。慢慢地,她发现,在她周围这些表面光鲜的城市成功者,无一例外地和她一样,是一种有病的人,甚至比她的病痛更深,他们都想借对方医治伤口,却没想到对方有着同样的伤痛,而病人和病人之间是不能互相救助的。最后,她由衷地感叹,他们都已失去了一种曾经拥有的非常宝贵的东西:人与人之间的真诚与信任,一种真诚自然的生活方式,它一去不返,再也无从寻觅。这是贯穿全书的一个重要的思想,一如作家在题记中所言:"总有一个酒吧里汇聚着人，总有一个单身女人家里半敞着门，我们的爱情哪里去了？"①这部作品更像是对一个逝去的时代的缅怀，既有对自我的青春和爱情时代中那种单纯与浪漫的留恋，又有对整个时代从20世纪80年代到90年代各种变化的感慨与回味。这儿，已没有了早期的凌厉与激愤，而呈现为一种反思。在第17章"同居指南"里，作家对"同居"这个当今非常敏感和时髦的词阐明了自己的理解，我们发现作为20世纪60年代出生的女作家的代表和20世纪70年代出生的卫慧、棉棉们对这个词的理解完全不同，在卫慧那儿，同居比比皆是，这不过是她们享受生活的一种方式，也是她们表明自己是所谓新新人类的一种与众不同，一如吸烟、酗酒、夜生活一样，是她们生活的一种标志。在徐坤这儿，同居则理性多了，这是她们离婚后一种无奈的选择，一种两个人不愿再伤筋动骨的凑合，一种医治心灵创伤的药，它饱含了中年人对生活的妥协和应对。这篇小说从女性情感的角度，表达了整个社会氛围从真诚、浪漫向竞争、商业化变化过程中对个人精神的磨砺，有一个女知识分子的冷静省察，也有对昔日岁月怀念中透露出的对当下的批判。

徐坤是一个有坚定女性立场的女作家，但又是一个超越了女性立场的作家，她以自己独特的女学者的文化立场，书写了自己对这个时代的独特理解，发出了自己的声音，有批判，有讽刺，有调侃，但更多的是热望和期待。

第四节 凌力和她的历史小说

凌力本名曾黎力（1942—2018），祖籍江西，出生在延安，父亲是老红军，母亲是学生运动领袖，她自幼在战火中度过，新中国成立后考入军事院校学习无线电控制工程。大学毕业后，分配到军工部门从事潜艇无线电控制研究。她自述："我喜欢写长篇小说，很大程度上是我对控制工程总体设计爱好的变型和延续。"②凌力的国防科研之梦很快被"文化大革命"击碎，1968年，她一方面家庭遭难，另一方面被指令参加大批判，就此她借机潜入图书馆和档案馆读自己爱读的书，各类史书典籍像磁石般吸引着她，尤其是清代史籍使她有按捺不住的研究兴趣。后来她开始以清史为题材写起小说。1978

---

① 徐坤：《春天的二十二个夜晚》，春风文艺出版社2002年版，第2页。
② 凌力：《凌力文集》第一卷，北京出版社2018年版，第127页。

年，凌力调入中国人民大学清史研究所专事清史研究。1980年开始发表作品，著有长篇历史小说《星星草》（上、下）、《倾国倾城》《少年天子》《暮鼓晨钟》，其中《少年天子》在1991年获第三届茅盾文学奖。

凌力认为，她创作长篇历史小说，受益于控制工程学科的专业训练，从中获得多种思维方式与综合能力。在凌力看来，导弹的发射从飞行到命中目标的全过程，这个大系统的复杂构成及其变化形态，既神奇又惊心动魄，呈现了一种壮阔宏伟的美，一种综合的美。《星星草》是凌力的第一个长篇。从潜入史料到成书，历时12年。作者除了细心梳理史料，还沿着捻军战斗过的地方进行实地考察，为塑造好农民英雄张宗禹，她又深入其家乡安徽涡阳，采集其家史。凌力主张历史小说必须有历史感，她的历史小说，对历史进程中的重要历史事件，大多加以表现，并符合史实，笔下的历史人物，其事迹与性格，也各有出处，她还注意历史氛围的营造，包括环境、语言、服饰、风俗，乃至细节真实。同《星星草》相比，《少年天子》《倾国倾城》《暮鼓晨钟》的求真已有较大变化。作者在尊重历史的前提下，不再拘泥于史实，认为只要作品清楚地表现那个时代的历史发展情状和规律，表现那个时代特定历史条件下的各种人物关系，那么"不论是七实三虚，三实七虚，或是全然虚构"[①]，依然能给人以深厚的历史感。凌力的《少年天子》从满族入主中原，清世祖顺治（福临）13岁亲政写起，一直写到董鄂妃夭亡，顺治削发出家殒没，7岁康熙（玄烨）登基而止。作者一方面依然尊重历史，开阔而深入地展示当时特定的社会矛盾和各阶层的生活面，尤其重点突出福临如何以睿智目光和极大决心克服内部阻力，提出满汉一体、推行汉化政策、力主改革，以及满族贵族势力如何顽固抵抗而最终失败的过程。另一方面，不再拘泥于史实，而是大胆地进行艺术虚构，以反映某种历史必然性。简亲王济度是满族统治集团中威望最高、地位最尊贵的王爷，作者为他设计了发动政变的重大动机。作者认为，这个性情刚烈的武士，出于对爱新觉罗氏祖先的忠心，为保国保民和自保，他完全可能发动一场废除福临的政变。小说写了济度带领王公大臣反对福临改革祖制，设计了济度在顺治外出祭奠崇祯的路上暗中伏击，准备废帝的情节。这个虚构，不仅极有层次地揭示了济度不愿大清王朝按照汉人建制的心理，还有力地实现了农业文明与草原文明在相互渗

---

① 凌力：《凌力文集》第一卷，北京出版社2018年版，第116页。

透中的激烈碰撞。

《倾国倾城》写的是明末"吴桥兵变"头目孔有德和因兵变牵连而被杀的登莱巡抚孙元化的故事，真实反映了明末的朝廷斗争和清朝开国之君皇太极的功勋，写出了一个王朝的败亡和另一个王朝的兴起。《暮鼓晨钟》是《少年天子》的延续，写少年康熙如何由一个孩子成长为一个天子的过程。该著对康熙二年至康熙八年（1663—1669）的重大事件如明史案、圈换土地案、康熙亲政和除政敌鳌拜的斗争等，都做了生动再现，朝廷斗争的实线和宫内小圈子里发生的一系列小故事的虚线，构成了小说的主干。

凌力历史小说的特点还表现在深入揭示人物心理真实和塑造复杂性格方面。在《倾国倾城》中，作者对于皇太极虽着墨不多，但将他崇尚武功，争得嗣位，控制正黄、镶黄、正蓝三旗，改国号清，为灭明做各种准备的开国之君的行为清楚地勾勒出来。不仅写他的功绩，也写他的奸诈；不仅写他的英雄气概，也写他与小福晋布木布泰的儿女情，人物颇有性格地站了起来。《少年天子》中，作者对顺治的塑造更为成功，她既写了顺治在政治斗争中的作为和得失，又写了他在爱情生活里的执着与专情；既写了他作为夷狄之君的威武凶暴，又写了他接受儒家、佛家文化乃至基督教教义后的君子气度与士大夫之风；既写他外在的音容笑貌，也写他内心的波涛涟漪；既写了孝庄太后、董鄂妃、康妃、安亲王、简亲王、汤若望以及满汉大臣、士人、平民等不同阶层人物眼里的顺治，也写了顺治和各类人物交往相处时的不同表现。从多个角度和侧面，使这位帝王形象具有丰腴的内涵，人物的悲剧性格和历史悲剧的复杂性交织在一起，从而吸引读者进入深层次的历史思考中。这里作者通过顺治皇帝形象做出对中华民族历史命运的思考，对满汉文化都处于"理想精神贫困"的思考，达到哲理高度。凌力在《暮鼓晨钟》中对少年康熙形象的塑造也非同一般。她既写了康熙作为孩子、孙子的天真好学，又写了作为天子所表现的领袖欲和领袖才能；她既写出了康熙对儒家经史典籍的痴迷，又写了他将汉文化运用于治国方略的智慧；既写了康熙与冰月由两小无猜到萌生爱情，又写了他到西山碧云寺修炼对爱情的自我克制。作者在这部著作中着眼于一个"变"字，通过各种人物关系的变化，如辅政集团从团结到分裂的变化，康熙对鳌拜由忘年交到政敌的变化，康熙对冰月由纵情到抑情的变化，实现了少年康熙的成长过程。作者在"变"字上大胆想象和虚构，终于使少年玄烨和康熙大帝接了轨。这里的真情流动而舒展。作家女性形象的塑造,其蕴含的真情映衬了作者对女性的理想。无论写陪伴帝王的乌云珠、冰月,还是写封疆大吏孙元化的情人银翘,无不给予其光彩照人的夺目之美和动人心魄的高贵气质。而作为三朝皇帝妻子、母亲、祖母的孝庄太后,作者赋予其智慧与才情、慈祥和宽厚、干练和谋略诸多富有人情味的政治性气质,使这位尊者和长者的形象不同凡响。另外对"士"的形象也有深入、细微的刻画,并以"士"的形象对封建君主制做了深沉的思索,封建君主制对优秀士人的摧残正是它走向毁灭的征兆。

  凌力长篇历史小说的真实性,也表现在努力置主体意识于历史事件,使主体意识和历史真实相交融,呈现某种当代启示性。在"文化大革命"中,凌力处境艰难,常为生活不公而激愤。这期间她被太平天国低潮时期"誓同生死,万苦不辞"的捻军的奋斗历史所感动。于是借助捻军壮士的英灵,来抒发个人忧愤;通过写失败的英雄,英雄的失败,激励自己在艰难中保持生命不息的"星星草"精神。凌力创作《少年天子》同思想解放、改革开放,乃至东西方文化的大碰撞的大背景是分不开的。她说:"处于改革的八十年代,我被立志改革而又步履艰难的顺治皇帝的独特命运所吸引,被他那深拒固闭的传统意识压制不住的人性光华所感动。"[①] 成功的历史小说,其内在精神气韵,总是与时代精神相契合。

  除了长篇历史小说的真实性,凌力对于历史小说的艺术表现力同样达到很高的境界。

  首先,凌力成功地将历史题材和历史人物进行生活化乃至心灵化的艺术处理,使作品具有了强大的艺术魅力。《少年天子》在描述宫廷斗争的同时,铺陈了许多生活琐事和儿女情,不仅揭示出政治斗争背后的一些隐秘和动因,也增添了不少生活情趣。福临与乌云珠一见钟情的故事,康妃违令去看望亲王三阿哥玄烨的场面,孝庄太后收留乌云珠为义女,襄助福临的举动,济度惊闻康妃险些被天子所杀决定谋反的冲突,都是十分精彩的篇章。生活化的过程,激活了僵硬的史料,使历史面貌活生生呈现出来。凌力对历史人物"心灵化"过程更为投入。如《少年天子》中对孝庄太后的心灵开掘,不仅呈现了孝庄太后扶持顺治实施改革措施时的心理动向,还细腻地描写了她作为母亲对儿女的舐犊之情。《倾国倾城》中对登莱巡抚孙元化的心理披露,对

[①] 凌力:《凌力文集》第二卷,北京出版社2018年版,第18页。

孙元化在明清两个王朝之间的心理窥探、思考、感觉方面，做了精彩描写。最终把这个忠于明王朝，但又悔于不从清王朝的"士"的形象刻画得丰盈而富有文化意蕴。

其次，凌力历史小说的结构艺术，既严谨协调，又开阔深邃，为史诗结构之典范。《星星草》已初露作者结构艺术的端倪，她除铺排捻军与清军武装冲突主线外，还有序地展开两条副线：一是捻军内部冲突线，二是清军内部矛盾线。此外，为增加反映社会生活的立体感，她又增加了一条辅线，即青年书生李如秀、名妓郑玉莺、江洋大盗卢腾海的命运遭际线，来涂抹民风民情的生活色彩。这种多线布局、复式发展的方法，在《少年天子》《倾城倾国》《暮鼓晨钟》里又有长足进步。如《少年天子》即由以福临为代表的变革派和以济度为代表的保守派的冲突为主线，而其他矛盾，如宫廷内部、满洲贵族内部的矛盾，满汉大臣之间的矛盾线，汉人入仕官员与在野人士的矛盾，清朝与南明复辟势力的矛盾线，则依附于主线，随着主线的变化而变化，主线和多条副线形成了纵横交错的大结构系统。《暮鼓晨钟》也属同样结构，以少年康熙同鳌拜之间的矛盾为主线，牵动各条副线，同样具有开阔又跌宕起伏的艺术效果。

最后，凌力善于运用各种艺术手段营造意境，使历史小说具有意境美。如《少年天子》里以白居易的诗句"花非花，雾非雾，夜半来，天明去。来如春梦不多时，去似朝云无觅处"来渲染顺治与乌云珠在若即若离之间绽开的爱情之花。《倾国倾城》里孙元化与青楼女子银翘的恋情也写得很有吸引力。凌力历史小说的语言或含蓄典雅，富有文人气，或质朴平易，汪洋恣肆，变化中充满动态美，属于优美典雅的文人历史小说。无论是描写自然景物，描摹人物神情样貌，还是叙述历史事件，都文笔优美雅致，充满文人雅趣，非一些通俗历史小说可比。总之，凌力是20世纪80年代卓有成就的历史小说家，其作品能够经得起文学史的淘洗而流传后世。

第五节 马瑞芳的"士林文学"

马瑞芳，出生于1942年，回族，山东青州人，山东大学文学院教授，发表的作品有长篇小说《蓝眼睛黑眼睛》《天眼》《感受四季》，散文集《学海见闻录》《野狐禅》《漏泄春光有柳条》《假如我很有钱》，马瑞芳被称为教授型作家，她无论采集人生风景，思索人生命题，还是描摹人间沉浮，探究人生哲理，都带着知识分子的眼光和角度，其创作风格被称为"士林文学"。

马瑞芳熟悉当代知识分子，尤其是对于中老年知识分子的理想、处境，有着广泛观察和深切体验。她出身于两代名医之家，父亲在新中国成立后服从党的需要，改医从政，在县里当过父母官，在省里主持过少数民族工作。在父亲的影响下，马瑞芳尊重老一代知识分子，她笔下的父辈知识分子，个个气宇轩昂，才情勃发，不管是否留过学，都倾心于祖国文化，不管是否从政，他们都期待各项事业增强文化气息和品位。散文《从哈佛到哈佛》《天意怜幽草，人间重晚晴》中的山东大学校长吴富恒，长篇小说《蓝眼睛黑眼睛》中的子午大学校长鲁省三，都是作家所推崇的人。两位校长都热爱祖国富民族尊严，学贯中西具绅士风度，励精图治而深受学生爱戴。而两位校长最闪光的地方，是他俩都具有的那种敢于接受和面对整个外部世界的勇气、魄力和胆识。吴富恒校长有过同楚图南、闻一多、吴晗等共同抗日的历史，他留美归国后，在美国领事馆的掩护下，偷渡到山东临沂解放区。八十寿辰后，他没有颐养天年，却用了四年时间干了三件大事，实践了孙中山先生"不要做大官，要做大事"的人生箴言，为教育事业鞠躬尽瘁。在子午大学，究竟怎样对待瑞典留学生马尔克和中国女学生丛雪的恋爱问题，小说中写鲁校长接到马尔克的国际长途后，准备跟丛雪谈一次。马瑞芳认为有可能让丛雪与马尔克结成眷属的只有老校长，从鲁省三对待中外交流中所呈现的君子气度可以推测出来。小说还写了鲁校长在临终前神游子午园的梦境，以此来表达老一代知识分子的理想和理想得不到实现的痛苦，子午园里鸟语花香、天人合一，子午大学成了国际性大学，不但办起太白文学院、皇帝史学馆，联合国教科文组织办公室也在其间运作。

《蓝眼睛黑眼睛》和《天眼》这两部长篇对中年知识分子状态的思考，是围绕着权力文化展开的。几千年政治文化传统，以及由这种封建政治文化所孕育出来的伪君子、两面派，如《蓝眼睛黑眼睛》中的衣仲真，《天眼》中的史可亮。衣仲真写匿名信害死了中文系老主任叶云朗，又靠着低俗的拍马屁手段当上了中文系的领导。史可亮诡计多端，把大学搞得乌烟瘴气，践踏着一批知识分子的才华、尊严和价值，使他们陷入精神痛苦中。传统的权力文化使某些知识分子的占有欲、统治欲、名利欲达到了无以复加的程度。衣仲真在已经成为研究生院长时，作者大胆地让他的导师——已当了多年植物人的高利器突然苏醒，衣仲真胆战心惊，他害怕高先生站出来揭发他偷窃学术成果的行为。《天眼》中的淮青，原先是越剧的龙套演员，在她费尽心机即将爬上副省长的高位时，作者让南婧向她行贿，并准备放射几支可以使她下台的复仇之箭。对于一切善良的知识分子而言，权力文化伴随着那些可怕的人向他们逼来时，他们常常会因权力的重压，以及处理各种妒忌、仇恨的复杂人际关系而苦不堪言。南琦，是江岭大学中文系的教授，她因在生活中不懂设防而屡遭侵扰。她本以为凭借自己的业务实力可以站稳脚跟，实现自身价值。但现实中，总是受到史可亮的排挤压制，书出不成，三八红旗手当不成，出国学术交流还得自己预交一大笔钱。作者对这个人物充满同情，但对她耽于幻想、时露锋芒的脾性，通过她的家人给予了劝诫：做人不要太张扬，功名思想不要太重，在学术生涯里应记取"麝因香重身先死，蚕为多丝命早亡"的教训。黎中石和董明莉，中山大学的一对金童玉女，章鹤年和苏倩如，江岭大学的一对教授，都是南琦的朋友，但他们与南琦的性格不同，面对野心家的阴谋，他们都没采取针锋相对、剑拔弩张的姿态，而是退让一步以低调待之。黎中石自从他写的《晚清爱国诗文选》的构思、布局、选目被史可亮剽窃后，气倒在病床上。而后董明莉精心把他调养过来，后来黎以写历史小说著称学界。章鹤年在职称问题被卡后，竭力保持心理平衡，在苏倩如的关爱下勤奋笔耕，享受人生的一份恬静，终于完成四部学术专著，使同行瞠目。在马瑞芳看来，两对伉俪并非完全崇尚毁誉、得失于不顾，而是实行无为中求解脱的道家人生姿态，其实倒不失为一种积极的人生策略。在《天眼》中，南琦的弟弟妹妹们，把好人和坏人的关系比喻为天麻和蜜环菌的联体关系：蜜环菌原想包围吞噬天麻，没想到天麻却消化了它。最后，天麻虽无根无叶，却偏偏开花结果，滋养人类。那些妨碍他人的人，往往能给他人的成才提供难得的动力。蜜环菌和天麻的仿生学道理提醒人们，人不要有太强的排他性，也不必为内部和外来的侵扰困住，让一步天地宽，只要化压力为动力，照样可以前进、发展。

评论界赞誉马瑞芳为当代校园描绘了一幅"清明上河图"，她笔下的艺术形象既个性鲜明，又各有千秋。散文《祖父》塑造了一代名医马德甫的形象，在后来的创作中又塑造了吴富恒、吴祖湘、冯沅君、陆侃如、萧涤非、黄家驷，以及一群外国留学生形象。马瑞芳塑造这些艺术形象具有自己的特点。

首先，她善于把时代社会视角和文化视角结合起来塑造人物。马瑞芳在山东大学长期从事外国留学生的古典文学教学工作，她一直把中外知识分子的冲突，置于新的历史条件下进行考察。她笔下的留学生已经罕见"欧洲中心论"者的气味，他们大多对中华文化充满新奇、迷恋和向往。她笔下的中国知识分子则增添了不少自由精神、开放意识，尽管传统文化依然规范着他们的价值观、道德观和生活方式，但他们毕竟已向东西文化对话的时代迈进了一大步。马瑞芳认为由外国人的眼睛看改革开放的中国，由中国人的眼睛看西方思潮，是值得深挖的文化素材。两个多世纪以来，外国人对中国传统文化，或一味大唱赞歌如法国的伏尔泰，或一味诋毁谩骂如孟德斯鸠。两种观点都未能把人类文明看作一个有机的整体，她认为世界上各个民族、各个地区的文化尽管彼此独立，有许多相异之处，但毕竟常常处于一种"你中有我，我中有你"的互补互动关系中。《天眼》里法国的女学者玛露西，对中国女教师南琦直言自己在法国受排挤、遭嫉妒的实情。小说把中国的"红眼睛"和外国的"绿眼睛"——嫉妒，这种人类的原始情感，做了极其真实而精彩的铺叙。世界性、人类性的注入，使马瑞芳的作品呈现出一种生机勃勃的世界文化交流情状。马瑞芳摹写中西文化冲突中的中国知识分子，已不同于钱锺书写《围城》年代的文人了，他们都亲躬弘扬中华文化，推进中外文化交流事业，既没有丝毫媚外之态，也不摆出大国沙文主义姿态。他们不卑不亢，一派正气，学识渊博，对留学生友好亲和。马瑞芳表现了新时代知识分子的追求、理想、人格和尊严，这些知识分子呈现出中华文化对外国青年的巨大吸引力。

其次，作家善于结合社会环境和家庭环境塑造人物形象。在小说中，她工笔画般刻画人物的理想和操守，在散文中，她幽默点染人物的逸闻趣事。她的许多人物散文，正因为有了个活泼、率真、机智、调皮的"我"的存在，使文章具有了喜气和活力。冯沅君这个形象，在《女学究轶事》里因为几个细节的点染（如20世纪70年代仍不知尼龙袜子为何物；被批斗前爬鬼门关等）而给人留下了深刻的印象，而到了《唯愿身化光明烛》中，却变成了另一番景象。冯沅君有了夫君陆侃如，两人一起共度风华少年，一起造访学生宿舍，一起培育桃李，一幅幅画面把冯沅君塑造得有血有肉，有声有色。作家在铺陈人物家庭生活过程中辐射连接着广阔的社会背景，突显人物的品性、学养和情操。《天眼》里南家三代人占了全书主要人物的四分之一，"金陵十三钗"中有南琦、南瑛、南璋、南婧四姐妹，"金陵九名士"中有南朗亭、南圣村二位名医，"金陵五老太"中有南琦的姑母南惠馨。除了南璋刚从国外回来外,其他各个人物都有自己的精神脉向。南朗亭大医不言医,南圣村虚怀若谷,南惠馨性似幽兰,南琦时露锋芒,南瑛温柔温婉,南璋沉稳练达,南婧年轻气盛,他们彼此支撑,互相勉励,形成了一个美好多彩的南门家庭氛围和南门精神圈。

最后,马瑞芳善于将单一型和复合型结合起来塑造反面人物形象,表现出不凡的艺术才能。她说自己很难像新写实派作家那样对人物"零度介入",但她要求自己对人物的爱憎要做得更合适更隐秘一点儿。她笔下的反面人物大致分三类。第一类是漫画化的庸俗人物。《蓝眼睛黑眼睛》中的王云贵、汪弋、董航,《天眼》里的"急步前趋者"都属此类。这类人本身就具漫画般的特征,离不开一个"俗"字。王云贵,这位子午大学中文系的副书记,从来不干正事,一心想高升,作者以一个"升官梦"便把他的漫画性勾画出来。汪弋,这位小市民式讲师,课堂上爱自我吹嘘,课堂下爱嚼舌根,作者只用几个特写镜头便把她的庸俗之态描画出来。符号化人物"急步前趋者",他爱八卦、告状、传谣,作者把他比喻成谢德林笔下的一条鬣狗。第二类是面具性的反面人物。以《蓝眼睛黑眼睛》中的衣仲真和《天眼》中的史可亮为代表,而史可亮的塑造要丰满得多。她先给史可亮戴上风流倜傥、才华横溢的伪君子面具,然后写他在一派潇洒的外表下,干尽卑劣勾当。他搞学术和权术的联姻,除了写他外在的行为,还把笔触深入他的私生活、梦境和心灵深处,多角度揭示他权术之路的内心奥秘。经过作者的精心设计,一个贪婪、搞权术、好色的"士"呈现在读者面前。假如说,《儒林外史》科举制以一种怎样巨大的诱惑力摧残读书人的心灵的话,那么史可亮这个形象则揭示了"权力欲"正以一种怎样巨大的诱惑力致使"士"们堕落。马瑞芳以史可亮这类反面人物,揭示出在市场经济大背景下传统权力欲、权力文化对知识分子的巨大影响,这显示了她对社会弊端批判的尖锐、深刻和清醒。还有一个小人物,《蓝眼睛黑眼睛》中的何宇,她是子午大学中文系资料员,表面给人的印象很随和,但实际上她专门爱窥探别人的隐私,以达到个人目的。马瑞芳一直持有"各个人在自己的位置上全是主角"的观念,她把这个小人物写得入木三分。第三类人物是亦好亦坏的复合型人物。这类人物的代表一是《蓝眼睛黑眼睛》中丛雪的孪生姊妹毛媛媛,二是《天眼》中南琦家收养的小妹南婧,她俩都年轻貌美,底色纯净,一个是副省长丛慕陶和他情人毛玉雪的千金,一个是在南门长大的小姐。然而她俩都在自己的环境里变成了以个人为中心的骄傲公主，尤其是毛媛媛的实用主义、享乐主义和杯水主义令人瞠目。这两个人物都带有王熙凤、探春式的精明泼辣的痕迹，但更多带有当代社会新潮人物精致的利己主义者的特点。

马瑞芳是一个具有广博认知和精良艺术感觉的作家，她既能对社会和人生保持清醒而理性的思考，又能对人的微妙情感和人性深层搏动持敏锐的捕捉力和艺术表达。在审美上，马瑞芳的文学创作呈现出如下特点。

一、认知和感觉的融为一体

以《天眼》为例，其中许多笔墨的认知浸濡在感觉之中，感觉又往往由认知来提升，达到较高的艺术境界。章鹤年是作者比较偏爱的一个人物，他以恬淡养育了心智，以学术调整着心理，最终为社会作出了丰厚贡献。作者对他的社会责任感和美好的人性，并未作抽象的议论和判断，而是凭着对这个人物的认知和感觉，通过情节的精心安排和颇具内涵的细节点染，最终将其丰满地呈现出来。马瑞芳写散文时，注重炼意、炼字，写小说时旨在情理并茂。她正是以散文炼意、炼词、炼字的功夫，推进小说理性、悟性和感性的凝聚、融合。

二、极富文化底蕴的语言艺术

马瑞芳小说的语言，充满想象，铺满知识，各种文化在其中穿梭交融，各色语言在其中碰撞竞赛。她的语言世界里，经常直接撷取古事、古趣、古文、古诗词，乃至外国的名人名言。她不仅自如地将此类采撷运用于随笔和杂记，还将其镶嵌于小说的叙述语言、描绘语言、心理语言和对话中，直接参与了意象的创造。如章鹤年的塑造，作者为他展开面向老庄的心路，在他谈学问、练书法、想心事的当刻，常不失时机地引来庄子、苏东坡、陆游、纪晓岚的诗词加以烘染，用古人的情趣增厚章鹤年文化心理的内涵。她对古代文化、外来文化的运用，更重于"化境"。如《蓝眼睛黑眼睛》中，关于丛雪和马尔克的爱情描写诗意葱茏，其意象徜徉在中外爱情的诗潮中，从《哈姆雷特》到《牡丹亭》，从《红楼梦》到法国名诗《米赫尔》。这里已不是古文古曲的原文采撷，它们已化为一种氛围、一种心绪、一种意境。丛雪在小树林里，回味着林黛玉听了杜丽娘唱词后的那份伤感，马尔克将《米赫尔》化为献给丛雪的情诗。李朝晖癌症晚期更想在生命最后当上博导，其妻问他是要命还是要博导，李的回答是要博导，这个不要命的回答脱胎于《儒林外史》中不见两根灯草熄灭不肯断气的场面。中外文化被她采纳吸收，化为各种意象。马瑞芳的语言世界，还不乏生活中新鲜的语言和民间谚语俗语，从而使书卷气寓于鲜活语言之中而不显呆板，高雅文化和民间文化相谐而雅俗共赏。

三、亦庄亦谐的艺术风格

艺术风格是作家在将客观世界和主观思想感情转化为语言的过程中，所呈现出来的心理特征、表现方式和艺术风貌。马瑞芳亦庄亦谐艺术风格的形成，一方面是她自身性格、心理辐射投入的结果，她天性感情丰富，性格活泼机智，好开玩笑。另一方面，则在于她偏爱渲染、夸张、对比、奇巧等戏剧化表现方式的缘故。在散文里，她的幽默由她的孩子气、猎奇心所产生，她专门微笑着同长辈逗趣，披露学人的傻和呆，还爱搜罗描写对象的小趣闻。她往往把不可比的东西硬拉在一起，进行滑稽的组合，什么秦始皇和潜水艇、袁中郎和昆德拉、贾母和彩电等引人哭笑不得而发出笑声。她小说的悲剧性和喜剧性的结合，源于其丰富曲折的情节和场面，而它们的奇巧性、讽刺性、现代性，又加强着悲喜剧的效果。《蓝眼睛黑眼睛》里丛雪和她父亲丛慕陶的死，鲁省三和他儿子鲁原的死，叶云朗之死，几乎都是急遽突兀的死亡，这些情节给人以强烈震撼。然而反面人物的梦（王云贵和史可亮的升官梦）、振聋发聩的谣传（克林顿的儿子到江岭大学读博士）、开天眼的猫说人话，又让"丑"显得新奇而可笑。这里的喜剧是对生活中谬误的一种模仿，它们以荒诞、寓言形式表现出来，充分发挥了审丑和讽刺的功能，这是马瑞芳创作中悲喜剧艺术的独特一面。

第九章　20世纪90年代的女性写作

第一节　20世纪90年代女性写作的文化姿态

伴随着新时期的思想解放与文学的蓬勃发展，新时期的女性文学也进入一个空前繁荣的时期，刚刚勃兴的女性文学与时代同步，呈现一种理想主义色彩，表现为对完美爱情的热切呼唤。舒婷的"与其在世上展览千年，不如在爱人肩上痛哭一晚"曾广为传诵，这一方面表现了"文化大革命"结束后，人们对人与人之间真挚情感的渴望，另一方面也表现了女性话语中对理想爱情的向往。20世纪80年代有两个作品最具代表性：张洁的《爱，是不能忘记的》和舒婷的《致橡树》。前者简直是一篇爱情至上的宣言。今天看来，无论是从艺术水准、思考深度，还是从当时的社会反响，这个作品在新时期的爱情题材小说中都是无与伦比的。首先，作品反复强调的爱是一种绝对意义上的抽象的理念的爱，其次，作品将这种绝对的爱情与婚姻之间作了永久性的割裂，以确保它品质的纯洁性、时间的永恒性和空间的排他性，最后，由于终生不能成眷属，所以小说在实质上呈现了一种极限境界——永远处于经验描述之外的形而上的、永无止境的对爱情的无限追求。这个作品引起了人们对婚姻质量的反思和完美爱情的无限向往。后者则宣明了一种新型的爱情观，一种高扬女性尊严的爱情观，"我，必须是你旁近的一株木棉，/作为树的形象和你站在一起"。这表达了女性对于两性和谐的世界的渴望。随着女性意识的觉醒，女性文学不再满足于追寻理想爱情，转向对女性自我价值的追寻，确立自己在社会中的价值。如刘西鸿的《你不可改变我》中的孔令凯呈现出一种以自我为中心的更为洒脱不羁的女性风范。进入20世纪90年代，伴随着整个社会的转型，商业化的风沙扑面，以及整个社会理想主义色彩的淡化，女性文学的文化思考显得更为冷峻与成熟，并呈现多姿多彩的文化姿态。

一、冷峻的自审意识

女性发展的障碍除了来自男权社会的羁绊,还有女性自身的原因。20世纪90年代的女性文学在这方面的思考显得理性而清醒,在审视男权社会的同时,也积极审视自身。

首先,对婚姻内的女人的审视。同样是张洁,她发表在20世纪90年代初的《红蘑菇》就与20世纪80年代的思考迥然不同。一对夫妇,梦白和吉尔冬,他们的婚姻和爱无关,39岁的老姑娘梦白所要的是家,丧偶的有一大群儿女的吉尔冬所要的是钱。梦白用钱维持家,吉尔冬从家中尽量汲取可供享受的一切。看似平静的婚姻生活内部,各自在内心深处积累的竟然是对对方的恨,从各种琐琐碎碎的日常生活中生出的恨,通过琐琐碎碎的日常事件表现出的恨。吉尔冬时时刻刻在算计梦白,从金钱到精神,梦白时时刻刻在提防吉尔冬抓住机会来个反击。作家所要突出的是他们的病态和畸形、处于高度紧张的心理,做出对无爱婚姻的反思。在这个两人世界里,本该浑然一体的东西分开了,本该存在的东西根本没有。但,这样的婚姻依然维持着。《红蘑菇》中的主角是悲哀的,悲哀于无爱婚姻的存在,悲哀于女性对无爱婚姻的依附。红蘑菇是有毒的蘑菇,小说的篇名即无爱婚姻的暗喻。恩格斯说:"男人和女人的关系是人与人之间最自然的关系。从中可以看出人在多大程度上变成了自然的人,人性在多大程度上变成了他的天性。"[①] 这句话从反面证明了《红蘑菇》中女性离自然的人性的遥远距离。

如果说在《红蘑菇》中,张洁表达了女性对无爱婚姻的依附,批判了女性的因循和精神缺乏独立与坚强的弱点,那么到了铁凝的《玫瑰门》却写出了女性的丑陋。玫瑰门里没有玫瑰色,有的却是说不尽的压抑、悲哀和痛苦,是女性对自我的严峻剖析。无论是司绮纹、姑爸,还是竹西,都不是优美的女性,而是处在某种生存状态下,扭曲、挣扎和反抗的女性。司绮纹所拥有的始终是一个孤独的肉体和灵魂,而又始终不甘心如此的孤独。为了获得做妻子的正常境遇,她真诚地忏悔自己在初恋中的失身,忍受着新婚之夜出去寻花问柳的丈夫,千里迢迢带着儿女去和留宿妓院的丈夫团聚,然而,她得

[①] [德] 恩格斯:《家庭、私有制和国家的起源》,《马克思恩格斯选集》第2卷,人民出版社1977年版,第138页。

到的只是冷漠、侮辱和仇视，最后是花柳病。她争取过离婚再婚，却只得到短暂的幸福和留在额上的永远的伤疤。她的性心理一直处在渴望与失望、追求与羞愧、煎熬与忍受、压抑与爆发的矛盾之中，变得变态而猥琐——偷窥儿子的私生活，在公公面前的令人反胃的行动。如果说司绮纹一直努力成为一个女人，那么她的小姑恰恰相反，在努力做一个男人，从头发到服饰，终于成为"姑爸"，整个生活内容只剩下养猫和挖耳朵。这种畸形的生活态度，竟源自新婚之夜，源自一个奇长的下巴。在新婚之夜，新郎看到她的下巴后，立即逃之夭夭，就此葬送了一个女性对于性爱的全部要求。尽管"姑爸"是个怪物，你却不能不同情她，这个人物所带来的女性生存的沉重感却令人难以忘怀。竹西似乎潇洒些，毕竟她生活的时代和婆婆司绮纹的时代已大不相同，她在丈夫死后与青工大旗发生关系，后又毅然与大旗离婚投向作家叶龙北的怀抱，她是一个敢于审视与调整自我的女性。这就是《玫瑰门》里的女性，如魔似妖，铁凝通过对一个家族三代女性的审视，表达了对女性负面性格的深刻批判。这种审视，冷峻而严酷。

　　王安忆的《逐鹿中街》也是一篇很有特点的小说。老姑娘陈传青经过数十年的精挑细选，终于在38岁将自己嫁了出去。夫君是一位风流儒雅的50岁男人古子铭，在日益开放的社会里，他有许多男女同事和朋友。由于女人爱得分外投入，后来辞掉了工作专门伺候丈夫，以致婚后不久，她便开始怀疑丈夫的感情是否专一。这种怀疑经过充分的发酵后，竟成长为一种不可救药的疑心病。她开始不惜心力、不计得失、不舍昼夜地跟踪刺探丈夫的行踪。男人发现后，也做了颇不文明的病态反应，他像一个精明的地下工作者甩掉特务尾巴一样，一次次不露声色地摆脱妻子的盯梢。女人对自己数次毫无结果的侦察结果，不仅不感到欣慰，反而失望，而男人也在这种对妻子的捉弄中感到无比刺激，当这种事情恶性地发展到双方都欲罢不能的时候，男人有一天彻底厌倦了女人，也真的有了婚外情，而女人在经历了无数次失望后，终于看到了自己"渴望"的结果——丈夫和另一个女人在一起……女人还想怎样，又能怎样呢？接下来的结局自然是离婚。这是一篇有多方面意义的小说，它合乎情理地写出了人性中的某种弱点：在行动中忘却目标，盲目地执着于过程，致使事态朝着相反的方向发展，直到将行为的意义彻底消解。就家庭伦理而言，王安忆的叙事内在地张扬了现代文明社会应具备的婚姻道德：一是夫妻双方应有的信任；二是建立在夫妻信任基础上的，对双方独立人格及个人生活的尊重；三是爱一个人既不意味着将对方的全部融入自己的生活里，也不意味着将自己的全部依赖于对方生存的意义中。

其次，审视母性。五四时期的女性视母爱为人世间一切爱力的源泉，母爱是伟大的、圣洁的，是风雨来时温暖的港湾。20 世纪 90 年代的女作家们开始审视母性，难道母爱真是那么圣洁吗？是不是女性的很多性格弱质就是来自母亲的传承？池莉的《你是一条河》就是一部描写母性的小说。20 世纪 60 年代，在中国的一个小镇上，丧偶的三十岁的辣辣独自抚养八个孩子，从十三岁的得屋到四岁的咬金，都在辣辣带领下剁莲子、搓麻绳、拣猪毛，辣辣用巴掌、用斥骂督促孩子们干活。为了生存，辣辣接受了好几个光棍的殷勤，稳坐钓鱼台。在饥饿年代，为了得到粮食，辣辣委身于粮店的老李，并生下了双胞胎福子和贵子；"文化大革命"中，迫于生计，辣辣又设法挤进了卖血的队伍。这就是池莉笔下的母性，出于一种母性的本能，她养育了一群儿女，但她又是暴戾的、放荡的、粗俗的。女儿冬儿憎恶母亲，在经历了上山下乡考大学的奋斗历程后，就与母亲一刀两断，连姓名也改掉，直到自己当了母亲，才懂得体谅母亲。同样，在方方的《风景》中，那个住在武汉棚户区的八个孩子的母亲，也是粗野的、凶狠的、丑陋的。这里的母亲，被请下了神圣的殿堂，以自然的、凡俗的面目出现。

最后，审视女人与女人之间的关系。毕淑敏的《女人之约》写了一个工厂女工郁容秋与女厂长的未实现的约定。为了讨回三角债的巨额欠款，扭转工厂的困境，女厂长面向全厂，广招人才，有"坏女人"名声的女工郁容秋被选中，她们约定，如果郁容秋能够讨回三角债，女厂长要面向全厂，向她鞠躬致谢。后来郁容秋历尽艰辛，为工厂讨回了大批欠债，自己却积劳成疾，病倒在医院里。她在医院的病床上一直等待着厂长的诺言，而女厂长以她的名声不好为由，公然违约，最后，郁容秋在等待中死去。女人之间，常因身份、地位、名声的悬殊而拉开距离，也常因心理气度、伦理观念的偏狭而彼此轻视，结成姊妹情谊谈何容易。另外，也显露了女性生存环境，特别是精神生存环境的恶化，常常源于同类的轻蔑和践踏。王安忆的《弟兄们》摹写了女性独立王国的脆弱性，揭示了女性乌托邦的虚幻。徐坤的《相聚梁山泊》写一大群女人相聚，她们吆五喝六，彼此称兄道弟，划拳喝酒，豪爽至极，好似当年的梁山好汉。但当有个男性（其中一个的男朋友）出现在她们面前时，她们马上一改豪爽，又恢复了女性的典雅与温柔。所谓的姐妹意气，肝胆相照,不过是她们对男性社会的模仿,任何一个男性的出现,都会使之烟消云散。

二、深切的抗辩意识

女性作家在进行冷静的自剖的同时,依然在致力于对男权社会的批判和反抗。"美洲白人罢黜黑人到了擦皮鞋的地步,然后说黑人只会擦皮鞋。"①这句话不仅适用于种族压迫,它也适用于现实社会中男性与女性的关系。她们要进行一种纠偏,以争得一份话语权,打破女性无史的历史。徐坤的《狗日的足球》是一篇非常经典的小说。它道出了女性在男权社会的失语感,女性总是处在被命名、被言说,甚至被侮辱的地位。在一场有马拉多纳参加的足球比赛中,中国队被对方先入一球,于是四万人便会聚成一个声音开始了侮辱女性身体的国骂。柳莺震惊了,她也想宣泄自己的愤怒,却找不到属于女性的语言。她终于明白,原来语言是由男性来发明的,所有语言都被他们垄断了,它让女性在男性的肆意侮辱刻意贬损面前,毫无反击的能力。徐坤在这儿,以一种近乎悲愤的心情,表达了女性在现实中的弱势地位,以及对男权社会的强烈反抗。如果说徐坤的反抗止步于发现,那么池莉的《小姐你早》中的女性已经开始了行动。做副研究员的女知识分子戚润物发现了做了总经理的丈夫王自力的背叛,痛苦之余,她发现其实丈夫早已腐烂得不值得她爱。于是三个女人实施了一场对王自力的报复计划。戚润物在同样身受男性伤害的李开玲的开导下,向王自力展开了第一轮攻势,放弃了王求之不得的离婚,拖延,转而以巨款赔偿相要挟。后又由年轻漂亮的艾月出面,迷惑王自力,王自力上钩后,以名车豪宅相送。那边王自力为了能够离婚,只好忍痛付款。当他终于拿到离婚证书来找艾月时,却发现人去楼空,不仅名车豪宅成了艾月的产权,且所有现款及家私一并卷走。与此同时,王自力在公司经营中的种种经济问题由一台传真机把材料传到纪检部门及检察院。顷刻间,王自力一贫如洗,身陷无比狼狈尴尬之境。这个作品以传奇般的故事道出了"女人说不,男人小心"的女性反抗,特别针对20世纪90年代商业化以来,一些先富起来的人,饱暖思淫欲,对女性的背叛和抛弃。池莉以一个通俗的故事,道出了许多女性的心声,表达了对一些男性的谴责。

---

① 李清安、金德全选编:《西蒙娜·德·波伏瓦研究》,中国社会科学出版社1992年版,第286页。

方方的《在我的开始是我的结束》也是一篇非常丰富的小说。方方是一位特别关注生存环境对个人性格及命运的影响与塑造的作家。作品描写了由于要反抗男权社会对女性的塑造，而造成的女性的灵魂分裂。黄苏子，一个不爱说话的女孩子，幼时是在父亲的影响下生活，父亲给她选择上大学的类型，而不问她的爱好，父亲给她处理中学时的情书事件，而造成她的更加沉默。上大学时，由于她的沉默，同学们给她起了一个"僵尸佳丽"的外号，没有一个男生对她表示好感。由于她总是沉默地反抗，她养成了一种暗中咒骂别人的习惯，她常常以此来宣泄心中的不满。由于她与父母的格格不入，上班后，单位分了房子，她马上搬了出来。工作后，还算顺利，做了经理的秘书，后来，在一次酒会上，她知道了之所以让她当经理的秘书，也是因为她有"僵尸佳丽"的外号，男性都对她敬而远之。终于，有一个同学许红兵，天天用车来接她，她觉得自己恋爱了。后来，许红兵把她约到一个叫"琵琶坊"的地方，占有了她，然后道出了接近她的原委：原来她的男同学曾打赌看谁能占有黄苏子，看占有她时她会是什么样子。黄苏子惊诧之余，破口大骂，把自己在暗中练就的本事应用了出来，直骂得许红兵落荒而逃。经过这次打击后，黄苏子的灵魂也彻底走向分裂。后来，她买了一辆车，常常到"琵琶坊"去卖淫，以示对男性的反抗，并给自己取名"虞兮"。于是，白天一个白领丽人的黄苏子出现在公司里，晚上，一个"虞兮"游荡在"琵琶坊"。由于她总是开着车，把车放在广场，再化装去"琵琶坊"，与别的妓女不同，一个卖破烂的老头盯上了她，冒充嫖客，把她约到一个僻静处，要敲诈她，黄苏子又一次破口大骂，老头情急之中，掐死了她。公安局破案时，一切才真相大白，人们都惊诧不已，她的父母声称自己没有这样的女儿。谁应该为黄苏子的这种变化负责，她的父亲、同学、同事，还是许红兵？他们都难逃干系。方方在这儿，谴责的是整个男权社会。如果黄苏子能够在一个有爱的环境中长大，她不会有这样的性格，这样的结局。

三、孤独的自我言说

当审视了自我，也表达了对男权的反抗，另有一些女作家开始走向内心，以个人来言说世界。女性的内心世界，女性对这个世界的感觉，一直是被人忽略的，它的孤绝美丽，它的旖旎多姿，它的丰富细腻，一直是不为人所知的。陈染是这方面的杰出代表。哀婉舒曼的《与往事干杯》，诙谐温情的《角色累赘》,沉痛哀伤的《无处告别》,机智巧妙的《沙漏街的卜语》都印证着她的才能与潜能,她不是哲学迷也不是辨析者,然而,她又始终在辨析,始终在独白——自我对话与内省间沉迷在意义与语言的迷宫之中,但她所辨析的,只是自己的心之旅,自己丰富而单薄的际遇、梦想、思索和绝望。女性的成长之痛和孤独之痛,女性无法逃脱这个男性世界的宿命感,女性对社会角色的逃离与拒绝。陈染的写作真正地"显露出在历史与现实中不断为男性话语所遮蔽,或始终为男性叙述所无视的女性生存与经验"。她的《私人生活》把全部笔墨都用力于描写女性的个体生存世界,强烈地表现出个体与环境的对峙。主人公倪拗拗是一个孤僻、敏感、执拗的年轻女子,她完全沉溺于个人的内心生活中,对任何公共意识都持有憎恶和彻底拒绝的态度,最终变成了无法适应社会交往的幽闭症患者,用她自己的话来说,是"一个残缺的时代里的残缺的人"。作品对于主人公的精神世界及性欲望的渲染,尤其是对她的非伦理化的同性爱的描写,可算是一种离经叛道、惊世骇俗的叙事,并相应地带来了某种新颖的审美风格:大量的独白自赏、对躯体及器官的感受、纯粹精神上的白日幻想等,显露出女性生命体验中极为偏执的迷狂色彩。与陈染相比,林白的小说更多地写出了女性感性世界的丰富与美丽,她的《一个人的战争》是写女人的个体成长经历,主人公多米在性意识的成熟过程中不断遭到男性世界的打击与伤害,最终转向了自恋,正如小说在题记中所说:"一个人的战争意味着一个巴掌自己拍自己,一面墙自己挡住自己,一朵花自己毁灭自己。一个人的战争意味着一个女人自己嫁给自己。"作品里直接写出了女性感官的爱,刻画出女性对肉体的感受与迷恋,营造出至为热烈而坦荡的个人经验世界。与此相应的叙事方式也呈现为非中心化的零散、片段式形态,并由于情绪与感受的层叠聚合,虽然无序却处处令人感到深情灵动的轻盈美感,创造出了女性写作独特的审美精神。她们的写作无疑是独特而富含新质的,她们努力在确立女性自己的话语方式,以期达到对意识形态中心话语的颠覆,她们以自己的敏锐与细腻,以及对自我的极度珍爱,创造出一种独特的审美风格。她们以对自我的执着与坚守,丰富了我们的文学世界。

第二节　上海文化与王安忆

王安忆,1954年出生于南京,母亲为延安时期成名的革命作家茹志鹃,父亲王啸平是话剧导演。1955年，王安忆随母亲入沪，幼年时代在上海度过。1970年，她到安徽插队，1972年考入徐州地区文工团，1976年发表散文处女作《向前进》，1978年调回上海，任《儿童文学小说》编辑。1981年与李章结婚。1984年随中国作家代表团访问美国。这次访美之行深刻影响了她之后的创作。1987年调入上海作家协会专业创作。现为中国作协副主席，上海作协主席，复旦大学创意写作中心教授。王安忆自1976年起发表的长篇小说有《69届初中生》《黄河故道人》《纪实与虚构》《长恨歌》《上种红菱下种藕》等，出版的小说集有《雨，沙沙沙》《流逝》《小鲍庄》《伤心太平洋》《叔叔的故事》《海上繁花梦》等，至今发表了400多万字的中篇、长篇、短篇小说，以及若干散文、文艺理论著作，多次获全国小说奖。1985年，中篇小说《小鲍庄》获第四届全国中篇小说奖。1996年发表的长篇小说《长恨歌》获第五届茅盾文学奖。2000年，《长恨歌》获20世纪90年代最有影响力的中国作品。2001年获第一届马来西亚花踪世界华文文学奖，获马来西亚《星洲日报》"最杰出的华文作家"。2004年《发廊情话》获第三届鲁迅文学优秀短篇小说奖。2011年，王安忆获提名布克国际文学奖。2013年获法兰西文学艺术骑士勋章。2017年12月，凭借作品《向西，向西，向南》获"2017汪曾祺华语小说奖"的中篇小说奖。

一、上海文化与现代性

王安忆认为，城市更适合人类生存，也更适合女性生存。女性的现代生活是从城市开始的，也是通过城市文化来体现的。王安忆从小说《流逝》就开始思考城市的女性应该选择怎样的现代生活。《长恨歌》中的王琦瑶凭借自己的智慧在婚姻中进退自如，在城市之间、男性之间穿行。在王安忆看来，城市的现代文明给女性自由的空间，使她们的弱势转化为优势。"作为一个人造的自然，城市更适合女性生存。她们卸下了农业社会对于体魄的苛刻要求，这个崭新的场所更多地接纳了女性的灵巧和智慧。"王安忆的创作，经历了个人经验到审美选择，再回到初衷这样的过程。

创作的第一阶段，她从个人情感和经验出发，试图构筑一条单纯的理想的人生道路。短篇《雨，沙沙沙》中的雯雯是一个女青年，一次回家途中没能赶上末班车，马路旁的一个小伙子提议用自行车捎她一程，路上他向雯雯发表了关于路灯的审美发现："这灯光，摸不到，捞不着。要是没有它，这马路会是什么样呢?"这样的谈话打消了雯雯对陌生男子本能的戒备与紧张,她顺利到了家,他消失于夜色中。小说写出了雯雯心中,悄悄建立起对他人的信任和对生活的一种诗性追求。《黄河故道人》讲述了在地方文工团工作的主人公三林的生活、爱情、事业追求,黄河边的人情世态,以及刻画出由家人、朋友、同事等各色人等共同组成的社会生活的整体图景。小说《命运交响曲》在完成了最初的自我倾诉之后,她开始游离于个人经验之外,追求一种更大的审美境界。《69届初中生》中的雯雯刚小学毕业该上初中的时候,她遭遇了"文化大革命"中的停课闹革命,亲眼见证了那一场斯文扫地的民族浩劫;在经历了下乡插队的艰苦磨炼后,几经曲折她奋斗进小县城当了售货员,又被知青返城的大潮卷回了上海。"雯雯们"没有老三届的文化功底,考大学与她们无缘,她们也不像更年轻的人,可以有新的机遇;她们只能在街道小工厂做工,面临着精神的苦闷和危机,特殊年代的奇特遭遇,在她们心灵上刻下了深深的印痕。

王安忆创作的第二个阶段是传统与人性的话题。《小鲍庄》、《大刘庄》、《逐鹿中街》、"三恋"(《荒山之恋》《小城之恋》《锦绣谷之恋》)、《好婆与李同志》、《流逝》等,建构了从乡村到城市,从传统到现代,从原始欲求到自觉的情感营造等多方位的思维框架。发表于1985年的《小鲍庄》是寻根文学中的代表作,彼时王安忆刚刚结束美国之行,她站在现代文明的高度上,对中国传统的儒家文化中的"仁义"进行了思考。小鲍庄人以"仁义"著称,但是这种在极度贫困的生活中倡导传统的仁义,也掺杂着许多落后、保守、甚至残忍、虚假的观念以及不重视个体价值的思想,这种儒家文化的核心思想也需要放在现代文明的背景下进行重新审视。接下来的"三恋"和《岗上的世纪》,对两性复杂的关系进行了冷静的洞察和探讨,王安忆肯定了人之欲望中的性爱,而且写出了女性在两性关系中的处境、心态和超越。20世纪90年代,以《叔叔的故事》为代表,王安忆的小说又达到了一个新高度。这部小说反映了作家对父性的审视和对一代知识分子通过语言虚构的自我形象的解构。《叔叔的故事》选择"元小说"的方式,虚构了三个故事:一个偏僻的小镇的女学生,爱上了一个摘帽"右派";一个青年知识分子受尽苦难,成名;一个20世纪80年代的知识分子在国外的故事。这三个故事就是叔叔的故事。故事主人公叔叔在学生时代由于写了一篇描写毛驴的文章有影射合作化运动之嫌,被划为"右派",由上海遣送到苏北一所小镇的学校改造,做校工,看门、种菜、喂猪,"右派"摘帽后教书。后来在农村娶了一个学生的姐姐,在乡下度过屈辱的时光,靠二胡解心头烦闷。"文化大革命"结束,叔叔被平反,他开始写散文、小说,逐渐成名,调往省城。在先后经历了几次爱情后,在城市组建了家庭,有了几个孩子。叔叔去德国访问,喜欢德国女孩,被德国女孩掴了一掌。后来乡下的儿子大宝来省城找他。叔叔从大宝身上看到了昔日的自己。大宝由于对叔叔给他找的工作不满意,与父亲打了起来,结果被打败了。叔叔说出了这样的警句:"原来我认为自己是幸运者,如今发现我不是。""我一直以为自己是快乐的孩子,却忽然明白其实不是。"作者试图从叔叔的故事中表达对时代的反省,叔叔要追求一种有质量、有尊严、有自由的生活,但这种尊严从来没有在他身上生根发芽,作品拆解了一个父系的神话。《乌托邦诗篇》和《伤心太平洋》比较完整地展现了王安忆父亲的家族史,宏大壮阔的历史叙事中有着强烈的抒情和浓郁的诗意,展现了一代华裔在海外的生活和心路历程。《纪实与虚构》追忆了作者母系的家族史。这部小说回答了两个问题:你是谁家的孩子?你是怎么长大的?这表达了一种无根的焦虑,在上海她是外乡人,是随着革命家庭一起进驻上海的,没有复杂的社会关系和历史渊源,没有亲戚串门和上坟祭祖之类的日常活动。"没有家族神话,我们都成了孤儿,栖栖遑遑,我们命运的一头隐在伸手不见五指的黑暗里,另一头隐在迷雾中。"① 为了改变孤儿的身份,她试着自己建立起一个家族神话,茹姓,北魏的一个游牧民族——柔然的后代,柔然族历经沧桑巨变,并归蒙古族,劫后余生又从漠北草原迁至江南母亲的故乡,她在绍兴找到了茹家楼。"我必须有一位英雄做祖先,我不信几千年历史中竟没有出过一位英雄。没有英雄我也要创造一位出来,我要他战功赫赫,众心所向,英雄的光芒穿行于时间的隧道,照亮我们平凡的人世。"② 最后这一句,正中一个普通现代人的情结,作家的创作揭示出了现实生活的巨大匮乏。

王安忆创作的第三阶段是描绘现代都市(尤其是上海和香港)的文化特征和深层性格的作品。以《长恨歌》《香港的情与爱》《我爱比尔》《富萍》《上种红菱下种藕》《姊妹行》为代表。发表于1993年的《香港的情与爱》

---

① 王安忆:《纪实与虚构》,《王安忆自选集》,天地出版社2017年版,第129页。
② 王安忆:《纪实与虚构》,《王安忆自选集》,天地出版社2017年版,第131页。

是借婚恋对香港文化进行思考的作品。从内地来香港的女人逢佳，一心想离开香港去美国，通过朋友小桦特意结识了在旧金山当小老板的华人老魏。各自的交往目的都十分明确，老魏对自己说：我要用这女人两年，三十岁里的两年。逢佳明白代价大收获才多，世上哪有无本万利的买卖。如果这个故事写得太重，就成了一个女权主义式的控诉；如果太轻，就成了一个现代浮世绘的皮肉交易。但王安忆写出了另外一种情形，他们既不是境界很高的人，也不是男盗女娼之流。现代社会里大多数人以生存为首要目标，注重实际利益。所以逢佳和老魏之间见机行事，不冷也不热，彼此以善待代替情爱，以实用的人际良心代替明确的道义承诺，是一种"俗到头来反成雅，情到无处倒变真"的关系。2003年的中篇《姊妹行》写两个农村女孩的故事。分田和水做伴去徐州看分田在部队里的对象，两个女孩第一次出门远行，新鲜兴奋不已。即将到达目的地时，她们在徐州西站被人贩子拐走了。分田几经周折逃回到村里，却发现什么都变了。村里人很生分，连水家的大人也对她退避三舍，部队里的对象也提出了退婚。分田一次次往县妇联跑，试图通过妇联劝说部队上的对象，县妇联干部见了她就躲。分田后来一个人返回她们被拐卖的地方，经辗转努力，找到了同被拐卖的水。这种题材，王安忆没有写成拐卖妇女的问题小说，没有重点写分田回乡之后的遭遇，反省乡土文化。而是描述了作为弱势群体的女性面对困厄时坚忍顽强的求生意志。

黑格尔说："文学是人的欲望在想象中的满足。"[①] 王安忆认为："作为一个作家，故事就是她的生命线，归根到底，小说家所面对的是如何处理好虚构与事实的关系，小说离不开虚构是由于人们彼此的关系经验是那么相似，不外乎常见的那么几种，但为了有效地虚构，小说家必须认真对待事实，因为虚构的关系是建立在我们真实的关系上，我们真实的关系经验就像种子，为我们想象力的雨露滋润，然后发芽开花，结出纸上的果实。"[②] 人物关系的展现其实就是故事的核心。她推崇"为人生而艺术"的小说观，"我不欣赏中国式的笔记小说，这是一种玩味的态度，有点将小说当玩意，而损失了小说

[①] 黑格尔：《黑格尔全集》，商务印书馆2017年版，第276页。
[②] 王安忆：《漂泊的语言》，作家出版社1996年版，第330页。

的严肃的人生意义"①。

二、《长恨歌》中的上海文化

王安忆1996年发表的长篇小说《长恨歌》，获2000年茅盾文学奖，第一届华文文学奖。小说主人公王琦瑶四十年的情与爱，被一支细腻而绚烂的笔写得哀婉动人，其中交织着上海这所大都市从20世纪40年代到90年代沧海桑田的变迁。生活在上海弄堂里的女人沉垒了无数理想、幻灭、躁动和怨恨失望，她们对情与爱的追求，她们的成败，在我们眼前依次展开。王安忆看似平淡却幽默冷峻的笔调，在对细小琐碎的生活细节的津津乐道中，展现时代变迁中的人和城市，被誉为"现代上海史诗"。小说以一个上海女性王琦瑶的一生，表达了对上海文化的深沉反思。王琦瑶是20世纪30年代的小家碧玉，早慧，在女校里她就意识到自己的美丽。她和同学去照相馆拍照，照相馆的程先生喜欢她。20世纪40年代，她竞选上海小姐，得了第三名，成为上海名媛，她做了国民党官员李主任的外室，住进了爱丽丝公寓。20世纪40年代末，国共战争，李主任逃亡的时候飞机失事。到了20世纪五六十年代，她搬出爱丽丝公寓，过起了平民生活，在弄堂里靠给人打针为生，心里却怀念着过去的辉煌。后来与一富家子弟康明逊有了一个私生女薇薇。20世纪80年代，王琦瑶从蛰伏中复出，频频举办各种派对，自己家成了年轻人聚会的场所。"老克蜡"迷恋她身上旧上海的优雅，但最终厌倦了她的衰老。女儿的朋友"长脚"见财起意，为了夺取金条杀害了王琦瑶。在与男性的关系中，王琦瑶始终散发着十足的女人味而吸引了众多男性，但最终得到的只是孤独。顺次出场的王琦瑶与众多男性的故事纷繁复杂：程先生对王琦瑶是纯真的爱情；王琦瑶与李先生，是物质与美色的交换；王琦瑶与康明逊是妥协的性爱关系；萨沙是利用与被利用；与"老克蜡"是非常态的性爱关系，男女间不再有纯真的情感。后来程先生跳楼自杀，代表着纯真爱情的结束。乡下阿二对王琦瑶是纯真的亲近。小说也写了女性之间的友谊：吴佩珍甘做陪衬，以成为王琦瑶的朋友而自豪，王有更细密的心思，二人渐渐疏远；蒋丽莉对王琦瑶很倾心，带她出入各种社交场合，终因蒋爱的程先生爱上王琦瑶而闹僵；王琦瑶与严师母的交往是借以怀旧，严师母发现了王与表弟康明逊约会便疏

---

① 王安忆：《漂泊的语言》，作家出版社1996年版，第332页。

远了；女儿的同学与王琦瑶是忘年交，但也有距离，女人之间的感情更为敏感脆弱。作品有较浓的怀旧感和宿命感，上海的女性凭借特有的小聪明在城市、男性之间穿行，经营着自己的生活。

李欧梵说："王安忆的《长恨歌》，描写的不只是一座城市，而是将这座城市写成一个在历史研究或个人经验上很难感受到的一种视野。这样的大手笔，在目前的世界小说界是罕见的，它可以说是一部史诗。"

首先，亲近人性的上海文化书写。小说无疑借王琦瑶的故事在叙写上海文化，小说用很多笔墨写了日常生活中的上海，写了饮食与欲望。上海女儿王琦瑶一次次对男性的选择，编织成上海女性的故事。第二部写了在食物匮乏的20世纪五六十年代，乡下的阿二给在邬桥避难的王琦瑶送豆腐；后来因为饮食，王琦瑶和程先生再见面。小说第三部写了20世纪90年代因为王琦瑶会做精致的上海菜，她家的客厅重现了昔日的繁华，男男女女在饮食与欲望中享受着上海的生活情调；最后一次派对上，她因为藏有金条被见利忘义的"长脚"杀害。作品一开篇就这样描写上海的弄堂：

> 站一个至高点看上海，上海的弄堂是壮观的景象。它是这城市背景一样的东西。街道和楼房凸现在它之上，是一些点和线，而它则是中国画中称为被法的那类笔触，是将空白填满的。当天黑下来，灯亮起来的时分，这些点和线都是有光的，在那光后面，大片大片的暗，便是上海的弄堂了。那暗看上去几乎是波涛汹涌，几乎要将那几点几线的光推着走似的。它是有体积的，而点和线却是浮在面上的，是为划分这个体积而存在的，是文章里标点一类的东西，断行断句的。那暗是像深渊一样，扔一座山下去，也悄无声息地沉了底。那暗里还像是藏着许多礁石，一不小心就会翻了船的。上海的几点几线的光，全是叫那暗托住的，一托便是几十年。这东方巴黎的璀璨，是以那暗作底铺陈开。一铺便是几十年。①

其次，叙述分明、线条流畅的叙事结构。长篇小说是叙事的艺术。《长恨歌》以王琦瑶一生的故事为蓝本，讲述了她人生的三部曲：早年成名，

---

① 王安忆：《长恨歌》，人民文学出版社2004年版，第3页。

沦为金丝雀；中年落寞，为爱苦心经营；晚年重现昔日辉煌，错爱终生，命丧黄泉。通过这三条清晰、明朗的线索，将王琦瑶的一生和旧上海时期、三年严重困难时期、"文化大革命"时期及改革开放时期串联起来，构成了女主人公命运多舛的一生。三条脉络分明的线索，平实冷静的叙事，构成了小说独特的结构艺术。作家用一个上海女性沉浮悲欢的一生，表现了女人与城市，女人与男人的关系，演绎了一段远离主流叙事的上海平民史。在王安忆看来，上海这座城市就像风情万种的女郎："风里传来的是女用的香水味，橱窗里的陈列，女装比男装多。那法国梧桐的树影是女性化的，院子里的夹竹桃、丁香花，也是女性的象征。梅雨季节潮黏的风，是女人在撒小性子，叽叽哝哝的沪语，也是专供女人说体己话的。这城市本身就像大女人似的，羽翼霓裳，天空撒金撒银，五彩云是飞上天的女人的衣袂。"[①] 在作者笔下，上海人的品格中有海派遗风，一是求实善变，二是趋奇好胜，三是崇尚洋派。

最后，从容、繁复的景物描述，细致绵密的心理描写，构成这部小说的语言风格。在这部小说中，王安忆的语言由简洁而趋拥挤，从容自如又铺张繁复的景物描绘，人物细致绵密的心理推进，以议论形式展示的对人物命运的思考，构成了她独特的叙事风格。小说写了许多上海的建筑和服装，人物在不同的时代、不同的场合穿不同的衣服。第一部这样描写衣服："粉红旗袍缎子上的绣花，却是温暖着她的心，那细针密线，绣的都是她的希望，滚边滚的也是希望。苹果绿的洋装的裙子，则要洒脱得多，开司米的面料把光收进去，沉下去，稳住了心的。结婚礼服的白可是百感交集，有千万句话说，终还是哑口无言，是善解里的善解。"描写女人的钩心斗角："一点政治都没有，即便是勾心斗角，也是游戏式的，带着孩童气，是人生的娱乐。女人的诡计全是从爱出发，越是挚爱，越是诡计多端。那爱又都是恒爱，永远不变。女人还是那么不重要，给人轻松的心情，与生死沉浮无关，是人生的风景。"描写年龄："二十六岁的人，是有些刀枪不入了，不像十七八岁的少男，什么都是照单全收，哪怕日后再活生生地剥开，也无悔无怨的。二十六岁的心是已开始结壳的，是有缝的壳，到三十六岁，就连缝也没有了。"感慨命运："年轻气盛，什么都可在手里握成齑粉。经历变了，他明

---

① 王安忆：《长恨歌》，人民文学出版社2004年版，第3页。

白再怎么的不可一世，人都是握在一个巨手中，随时可成燕粉，这只巨手就叫命运。"

王安忆是中国当代文坛上重要的女作家之一，她的创作穿越了20世纪80年代并且在90年代显示出大家风范。她对于当代社会生活的发掘和上海文化的思考，都是当代文坛一笔丰厚的文化财富。

第三节　迟子建与东北文化书写

迟子建，1964年出生于黑龙江省漠河北极村。国家一级作家，黑龙江省作协主席，香港大学驻校作家，中国海洋大学驻校作家。当代文坛具有广泛影响的优秀作家之一。1984年，毕业于黑龙江大兴安岭师专，曾到西北大学作家班、北师大作家班学习。1983年开始创作至今，已发表作品500多万字。获鲁迅文学奖三次，茅盾文学奖一次，冰心散文奖一次，庄重文文学奖一次。

著有长篇小说《树下》《晨钟响彻黄昏》《伪满洲国》《越过云层的晴朗》《额尔古纳河右岸》《白雪乌鸦》《群山之巅》等，中篇小说《北极村童话》《白雪的墓园》《向着白夜旅行》《逝川》《白银那》《朋友们来看雪吧》《清水洗尘》《雾月牛栏》《世界上所有的夜晚》等，散文随笔集《伤怀之美》《听时光飞舞》《我的世界下雪了》等，已出版单行本40余部。

一、边地书写与东北文化

迟子建的写作与东北文化密不可分，东北是块神奇而冷硬寒荒的地方，有评论者说迟子建的写作在向她的文学前辈萧红致敬。东北、东北文化确实是这两位黑龙江籍作家的写作根据地，她们都生在边地，以出色的才华创作出了足以让这块边地在文学史上熠熠生辉的作品。

1986发表的小说《北极村童话》是迟子建的成名作。小说写一个7岁的小女孩，被家人送到一个北国的边陲乡村，在姥姥家生活，她想念远方的父母。北极村，有茂密的森林、稠密的草场，冬天皑皑白雪，夏天河水欢唱，还有极昼极夜。小女孩依偎在外婆膝盖上，守着炉火，听外婆讲古老的故事。森林里有数不尽的野味，江里有数不清的鱼儿。姥姥每天给她蒸一碗鱼子粥，她长得苗壮得像个小棒槌。夏天到森林里玩耍，冬天在雪地里奔跑，追松鼠，打雪仗，蹚着齐腰深的雪。她常一个人去找苏联老奶奶，老奶奶还是寂寞地死去了。这篇小说以作家的童年生活为原型写成，北极村的奇妙自然景象、人与人的温情与寂寞、灵动优美的文笔，呈现出了迟子建最初的写作气象。到20世纪80年代中期，已写完30万字的迟子建在回顾自己的创作时说自己的作品"百分之九十九都是写下层人的生活的"。

1992年，迟子建进入了一个面向"旧时代"的写作阶段，作品有《旧时代的磨坊》《秧歌》《香坊》《东窗》和《伪满洲国》。20世纪90年代中后期是迟子建创作的成熟期。《逝川》《亲亲土豆》《雾月牛栏》《清水洗尘》《向着白夜旅行》《逆行精灵》《岸上的美奴》《观慧记》《五丈原庙会》都写在这个时期。施战军认为，《逝川》《雾月牛栏》《亲亲土豆》堪称中篇小说中的经典。《逝川》讲述了吉喜与胡刀年轻时相爱，却没能结婚。因为吉喜太能干，胡刀觉得男人和她在一起会丧失生活能力，就没有娶吉喜，而娶了另一个没吉喜能干的女人，吉喜就一直一个人生活。这里江里有一种蓝色的泪鱼，每年9月底10月初，泪鱼就从逝川上哭着下来。如果谁家没有捕到泪鱼，就会不吉利，甚至遭遇灾祸。在打泪鱼的这几天，恰逢胡刀的孙媳妇生孩子难产，孙子胡会请吉喜去接生，吉喜终于把孩子平安接生，却错过了打泪鱼的时间。古喜回到家，几尾蓝色的泪鱼就游弋在自家的盆里，原来村里人帮吉喜打了泪鱼。这篇小说中命运与性格、记忆与岁月的关系成为迟子建思考的内核。《雾月牛栏》写的是聪明伶俐的宝坠在继父的一次失手中变为智障，从此只能与牛为伴。继父自责不已，便想尽办法对宝坠好，最后抱憾而终；毫不知情的母亲和妹妹对继父的行为感动不已，对宝坠则是爱恨交织。迟子建在这篇小说中写出了复杂的人物关系和复杂的情感，文笔细腻优美，结构营造精巧，展示了作家极高的艺术水准。《亲亲土豆》写的农民秦山和李爱杰的爱情故事。种了一辈子土豆的秦山得了癌症，妻子李爱杰陪他在医院医治了一段时间后，秦山决定回家，他牵挂的是自己走后妻子的生活。秦山去世后，妻子把他安葬在自家的土豆地里，别出心裁地用土豆给丈夫堆了个坟堆。中年夫妻之间相濡以沫的深情让人动容。《白银那》展现了北国边陲的一个小渔村，鱼季来临时，全村人都兴奋而忙碌。鱼一船船地打上来，然而腌制成了问题。鱼贩子无法联系上，村里唯一的电话线断了。村里只有一个小卖部，人们去买盐，店主马占军却把盐价提高了几倍，村里人很生气。村长的女人卡佳拒绝买他的盐，一个人往山上溶洞里挑冰，被熊咬死，村里人集体谴责店主。店主唯一的儿子马川立以绝食来抗争。马占军夫妇去拉盐时，悄悄地接上了断掉的电话线。卡佳死后,每家门前放了四袋白亮亮的盐。作品写了邻里互助的传统美德与市场经济下的商业原则的尖锐矛盾。《清水洗尘》以礼镇少年天灶的视角,讲述了腊月二十七这一天按老人、父母、孩子这样的长幼次序洗澡的整个过程。小说以一种诗意而温情的笔调描写大千世界中的凡俗人生,并不张扬却内蕴深厚,通篇洋溢着令人感动的人性力量。

《伪满洲国》的写作缘起1990年底,迟子建到日本访问,一位日本老人问她:"你从满洲国来?"她当时有一种蒙羞的感觉。伪满洲国的历史已经结束半个多世纪了,那段历史对东北人来说象征着耻辱和苦难。回国之后,她决定创作长篇小说《伪满洲国》。2004年,迟子建发表了长篇小说《伪满洲国》。她用十年时间,探寻东北作为伪满洲国那14年的历史。在70万字的作品里,迟子建秉承以小人物写大历史的写作理念,形式上采用编年体,让纷繁复杂的人物,在历史的长河中,于恰当的年份浮出水面,让那段在教科书中只有只言片语的历史变得有血有肉,具象可观。全书出场人物有上百位,从"末代皇帝"溥仪到抗日将领杨靖宇,从俄国商人到日本"满洲移民",从婉容福贵人到影星李香兰,贯穿全书的也不乏形形色色的小人物。迟子建以从容的笔调描摹他们在那段岁月中的生活,他们所承受的苦难,他们真挚缤纷的情感世界,而那个时代、那段历史也在他们的故事里得以完整重现。

伪满时期是东北地域最富历史复杂性和人性遭际意味的历史,这种题材的创作首先要忠实于历史。战争让每个人都脱离了原来的生活轨道,他们的命运被无情地拨弄和改变。战争让勤劳的老人王金堂失去了女儿和即将出生的外孙,备受劳役之苦;战争将优柔寡断、不谙政治的教师王业亭折磨至疯,死在日军细菌战的手术刀下;战争让少年杨浩一日之间失去所有的亲人,成了孤儿;战争让多愁善感的王小二到处漂泊,让原本潇洒飘逸的郑家晴成为苦闷无用的多余人;等等。战争伤害的还有日本人,包括被巨大的政治谎言哄骗到中国的拓荒者中村正保、大岛健一郎、羽田少尉、细川康平等日本平民,被强征做慰安妇的东京女孩吉野百合子等日本女性。作家对战争的批判不是政治立场,而是人性立场。

作为一部书写东北特殊历史时期的小说,这部小说取得了很高的艺术成就。

首先,对历史的人性化建构。作家让小人物说历史,用普通人的命运激活历史。文中展现了大量东北的日常生活,以民间温情对历史建构以增强对历史苦难的抵御作用。有学者称《伪满洲国》是人性激活历史的出色文本。《钟山》的编者这样介绍这部小说:"这是一部全方位多层面地反映伪满时期东北地区的所有重大事件及各阶层人民在日本帝国主义铁蹄践踏下的苦难生活的小说。此作品反映的社会生活层面之广,实是近年来小说创作中很少达到的。书中上至皇宫贵族,下至贩夫走卒,以及日本人、白俄人、国民党潜伏特务、共产党抗联队伍,无不有所涉及。全书人物众多,但个个鲜活生动。书中曲折悲惨的人物命运及字里行间洋溢着的浓郁东北地方风情一定会深深吸引读者;甚至一些众所周知的人物、事件,在迟子建的笔下,又重新给人们提供了新鲜的阅读感觉。它充分显示了女作家不同凡响的才情与独特的艺术魅力。"[1] 在历史小说里,土匪总是富有传奇色彩的。迟子建塑造的土匪胡二超越了一般历史小说或传统戏曲所描绘的脸谱化人物。胡二是个神枪手,杀人越货又忠勇过人,袭击大户中抢了女人,犯了匪规,他带着抢来的紫环到深山老林做了猎户,和鄂伦春人成了朋友。他对朋友仗义,做买卖讲信义,他仇恨日本人,可对无辜的中村正保却当朋友竭尽保护。他一开始对妻子粗暴,可日子久了特别是紫环生了儿子后就知道心疼妻子了,他不再乱花钱,不再酗酒,尽职尽责做个好丈夫、好父亲。这是一个塑造得非常鲜活的人物。小说中塑造的中村正保也和之前文学作品中的日本兵不一样。他响应日本政府号召,参加"开拓团"来到北满东部安家。几年后按照满族的习俗迎娶了中国姑娘张秀花,中村正保心满意足,唯愿与妻子和和美美做农民。但这个天良犹存且怯懦的青年不知道,妻子是多么痛恨日本人。尽管他容忍妻子生下与别人的孩子并对她很好,但是张秀花誓死不愿意给日本人留下骨血,她亲手杀死自己与中村正保的儿子然后发疯死去。中村正保突然失去了儿子和妻子痛苦异常。小说写出了一个深受侵略战争之害的普通日本人,超越了民族主义的叙事立场。

其次,以多条线索编织故事。一是时间线索。从1932年到1945年,就是伪满洲国存在的时间,每一年一章,小说共14章。二是空间线索。作家选取了长春、沈阳、哈尔滨、抚顺几个城市。长春(新京)是伪满洲国的首都,溥仪的皇宫生活成为叙事的重心。在权力的背阴处,无法隔断日常生活的流

---

[1] 夏梦玮:《关于〈伪满洲国〉》,《钟山》2004年第3期,第189页。

程，沈阳李全金的酱园，祝兴运家的杂货铺仍在营业；长春王恩浩的当铺，李小梅家的洗衣房，麻枝子家的料理店每况愈下；不谙世事的吉来，上演着顽劣的家庭闹剧；在哈尔滨，醉云烟馆生意兴隆；在抚顺，心狠手辣的杨三爷照样开他的棺材铺；在偏远的鄂伦春人居住区，人们照常狩猎、做生意；等等。通过东北几个大城市生活的选取，作家讲述了伪满时期广袤东北的日常生活。三是历史事件的线索：伪满洲国的成立到灭亡，中国人民的抗日战争，日本的移民和入侵。而这三方面历史事件的交汇点便是东三省人民的日常生活。让那些重大的历史事件成为小说隐藏的线索，这样历史的进程就外化为人物的命运和生命的苦痛，变成有血有肉丰盈的存在。迟子建建构了一个宏大的历史框架，着眼点却是那些最细小、最边缘的东西，用身体的苦难去丈量历史。

最后，宏大叙事与人物命运叙事的有机交融。这部作品是迟子建小说中的宏大叙事，把伪满时期东北三省 14 年的历史，写得如此丰盈细致。既有主要城市的居民生活，也有乡下农民；既有伪满皇室生活，也有对日军细菌部队和移民开拓团的叙述；既有对抗日联军的书写，也有对中国劳工的描绘；其他城市和偏远之地的生活通过商人郑家晴和土匪胡二的不断迁徙来展现。这部长篇小说充分展现了 14 年的东北历史。历史不再是主题，人的生之艰难与死之挣扎，以及生命的沦落与生命的顽强成了小说的主题。伪满洲国成了一个人格化的象征，它象征的是人脱离母体、脱离家园后的痛苦与挣扎。

二、中年写作与文学东北

21 世纪的迟子建有了更为辽阔和沉静的气象。对于一个作家来说，"中年写作"是一个自我澄清的结果，那些能够留下来的已经经过了淘洗。如《一匹马两个人》《疯人院里的小磨盘》《一坛猪油》《世界上所有的夜晚》《芳草在沼泽中》和《额尔古纳河右岸》。在这些小说中，迟子建的焦虑、怅惘、忧伤在浮动，她小说中出现了化解不开的冷硬和寒荒。她在质疑着自己，书写着"比起恶，爱与美更强大"的反例。她说："我从没有要把自己的文学创作有意识地进行定位。顺其自然，风格的转变、对艺术的理解以及文学观都不知不觉就改变了。在我还是个小女孩的时候，正值二十来岁，大自然在我眼里充满了诗情画意，而年纪大了，很多想法都变了，与现实有直接关系。并不是说在文学上大彻大悟了，而是岁月不饶人，它赋予人无形之中一种沧桑感，使你在写作上倾向于朴素的情感。"① 迟子建谈及喜欢《金瓶梅》："对市井生活风情民俗和语言的那种老到、平白。明清小说追求一种民间野史类的写法，那个时代的民间文学是很高雅的，看来琴棋书画行云流水非常舒缓。"②

幽灵、神迹、梦境。迟子建的意义世界是有"神"的。她认为："也许由于我生长在偏僻的漠北小镇的缘故，我对灵魂的有无一直怀有浓厚的兴趣。在那里，生命总是以两种形式存在，一种是活着，一种是死去后在活人的梦境和简朴的生活中频频出现。不止一个人跟我说他们遇到过鬼魂，这使我对暗夜充满了恐惧和一种神秘的激动。我的故乡因为遥远而人迹罕至，它容纳了太多的神话和传说。所以在我的记忆中，房屋、牛栏、猪舍、菜园、坟茔、山川河流、日月星辰等等，无一不沾染它们的色彩和气韵。我笔下的人物显然也无法逃脱它们的笼罩。我所理解的活生生的人不是平常所指的按现实规律生活的人，而是被神灵之光包围的人。"《疯人院的小磨盘》中小磨盘从小在疯人院长大，十二岁时，被母亲第三次送进学校。小磨盘喜欢疯人院，不喜欢学校。疯人院里的疯子们，大多是现实世界的失意者，因挫折打击而精神失常。小磨盘在他们中如鱼得水，自由欢畅，他们也视小磨盘为朋友，在那里他得到真挚的友情和巨大的安慰，而学校的人把他当成傻瓜，他得到的更多的是冷眼与歧视。在他的是非观里："这些不是疯子的人怎么那么无耻。"《芳草在沼泽中》中的"我"是一个孤儿，大学毕业后到市政府机关工作，专为领导写各种讲话材料，这种工作让他感到无聊甚至滑稽。他离开城市来到芦苇湖，体会到城市的憋闷与乡村的开阔，城市的苍白与乡村的活力形成明显对比。"我"在农家女人——芳草身上领略了自然的人性，发现了淳朴自由的精神家园。"我"离开芳草洼时，觉得内心一片光明，芳草洼给"我"留下了长久的回忆与温暖。

长篇小说《额尔古纳河右岸》2009年获茅盾文学奖。2019年入选新中国70年70部长篇小说典藏。这部小说以一个鄂温克女酋长的视角，讲述了鄂温克民族在现代文明冲击下近百年的文化变迁。作为一个山林民族，鄂温克族世代生活于大小兴安岭的原始森林里，他们靠养驯鹿、打猎为生，逐水草而

---

① 迟子建：《迟子建作品精选》，长江文艺出版社2019年版，第321页。
② 迟子建：《迟子建作品精选》，长江文艺出版社2019年版，第321页。

居，敬奉自然和动物，具有独特的萨满文化和丧葬传统。但是在现代文明的冲击下，独特而神秘的萨满文化日渐式微，作家淋漓尽致地展现了这个少数民族文化的古老和神秘。作家站在一个弱势文明的角度思考整个中国的现代化进程，有一种反社会达尔文主义的倾向。她是一位与大自然有浓厚感情的作家，东北大地的自然风物赋予了她创作灵感，而神奇的萨满文化则使她的《额尔古纳河右岸》遍布"万物有灵"的浪漫气息。

迟子建在《额尔古纳河右岸》中投入了丰富的人文关怀，表现出了她对人性美的关注与赞颂。在她的创作中，她不仅善于描写自然的美，更热衷于表现生活在大自然中的人们所体现出来的人性美，在小说中，她用温暖的笔调把人性的纯真抒写得淋漓尽致。

人性美体现在一件件不起眼的小事中。在父亲与尼都萨满因搬迁问题第一次在"我"面前发生正面冲突后，"我"和姐姐列娜担心尼都萨满会在夜里用跳神的方法让父亲死去，为了不让他在夜里跳神，我们便在晚上住进了尼都萨满的希楞柱里，"我"不知不觉地睡着了，而姐姐却一夜没合眼，一直看着尼都萨满，以确保父亲的安全。两个小女孩的做法不免有些幼稚，尼都萨满是父亲的哥哥，而且萨满跳神是救人的，他是不会跳神让林克死去的，可是通过这件幼稚的小事却将两个小女孩的天真单纯的人性特点表现得淋漓尽致。当乌力楞的驯鹿不幸染上瘟疫时，我们不再搬迁，也停止狩猎，我们把死去的驯鹿就近深埋，之所以这样，是因为我们不愿让瘟疫蔓延，殃及其他乌力楞的驯鹿。这看似是我们应该做的，可在现代社会中能做到的又有多少人，当自己身处危险之中时又有多少人会考虑其他人的安危，人性的善良就是这样被体现出来的。"靠老宝"是他们用来存放多余物资的地方，从不上锁，倘若有急需，可自行拿取，不分氏族，用后再还便可，不还也无人在意。这同样也是抒发了对善良人性的赞美。

人性美还体现在一次次选择中。在金得死后，达西因可怜杰芙琳娜而决定娶她，不顾母亲的反对，不嫌弃她是个歪嘴寡妇，杰芙琳娜在怀孕后因不想让达西在母亲和自己中间为难便从山坡上滚下使自己流产；拉吉米并不想给日本人当马夫，可当日本人用达西和马的性命威胁他时，他选择了留下来；安道尔并不喜欢瓦霞，可他因害怕瓦霞去害别人而选择把瓦霞留在自己身边。这一次次的选择，显示出了鄂温克人至纯至美的人性。迟子建文学创作的主旋律便是对人性美的赞颂，所以她认为鄂温克人虽然平凡普通，却是值得赞颂的。① 品读小说，会让读者一次次感受到鄂温克人的人性美，即使过了很长时间，他们身上的纯美人性还是会洗涤我们的心灵，让我们直面最原始最自然的人性美。

"鄂温克"意为"住在森林中的人们"。森林中的一草一木、一山一水都与他们息息相关，小说中多次写到鄂温克人、驯鹿、自然三者和谐相处的场景，比如驯鹿吃草时是轻轻啃的，吃叶子也是吃几口就离开，不会对草和树造成损害。再比如他们不会砍伐还在生长的树木做柴火，而是选择干枯的树木或者因自然原因脱落的树枝。虽然暴风雨、雪灾都曾夺走过族人的生命，但是这些并没有打破鄂温克人生活的平静，真正打破他们生活的平静的是人类对森林资源的过度开发，此起彼伏的机器声和伐木声虽为他们带来了丰富的物质资源，却也正在一点一点地打破人与自然之间原有的平衡。使得鄂温克人能够生存的空间越来越少，他们不得不搬往山下政府组织的定居点。

现代人出于好意让鄂温克人享受现代文明所带来的更好的医疗、教育、交通等丰富的物质资源，但对于习惯了游牧生活的鄂温克人来说，森林才是他们的家园，现代文明带给他们的是更多的不适和不安定，他们在这样的现代文明中感受不到幸福的存在。然而文明的车轮滚滚向前，势不可当，它不仅在压缩着鄂温克人的生存空间，也在一点一点地侵蚀着他们的精神信仰，我们所谓的保护对于他们来说或许是一种伤害。现代文明在带来丰富物质资源和多元价值观的同时也造成了生态平衡的破坏和人的思想的混乱，这不仅会威胁鄂温克人的生存，甚至会威胁整个人类的生存。作者从人类学的角度，把关于鄂温克民族的一切展现在于读者眼前，同时也为他们的森林家园和文化信仰所面临的处境而担忧。

古老的原始文明在人类文明的历史进程中该何去何从？就像小说中一个不适应现代社会的古老民族该何去何从？鄂温克民族只是众多原始部落中的一个代表，我们用现代文明不断改变着一个又一个原始文明，不断趋同的文化与经济与我们所倡导的保护文化多样性的矛盾日益突出，这已经成为全体人类所面临的发展困境。

《群山之巅》是迟子建发表于2015年的一部长篇小说。小说中讲述的故事发生在我国东北边地的一个小镇——松山区青山县龙盏镇。作者讲述了这

---

① 迟子建：《迟子建作品精选》，长江文艺出版社2019年版，第256页。

个小镇上三个家族三代人十几个人物悲欢离合的故事。小说以一个悲剧性的事件作为开端：屠夫辛七杂的养子辛欣来用从未沾过血的斩马刀杀害了养母王秀满后，又跑去强暴了法警安平之女安雪儿，最后潜逃进深山里。随后，在这个核心事件的不断推进中，更多的人物和更多的故事也在龙盏镇的"舞台"上相继亮相，由此奏响了边地众生的命运悲歌。

在《群山之巅》中，迟子建向来温暖的笔锋变得冷峻凌厉起来，给读者带来了与以往不同的阅读感受。在保持了原有创作富有神性和诗意特点的同时，又在小说的创作中直面生活中残酷又无奈的现实，对社会黑暗现实进行了拷问，给人带来心灵的震撼。"迟子建笔触紧贴生活本真和生命真相，甚至是撕开生活表象，裸露出岩石般坚硬的质地，使作品染上浓郁的悲剧美学意蕴。"[①] 这可以说是对《群山之巅》书写风格的贴切评价，这部小说使迟子建的创作向现实主义进一步靠近。迟子建也曾明确表示自己在《群山之巅》中真正切入了生活，直面了很多黑暗的东西。从多个方面书写了位于中国北疆边地多个小人物的不幸遭遇，通过细腻真实的书写将这些苦难悉数呈现。女性所遭受的苦难、底层小人物的苦难以及人生无常造成的苦难等都在小说中被真实地呈现了出来，其中饱含人生的无常与人性的复杂。迟子建将自己多年来珍贵的人生体悟沉淀并渗透进自己的书写中，由此进一步引导读者去正视苦难、认识苦难、思考苦难。她通过手中的笔讲述着世间百态与悲欢离合，是我们体认人生于世所遇苦难的一面镜子。

在《群山之巅》中迟子建刻画了许多女性的命运悲剧。由于各种生理和心理的因素，再加之历史发展的因由，女性的生存处境似乎比男性更为艰难，所要面对的人生苦难也随之增加。迟子建作为一名女性作家，她对女性艰难的生存环境和苦难的命运投入了更多情感。她能够站在一个更为真实和更为感同身受的角度来诉说她们的悲惨遭遇。

首先，可以看到作者书写了女性面对男性的威胁时所遭受的苦难。安雪儿是一个极富灵性的侏儒，她自幼就与众不同，身高异于常人，三岁才会说话。她的行为习惯也从小与常人不同，并且十五岁的她无师自通拥有刻碑的本领。更为神奇的是她竟然能在突然之间预知到人的死期，因此她在龙盏镇

---

① 郭力：《迟子建创作的蜕变与统一——评长篇小说〈群山之巅〉》，《中国现代文学研究丛刊》2016年第5期。

被奉为神灵。然而意外发生了，就是这样如精灵一般的她，却遭到了辛欣来的强暴。这件事传开后人们便认为她失去了灵性，与天再无关系。人们不但急切地寻找着她堕入凡尘的征兆，慢慢竟还生出了辛欣来强奸安雪儿是由于她的父亲作为法警曾枪毙过冤死鬼这样的说法，正是冤死鬼借了辛欣来的身体前来报仇。安雪儿在身体和心理都承受着巨大痛苦之际，又被人们将自身所受的痛苦恶意演绎，这进一步加深了她和家人的痛苦。

其次，迟子建也书写了女性因情感问题而饱受折磨的苦难经历。唐眉是一位不论容貌还是身材都极优秀的女性，同时她还是毕业于林市医学院的学生。然而，大学毕业后却没有留在城市生活，而是回到了龙盏镇卫生院工作。更让人诧异的是她将得了怪病几近瘫痪的大学同学陈媛带到了身边，并许诺守护她一生一世。这样的举动令众人不解。人们起初都认为她是一个重感情的道德楷模。可事实却并非如此，唐眉被爱情冲昏了头脑失去了理智，最终酿成了悲剧：使情敌陈媛变成了残疾人，而唐眉也因此备受良心的谴责，将在心理和精神的罪与罚中度过自己的一生。除此之外，还有一生寻找丈夫无果的秋山爱子、先后被两个男人伤害的单四嫂、被抛弃后独自产子的上海女知青等女性形象。她们年龄不同，经历也各异，而她们却无一不是悲剧性的结局。她们都在与不幸和痛苦斗争着，在成长和婚恋之中历尽劫难。迟子建用令人动容的书写讲述着龙盏镇女人们的人生悲剧，让我们看到了女性所受苦难的真实呈现。读后对她们产生了深深的悲哀与同情，感受到了作者对女性命运的深切关怀。

关注底层、描写底层可以说是文学的一贯传统。迟子建也不例外。一直以来，迟子建在文学创作中对底层群体的生活现状抱有深切的关怀，对他们的生存苦难给予了更多关注。在《群山之巅》中她站在底层的立场和角度书写他们的生存状态，讲述他们的生存欲望，描绘他们的悲欢离合。

故事中的辛开溜出身于一个堕民家庭，所谓"堕民"即指生存于社会最底层的人们。辛开溜十四岁时，因故乡闹虫灾引发了饥荒。为了生存母亲带他去牟守财的葬礼上哭丧。他在葬礼上因饥饿偷吃了馒头、偷喝了灯油，被人发现后被打个半死。之后牟家人只要遭到不幸就将一切都归在辛开溜身上，常拿他撒气。父母没有其他办法只得将他卖到北方去。辛开溜来到鹤立镇上的罗掌柜家做了马童，日子过得还算安稳。然而这样的日子也仅过了一年。"九一八"事变爆发，伪满洲国成立后鹤立镇就被日本人控制了。罗掌柜气愤出走，辛开溜被日本人抓走修筑工事。做了两年劳工后，终于有一天他侥幸逃出劳工营并加入了抗日联军。冬天队伍断了粮，他们出于无奈要杀了最后一匹马。辛开溜于心不忍，便暂时离开营地。但他走着走着就迷了路，与队伍失去了联系。这一走，他就成了人们口中的"逃兵"。抗战胜利后，辛开溜娶了与丈夫失散独自带着一个儿子的日本女人秋山爱子，虽然秋山爱子生下了不知是不是辛开溜亲生的儿子辛七杂，但最终还是离开了他，此后辛开溜未再娶妻。辛七杂也认为他是逃兵，对他很是厌恶，不肯喊他一声"爹"。辛开溜晚年生活过得无比孤独凄苦，只有一条老土狗与其为伴。他背负"逃兵"的罪名几十年，直至死后火化时他体内嵌了几十年的弹片才被发现，辛七杂也终于明白，父亲的一生是背负了巨大的屈辱与不公的一生。

一位底层小人物的一生就这样被直观地呈现了出来。纵观辛开溜的一生，充满了各种不幸，饱受种种痛苦，遭受贫困、背井离乡、经历战争、蒙受屈辱、妻离子散、孤独终老。在诸多人物中，作者对辛开溜苦难人生的描绘着墨颇多，对他的塑造倾注了不少心血，将他刻画得有血有肉。我们仿佛能够看见一位生活在社会底层饱经风霜的老人正凄凉地行走在龙盏镇的街道上。纵览这样一位底层小人物一生的不幸遭遇不禁令人唏嘘不已。

自然、命运、生死的种种无常变化总是困扰着众生，是一些永远无法解答的难题。无论时代、社会、科技如何发展，人类仍需面对各种无常的事件。迟子建在《群山之巅》的许多篇章中都展现了自然、命运、生死等不可抗力因素所造成的人生苦难，这些苦难因其独特的不可预测性和偶然性为龙盏镇的故事增添了一抹无常的悲凉之色。

首先，有关于生命无常的书写。例如安大营的溺死。林大花因为抵挡不住金钱的诱惑而出卖自己的身体，安大营在开车送她回家的路途中与她发生了争吵，随后发生意外，汽车跌入江中。而此时的林大花再次迷失在金钱的诱惑里，因急着先抛出一箱钱而错失了逃生的关键时机。安大营奋力将她推出后自己与车一同沉入水中，酿成了无法挽回的悲剧。除此之外，还有被锁在家中因煤烟中毒而离世的李素贞丈夫，在茶馆喝完茶要去寻白马时被门槛绊倒而瞬间没了气息的绣娘，在斗羊节上为保护自己的狗而被羊顶撞后因颅内出血而死的辛开溜。他们从这个世界退场都是那么仓促，让人深感生死的无常与人生的无奈。

其次，还有关于血缘无常的书写。辛家人在这一点上可谓苦难重重。小说中辛开溜娶了一个日本女人。在他的儿子辛七杂出生后，他发现儿子与自己长得并不相像，后来询问妻子才得知她也并不确定辛七杂是不是他的亲生儿子。由于辛开溜被乡亲们判定是"逃兵"，这对辛七杂造成了重大的影响，成了他的心结，一直为此感到不齿。辛七杂打算成家时对媒婆提出了一个令人震惊的要求：女方不能生育。究其原因是他不想让"逃兵"的血脉继续流传。成家后，在妻子王秀满的建议下他们抱养了一个孩子，这个孩子便是辛欣来。后来辛欣来杀害了王秀满又强奸了安雪儿，引出了一系列故事。通过故事的发展得知，辛欣来是上海女知青和一个贪官的私生子。这样的血缘关系可谓无常且混乱。

在《群山之巅》中迟子建将龙盏镇人们生活中的各种无常遭遇娓娓道来，他们在生活中遭受苦难，在人生的无常里浮沉。迟子建在知天命之年写下这部小说，此时的作者已经经历了自己生命中许多无常苦难的考验，这也使得她在写作的过程中能够更为自然地俯身聆听大地上的悲歌，她的写作也因此变得更加真实和细腻，更能触及读者的心灵，留下深深的印记。

三、神性之思与伤怀之美

迟子建是现代文学史上的东北文学洛神萧红的当代传人，其小说形成了自己鲜明的艺术风格。

1. 充满浓郁世俗气息的东北民间文化和萨满文化的文学再现

迟子建将目光凝注在东北的传统节日、民俗和日常生活。她有多篇小说记录了东北的丧葬文化。长篇小说《树下》《群山之巅》都对丧葬文化进行了书写。迟子建说："东北乡村的葬礼很隆重，我很小的时候就参加了无数次葬礼，葬礼本身就是种热闹。"① 东北半年的冰雪期形成的具有节日气氛的鱼汛，以及为摆脱长期猫冬而形成的挂灯笼、扭秧歌等习俗，在约定俗成的节日中找到对抗寒冷和冰雪的热情，以升腾起生活的活力和希望。《白雪乌鸦》中用片段叙述的形式回溯真实的历史事件，随处可见作家大胆的推测和过人的想象能力，如小说中写到瘟疫中的人们经历恐慌后对生死的看淡，"傅家甸人又敢聚堆说话了。他们在一起，谈瘟疫，谈生死，也谈天气和家长里短的事情。而且他们也不忌讳，相互品评着备下的寿衣，谁的料子好，谁的花式独特，谁的式样大方，好像他们去另一世，是个隆重的节日，马虎不得"。此

---

① 迟子建：《迟子建作品精选》，长江文艺出版社2019年版，第286页。

外，萨满教作为一种对东北民众的生产生活产生重大影响的古老宗教，在迟子建的小说中被还原。《伪满洲国》里对萨满教跳神仪式的盛大场面进行了还原："远远近近的萨满神都来了，他们戴着镶有铁角的神帽，穿着怪异的服装，然后在一个空场地上跳神。参加的鄂伦春人骑着马赶来，马背上驮着完整的狍子和犴等祭品，萨满在场地中央跳，而鄂伦春的百姓则在四周祈祷。"迟子建还对东北少数民族的祭火神仪式和风葬仪式等进行了描述，如《额尔古纳河右岸》中描写了鄂伦春人对白那查山神的敬畏、人们分食猎物之前祭奠仪式和婚丧嫁娶诸多热闹场景。《群山之巅》中唯一的鄂伦春绣娘在土葬与火葬之争中依然坚持族规传统的风葬。迟子建小说中还出现了北极村、金顶镇、傅家甸、龙盏镇、额尔古纳河、盛京、奉天、哈尔滨等诸多真实东北地名，用这些真实地域所承载着的战争、灾难、历史隐痛和百姓日常生活，塑造了一个饱经风霜的东北。

2. 具有伤怀之美的审美风格

《花瓣饭》反映了"文化大革命"中的家庭温情，政治灾难是残酷的，但亲情是美好的。《踏着月光的行板》过滤掉农民工生活的贫苦，反映他们真挚美好的爱情。"我觉得整个人类情感普遍还是倾向于温情的。温情是人类骨子里的一种情感。我信奉温情的力量的同时也就是批判的力量。"[①] 她不厌其烦地对历史帷幕下的小人物进行温情书写，宛若一幅东北的"清明上河图"。施战军评述迟子建小说的文学史意义为"独特而宽厚的人文伤怀"，"永在的长久的人类关爱如何会让我们常生伤怀之痛？迟子建的作品呈现给我们的问询常常是脆弱和坚韧相伴生着的，热流和凉意总是给苍生带来不可知的遭遇。除了温慰，迟子建更多地对命运给予了深切的理解"。[②] 从《逝川》开始，命运和性格、记忆和岁月的关系作为内核慢慢地渗透在迟子建的作品中。命运时不时地造成人的误伤，命运面前，人们以及人与其他生灵之间暖老温贫、相怜相携、互通音讯、彼此体恤。命运之手造成的生命、亲情和爱情的痛失感一度在迟子建的笔下得到强化，长篇《穿过云层的晴朗》、中篇《世界上所有的夜晚》《第三地晚餐》等在美妙的行文中贯穿着悲哀的力量和对人间生存

---

① 迟子建：《迟子建作品精选》，长江文艺出版社 2019 年版，第 194 页。
② 施战军：《独特而宽厚的人文伤怀——迟子建小说的文学史意义》，《当代作家评论》2006 年第 4 期。

的荒诞意味的观照。施战军认为,《额尔古纳河右岸》是迟子建写得最具感性之美,也最体现她人文伤怀的作品。作品中她再次延展了命运的暴力,将宿命的大网撒开,向死而生的人群每有不同地生来,也各自异样地死去,整部书就是酋长、萨满以及那么多鲜活可爱人物的安魂套曲。迟子建是一位拥有自己独特的艺术世界和宽厚绵长的人文思想的优秀作家。

3. 灵动绚烂、温婉细腻的诗性语言

每一位优秀作家都会在语言上自成风格,迟子建亦是如此。"八点左右的时候太阳才慢吞吞地起来整理容颜,它先洗了脸,因而初升的太阳显得格外干净,接着它又涂了胭脂,这时天边就会隐现出几片明丽的玫红色,再之后它伸直腰,它升得更高的时候就梳理头发,它的头发就飘扬到森林上,它们金色的纤细的毛发盘盘绕绕地缠住了树木……"(《树下》)这段描写太阳升起的场景,把太阳比喻为刚起床的女性,展示了作家充沛的想象力,语言诗意灵动细腻温婉。

故乡的田园满是可爱的精灵。土豆"张开圆圆的耳朵,听着这天上人间的对话"。"土豆长成了,一个个圆鼓鼓的白脑袋拱在黑土里,拼命地汲取养分,为出土做着准备工作,那些被留做籽的垂在架底的豆角,皮一天天地干瘪起来,肚子里一粒粒的籽却渐渐涨起来,跟怀孕的女人没什么区别。最值得看的是朝天椒,它们被充足的阳光给晒红了,一个个噘着可爱的小嘴看着天,妖艳异常。"(《亲亲土豆》)"秋天,江河消瘦了,水也凉了,落叶和鸟儿南飞脱落的羽毛漂荡在水面上,江河就仿佛生了一道道皱纹,说不尽的沧桑。冬天,雪花和寒流使江河结了厚厚的冰,站在白茫茫的江面上,想着冰层下仍然有不死的水在涌流,仍然有鱼儿在春心荡漾地摆尾。"这些富有生命意蕴的比拟,缩短了人与物之间的距离,让读者感受到她作品中与万物平等共处的悲天悯人的人文情怀。

第四节 铁凝与冀中平原叙事

铁凝,出生于1957年,当代著名女作家,河北赵县人。现任中共二十届中央委员,中国文联主席、中国作家协会主席。父亲为油画及水彩画家,毕业于中央戏剧学院;母亲是声乐教授,毕业于天津音乐学院。1975年,铁凝在保定高中毕业后到河北农村插队,开始发表作品。1984年任保定地区文联

《花山》编辑部编辑。1985年,《没有纽扣的红衬衫》《六月的话题》分别获第三届全国优秀中篇、短篇小说奖。同年,铁凝当选中国作协有史以来最年轻的理事,并且随中国作家代表团访问美国,在哈佛大学、斯坦福大学与美国作家、学者交流中美当代文学现状。1992年,任河北省文联副主席、省作协副主席。2001年,在中国作协第六次代表大会上,当选中国作协副主席,2006年,当选中国作协主席。主要著作有4部长篇小说《玫瑰门》《无雨之城》《大浴女》《笨花》和大量中篇小说《哦,香雪》《没有纽扣的红衬衫》《麦秸垛》《棉花垛》《青草垛》《永远有多远》《省长日记》《第十二夜》《孕妇和牛》等,散文《女人的白夜》《遥远的完美》等,电影文学剧本等百余篇(部),总计400余万字。散文集《女人的白夜》获中国首届鲁迅文学奖,中篇小说《永远有多远》获第二届鲁迅文学奖。1996年出版五卷本《铁凝文集》,2007年人民文学出版社出版九卷本《铁凝作品系列》。根据她的同名小说改编的电影《哦,香雪》获第41届柏林国际电影节青春片最高奖。改编自铁凝中篇小说《没有纽扣的红衬衫》的电影《红衣少女》获1985年中国电影"金鸡奖""百花奖"优秀故事片奖。

一、启蒙叙事与日常叙事的和声

与王安忆在小说中倾力讲述孤独的人生不同,铁凝关注的是在现实的社会关系中被压抑和扭曲的主体形象。她在早期作品中就塑造了一系列在社会化过程中被压抑的女性形象。如《没有纽扣的红衬衫》通过女中学生安然是否应该当选"三好学生"这一生活小事,细致入微地刻画了周围的社会环境在女性成长过程中是怎样起着扭曲人的天性的作用的。安然是一块尚待雕琢的璞玉,是富有生命力和可塑性的人格雏形,而韦婉则已经被社会塑造成型,她身上有着令人憎恶的特质,却能在社会上左右逢源。作品赞赏了安然不被世事所熏染的纯洁率真,批判了韦婉"混得开"背后的世俗和卑劣。这篇小说之所以获得很大的成功,就在于它通过安然这个女中学生形象深刻地表现了成长的困惑与疼痛。《永远有多远》则通过对白大省成长过程的叙述,再次塑造了一个在成长过程中不断消解自己的主体性的女性形象。白大省是一个相貌平平的善良女孩,在对同龄人和长辈的谦让中,她被塑造成一个"仁义"的女子。儿时的梦想在现实的磨砺中变得越来越遥远,她不仅自动放弃了两情相悦的情爱梦想,甚至一开始就为自己制定了一个"忘我的、为他人付出的、令人心酸的低标准"。她在爱情中一次次真诚地付出却从没有得到过相应的回报,她不断地被利用然后又毫不可惜地被放弃,最后接受了郭宏和他的孩子。白大省的再次妥协,标志着父权制文化对仁义女性的强制型塑造的最终完成,她已不可能挣脱所谓良心的束缚来重建自我。她由一个内心丰富的少女不断蜕化为父权制文化所要求的单薄、内心苍白的"仁义"的好女性标本,是一个不断放弃自己的过程。铁凝认为白大省"空怀着一腔过时的热情","空"说明了主观愿望的徒劳,"过时"说明这种热情的不合时宜。铁凝站在女性自我价值立场上"哀其不幸,怒其不争"。小说通过白大省"永远有多远"的痛苦呐喊提出了深刻的文化命题。

长篇小说《玫瑰门》是一部在抗争中被扭曲的女性心态录。与《长恨歌》中王琦瑶安于生活中的边缘地位不同,司绮纹表现出强烈的追随主流、进入中心的愿望,她的一生是屡败屡战、屡战屡败的过程。该书的叙事,主要落笔在司绮纹及其外孙女苏眉这一老一少两位女性身上。司绮纹渴望的是认同——早年渴望获得传统家庭的认同,后来渴望获得政治社会和革命群众的认同。为了这种认同的实现,司绮纹付出了巨大的代价,也使尽各种手段,包括身边的亲人,都成了她讨好时代的道具之一。但由于她身上有着过于坚硬的个人特征,她再怎么妥协和委屈自己,终究和时代格格不入。铁凝在表现司绮纹因受压抑、摧残而痛苦、绝望、挣扎、疯狂,由一个受害者转变为一个害人者的时候,并没有完全否定她人性中那些美好的一面。究竟是什么造成了她性格的扭曲和异化呢?小说把批判的矛头指向她极其恶劣的生存环境。

在社会的大背景和家庭的小环境中,《大浴女》描写了女主人公尹小跳备尝艰辛的成长过程与情感历程。因母亲的红杏出墙和小妹的失足丧命,她背负了沉重的精神负累,并疏远了与母亲的关系;妹妹尹小帆事事与她较劲,与其说是亲人,不如说是对头;她一往情深地痴恋着的大明星方兢,走近了之后才发现他是一个只图占有不愿付出的大俗人。作品像是用一个高倍显微镜,细微而又精巧地透视了一个中年女性在各种因素羁绊下事倍功半的一生,并通过女主人公的经历与感触,重新审视并叩问了亲情、爱情与友情,深入揭示了女性与男性、女性与时代之间难以和谐的内在矛盾,做到将思想深度和艺术力度合二为一。

2009年出版的长篇小说《笨花》是迄今为止铁凝最重要的一部作品,可以说是铁凝的集大成之作。该书一改作者以往作品中关注女性命运、专注个人情感世界的基调,截取了清末民初至20世纪40年代中期近50年的那个历史断面,以冀中平原的一个小乡村的生活为蓝本,以向家和西贝家两个家族的生活为主线,用现实主义的手法,以朴素、智慧和妙趣盎然的叙事风格,将中国那段变幻莫测、跌宕起伏、难以把握的历史巧妙地融于"凡人凡事"之中。李云雷称其为"地方志小说"。它克服了以往革命历史小说的弊端而拓宽了革命历史叙事的空间。"在以往的革命历史小说中,清末到抗战这一时期,是新旧民主主义革命时期,推翻'三座大山',建立新中国,作为时代的主旋律,在作品中得到了充分反映,它们受到主流意识形态的限定,也为新中国提供了意识形态的合法性,这在《红旗谱》《铁道游击队》等作品中可以看出;20世纪80年代以来,转向新历史的一些作家,开始用新的思想资源处理对这一历史时期的叙述,这些作品在解构新的意识形态的同时,也适应时代的变迁,提出了新的观察世界与历史的角度,比如《白鹿原》在梳理20世纪中国时突出了儒家文化的价值,而《故乡天下黄花》则以权力与欲望为中心来解读历史,等等。"① 但是,《笨花》融合了以上小说的因素,发展出了一种"地方志"式的叙述,写出了历史风云变幻中的日常生活。贺绍俊注意到这部作品有铁凝的三个写作资源:一是以《香雪》为代表的农村生活经验;二是以《没有纽扣的红衬衫》为代表的家族生活经验;三是以《玫瑰门》为代表的北京生活的童年记忆及家族记忆。② 铁凝说:"在宏大叙事和家常日子之间找到一种叙述的缝隙,并展现了我内心想要表达的东西。"③ 王宇认为:"《笨花》最本质的特征,不是单纯的日常生活,而是'日常生活精神'。小说从日常生活出发,重返大历史。这部大历史却是一部全新的大历史,是一部女性化的大历史。"④ 这部"大历史"既区别于20世纪中叶的宏大历史叙事,又区别于20世纪90年代以来常见的历史碎片化的历史。笨花精神,兼容了"笨"——大历史的沉重,和"花"——日常生活的轻盈。这是一部女性书写的冀中平原历史。王红旗认为这是一部超越性别屏蔽的家族

---

① 李云雷:《历史的碎片与地方志小说》,http://finance.sina.com.cn。
② 贺绍俊:《〈笨花〉叙述的革命性意义——重读〈笨花〉及其评论》,《解放军艺术学院学报》2008年第1期。
③ 铁凝:《〈笨花〉与我》,《人民日报》2006年2月16日。
④ 王宇:《日常生活精神与医疗、疾病书写——〈笨花〉新论兼及新世纪女性历史叙事新动向》,《南开学报》(哲学社会科学版)2017年第4期。

历史叙事,这是新时代的一部红色经典。铁凝说:"我就是希望找到一种准确的、俭朴的、温润的、结实的世俗方式,来写出世俗中人情的美,世俗生活中生活的具体意趣,也是希望写出世俗烟火中的精神空间。在宏大历史叙事和家常日子之间找到一种叙述的缝隙,并展现了我内心想表达的东西。"①《笨花》的文学价值在于,它唤回了文学的崇高与尊严,解决了当代审美意识取向上的三种矛盾:欲望化写作与道德理想的矛盾,世俗化与崇高感的矛盾,消解历史与历史理性精神之间的矛盾。《笨花》放弃了《棉花垛》中尖锐的女性主义立场,表现了一种母性情怀,对生命、历史和人世间的宽厚悲悯。铁凝谈道:"我试着去触摸和把握这段历史,或者说通过触摸这段历史去刻画活动在其中的一群中国凡人。所以我更愿意说这部小说有乱世中的风云,但书写乱世风云和传奇不是我的本意,我的情感不在其中,而在以向喜为代表的这个人物群体身上;我还侧重表现在这个历史背景下,这群中国人的生活,他们不败的生活意趣,世俗烟火中的精神空间,闭塞环境里开阔的智慧和教养,一些积极的美德,以及在看似松散、平凡的劳作中,面对那个纷繁、复杂年代的种种艰难选择。这群人最终保持了自己的尊严和内心的道德秩序。一个民族的强韧和发展离不开我们心中理应葆有的道德秩序,它会使一捧尘土也能够熠熠生辉。疾行在21世纪的我们为什么有时候要回望历史?也许那本是对我们心灵的一次又一次回望吧?也许因了我们正在疾行向前,才格外应该具备回望心灵的能力。让我们携带上我们本该携带上的,而不至于在不断的前行中不断地丢失。"②

铁凝是位女作家,但她的写作是超越了性别屏蔽的家族叙事。《笨花》中,她不仅仅站在女性立场书写女性经验和体验,而是以超越性别立场的中性写作,以温婉的语言为我们展现了历史风云变幻下一群平凡的乡土人物的选择和命运,体现出对人的终极关怀。中国文学的家族叙事发达,从曹雪芹的《红楼梦》到巴金的《家》,从曹禺的《北京人》到老舍的《四世同堂》,从路翎《财主底儿女们》到陈忠实的《白鹿原》,作家们的文化思考往往落脚在一个家族几辈人的性格和命运上,对社会进行解剖或对文化进行反思,而这些都是男性讲述的家族故事。《笨花》则是一位女性作家讲述的冀中平原上的家族史。作家动用了她丰富的冀中乡村和城市的生活经验,故事讲得温婉而热烈,深情而细腻。这部

---

① 铁凝:《〈笨花〉与我》,《人民日报》2006年2月16日。
② 铁凝:《〈笨花〉与我》,《人民日报》2006年2月16日。

小说还具有在地域上填补空白的价值,因为此前还没有作家专门讲冀中平原上的家族史。铁凝的家族叙事当然和陈忠实不同,笨花村中两个家族——向家和西贝家,向家是叙事的核心,西贝家是作为向家的陪衬写的。在这部小说中,铁凝在历史风云变幻中关注着冀中平原上人的成长。向喜是出身冀中兆州农家的平民子弟,故事开始他是个卖豆腐脑儿的小生意人,读过几年私塾,"长大成人的向喜,只生得方脸、大耳、眉目清秀。体格虽不高大,但虎背熊腰,敦实健壮,且有浑身的力气,生意也做得颇有人缘"①。

恰逢1902年袁世凯的新军在兆州招兵,向喜靠读过私塾和能举一百斤铁锁的资质,通过新军考核,弃农从戎。1903年向喜被选拔入北洋速成学堂,第二年毕业,被委以队官,享五品待遇,月薪饷银五十两。四年后,向喜驻守保定,和孙传芳是同僚,做了军官的他把妻子同艾和儿子向文成接到保定。1911年,起义新军和袁世凯的新军在汉口对峙。北洋军协统王占元从保定开拔到汉口参战,他令部下向喜负责龟山之役。这一战北洋军占了上风,起义新军失利。这一战也导致了举国瞩目的南北议和。这次参战是农家子弟向喜真正参与了历史走向的书写,小人物就这样和大历史发生了关联。驻守汉口经过了生死之战的向喜在好友孙传芳的怂恿下,也觉得不该一个人守清苦,娶了汤记茶馆的二丫头,后来有了两个儿子向文麒、向文麟。南北议和后,向喜已成为团长并授上校军衔。虽然向喜把妻子同艾和儿子向文成的汉口之行安排得尽善尽美,但是妻儿知道他偷偷娶了二房并另有了俩儿子,还是选择回了老家笨花居住。向喜对妻儿有歉疚之情,把大儿子向文成的婚事安排得很体面隆重。又派副官甘运来送给笨花足够的钱,让儿子和弟弟修建好老家笨花的房子。向喜驻守宜昌,发妻同艾回了笨花,二太太顺荣不习惯南方饮食,小住之后也回了保定,孤身在外的向喜又娶了行走江湖,打把式卖艺的吴桥艺人施玉婵。施玉婵在生下一个女儿取灯后,过不惯官员太太的日子,离开向喜又搭班子卖艺去了。向喜把三岁的女儿取灯送到保定的家,让二太太顺荣照管。1920年,宜昌发生兵变。北京政府派湖北都督王占元处理兵变,王占元派向喜去,向喜没有受命,他不愿意去屠戮参与兵变的士兵。1921年,曹锟的总督府成立咨议局,向喜出任了咨议官,曹锟让向喜负责在保定修公园。向喜的最高官职做到直系的吴淞口要塞司令,并在帮助孙传芳平息夏超

---

① 铁凝:《笨花》,人民文学出版社2006年版,第216页。

事件后卸职,居住在保定的家。后来日本人觊觎向喜的名望,找上门来让向喜出任保定维持会会长。向喜选择离开保定,回到兆州,选择在自家产业中的一个利民粪厂当经理栖身。后来为了掩护施玉婵戏班里的一个演员,开枪打死两个日本兵后,自己开枪自杀。至此,农家子弟向喜的人生落幕,他的一生,可谓跌宕起伏,最后的一死,尤其让人敬佩。他是信奉儒家思想的北洋军官,也是葆有民族气节的抗日英雄。

铁凝塑造这个人物,追溯的是自己祖辈的历史。铁凝的祖父母生活在河北农村,祖父是当地一位很有名望的人。可以说《笨花》是铁凝以正面姿态,怀着敬畏心情再现祖辈的生活和历史的作品。在致敬祖辈时,她超越了个人生活经验,这使她以更为宏阔的精神境界去观察历史和人生命运。这部作品反映的是20世纪以降中国社会最深刻的变革和中华民族最深重的灾难。如此宏大的主题却是通过冀中平原一个小山村里的日常生活的肌理展示出来,通过家族史和乡村史去反映整个民族的精神和文化变迁,是近些年来的一种写作趋势。"日常生活批判理论之父"列斐伏尔认为,单调、重复的日常生活隐含着深刻的内容。日常平凡事件呈现出两方面的意义:一方面是个人的偶然事件,另一方面是更为丰富的社会事件。只有通过日常生活批判才能揭示简单事实的丰富社会内容。铁凝在《笨花》中的叙事是把日常生活看作一个总体性的构成。我们看到向喜的总体性的日常生活,在这种日常生活中,我们看到一个农民的日常生活怎样渗透进了革命年代的精神内涵。这种总体性的日常生活,把宏大叙事和日常生活叙事融合起来,为我们提供了一种观照历史的另一种方式,在这种叙事中,历史向我们展现出另一番景象,这就是铁凝在《笨花》中其叙事的革命性意义。这种叙事不同于之前革命历史题材的宏大叙事,也不同于消解历史理性精神的新历史主义叙事。闫红认为:"《笨花》在复现国家—民族革命历史元叙事中,体现出强烈的历史理性,在诗性的日常生活叙事的铺陈中,充满了厚重的生活质感,在宏大叙事和日常生活叙事的完美融合中建构了21世纪国家—民族历史的元叙事。《笨花》巨大的文学价值在于,它唤回了文学的崇高与尊严,解决了当代审美意识取向上的三种矛盾:欲望化写作与道德理想的矛盾;世俗化与崇高感的矛盾;消解历史与历史理性精神之间的矛盾。"[①] 确如闫红所言,当代一些历史小说,呈现

[①] 闫红:《〈笨花〉:建构21世纪国家民族历史的元叙事》,《河北学刊》2006年第2期。

出新历史主义的解构历史理性的倾向，不满于革命历史题材的宏大叙事而躲避崇高，大量小说呈现出欲望化、碎片化对孤独个人的生活描述，文学失去了对时代引领的思想力度和崇仰真善美的艺术理想。新历史小说沉迷于对历史迷宫的探索，新写实大量铺叙现实生活中的琐碎细节，没有情感，没有对环境的超越和抗争，先锋小说沉迷于叙事的革命，叙事套路的花样百出却成了无人喝彩的独孤表演，底层写作大量铺叙小人物的日常生活，但是文学没有了理性和崇高，没有了爱和温暖。如何讲好中国故事，尤其如何讲好既具有文学的崇高与尊严，又能真实反映现实社会生活，兼具思想性和艺术性的文学作品，在这个意义上说，《笨花》确实是21世纪以来的优秀长篇小说：它是回望历史的，又是直面现实的；它写了男性的伟大，也写了女性的温厚；它关注大时代中人的成长，有男人也有女人，它也凝眸冀中平原上的日常生活，有城市也有乡村；小说写出了时代和社会的深刻变革，也写出了生活与人性中的恒常与不变。

二、铁凝作品的艺术风格

早期作品描写生活中普通的人与事，特别是细腻地描写人物的内心，从中反映人们的理想与追求、矛盾与痛苦，语言柔婉清新。

1986年和1988年反省古老历史文化、关注女性生存的两部中篇小说《麦秸垛》和《棉花垛》的先后发表，标志着铁凝步入了一个新的文学创作时期。

1988年写成第一部长篇小说《玫瑰门》，它一改铁凝以往那和谐理想的诗意境界，透过几代女人生存竞争间的较量厮杀，彻底撕开了生活中丑陋和血污的一面。

1. 对女性命运的关注与救赎

铁凝的许多重要作品都以女性为第一主人公，表现出强烈的性别意识。她专注各种类型女性的命运。从中篇《哦，香雪》《没有纽扣的红衬衫》《永远有多远》《麦秸垛》《棉花垛》《青草垛》到长篇《大浴女》《玫瑰门》《笨花》，铁凝刻画了香雪、安然、大芝娘、尹小跳、尹小帆、白大省、司绮纹、苏眉、竹西、向取灯等一个个生动鲜活的女性形象，这些不同性格的女性生长于不同的时代，有城市女性、农村女性，有老年女性、中年女性和少女，有姐妹、祖孙、母女，这些不同际遇、不同阶层的女性在她的作品中有着隐秘互映，形成了参差互现的美学特征。阅读铁凝的小说，会发现很多作品里都有一个"香雪"的视角,她观察世界、历史,也观察人性、省视文明。《玫瑰门》被文学史认为是中国女性文学的巅峰之作,也是铁凝的转型之作,她作品的风格由清新而犀利、复杂、深刻。到了《笨花》又开始回归,回到了传统美学。铁凝之于女性文学的贡献在于:一方面,她将女性身体祛魅,她笔下的女性努力逃离那种男性视域下的被注视的命运,使女性身体回归女性身体本身;另一方面,她将女性视为社会关系的总和,这使她的写作具有一种社会性别意识。她将女性命运置放于民族国家、阶级、阶层中去理解,避免了男女对立的二元对立思维模式。看到女性的美与力量,看到女性生命的光泽与强悍,也看到她们的衰老、虚荣和自恋,不虚美,不隐恶,这才是对所写人物的尊重。这些女性形象不是理念的产物,而是活生生的人。

2. 对日常生活叙事的重视

能不能写出现实生活的日常性和细节,其实非常考验一个作家的艺术功力。点点滴滴的日常生活叙事构成铁凝写作的生活流,在扎实的日常生活描写中讲述故事、塑造人物。铁凝在《笨花》中讲述了向喜一家的抗战经历,这些人是中华民族的普通人,也是坚韧的深具中华美德的普通人。铁凝以一种凝练而又古朴的方式描摹冀中平原上那些朴素、平凡而善良的人,写出了人性的光辉幽暗和冀中平原上的日常生活。在《笨花》里,铁凝逐渐形成了自己关于何为中国精神、何为民族气质的理解,并将这种理解灌注到她的创作中。"笨花、洋花都是棉花。笨花产自本土,洋花由域外传来。有个村子叫笨花。"这是《笨花》的题记,它颇有含义地将笨和花视为事物的一体两面。"笨花"之"笨"里,有作为艺术家的本分、老实,对民族身份的清醒认知,不妄自尊大,也不妄自菲薄。《伊琳娜的礼帽》(2009)以一个旁观者"我"的视角,描写了一对俄罗斯男女在机舱的邂逅。尽管"我"听不懂他们的言语,但他们的动作和表情表现了一切,飞机落地,一切戛然而止。伊琳娜和迎接她的丈夫拥抱,而目睹一切的儿子萨沙,示意"我"不要作声。小说在封闭的空间里,将人的情感际遇写得风生水起。《七天》(2012)由一位别墅女主人的烦恼写起,她不知如何对待那位不断长高的小保姆布谷。从家乡回来的布谷几天之内越长越高,她时时刻刻还有饥饿感,要吃光冰箱里所有的东西,生理期也很反常,鲜血淋漓不止。布谷突然长高的原因在哪儿?原来布谷家乡新建了一个加工厂,从车间流出来的废水流进村外的河。孩子们喝了河里的水,上学拉肚子,无法正常上课。污水使布谷和家人的生活发生变化。她在工厂做工的两个姐姐也越长越高,工厂辞退了她们,婆家也退了亲。小说结尾,布谷主动离开了雇主家。小说中有大量日常生活细节,又有很好的想象力。它从一个女性身体的反常讲起,写出了污染带给人们生活的影响。这篇小说将奇妙的想象力、对日常生活的洞察力、真诚的善意结合在一起,是一篇很有艺术魅力的小说。《火锅子》(2013)讲述了一对老年夫妇的日常,两位老人一起吃火锅,但他和她的味觉和嗅觉都已经退化,他的两个眼睛都得了白内障。她发现,他热情夹给她的海带是抹布,不过,她舍不得告诉他,她用白菜盖住海带说:"好吃好吃。"虽是耄耋之年,但是那种爱和温暖却新如朝日,不因时光流逝而黯淡。

3. 深沉、温润、幽默的语言风格

铁凝是位思想与才智并重的作家,她小说的语言追求美的情愫,表达生活中人性的温暖,几十年来形成了深沉、温润、幽默的语言风格。小说叙事语言的最高境界是"状可见,声可闻,意可察,情可感"[①]。铁凝小说的语言叙述以一种绘画美的形象诗意,让读者在可见、可闻、可察、可感的阅读过程中,领会作品的思想意绪。《哦,香雪》以一种清新、温暖的语言,将一群农村女孩对未来的向往写得如诗如画。如果说她早期擅长白描、心理描写,语言诗情画意,进入20世纪90年代后则转向深沉、温润、幽默。《第十二夜》写于1998年,小说讲述城里的画家到一个山区买房充当画室的故事。"我"受画家老秦的鼓动,花了13000元从农民马老末手中买了个农家小院。但老马隐瞒了一个事实:他从未嫁人的大姑还住在小院里,得等大姑去世了,"我"才能搬进去。可是折腾了几天后,老人非但没有死,反而更精神,每天坐在炕上纳鞋底。于是"我"想退房,但老马坚决不退还卖房的钱。于是在第十二夜,我和老秦去向大姑告别,特别说明我不买她的房子了。可我刚走出院子,大姑就倒在炕上去世了。

> 大姑的院子里,东房亮着昏暗的灯光。她伛偻着身子坐在炕上,还在低头纳底子。她有条不紊地使针使线,从容有力地捻扯动麻绳,伴着"嗞嗞"的帛线声,她抡动着胳膊舞蹈一般。我站在房门口,老秦站在我的身后。我说:"嗯,您能听懂我说话吗?这院子我不买了,嗯,不买

[①] 马振芳:《小说艺术论稿》,北京大学出版社1991年版,第153页。

了。"我说:"我愿意让您硬硬朗朗的。"我说:"您的花椒树可真好,山杏儿也真好,嗯。"

我不指望大姑开口,我知道几十年来她从不开口。可她却抬起了头。她看着我,眼神里有诧异和失望,或许还有几分没着落的惆怅。好比一个铆足劲上阵来的拳击者,却遇到了对手的临阵脱逃。

当大姑收回眼光又低头纳起底子时,我和老秦就出了房。走到院子里我听到一个轻微的响动,是东房炕上的响动。我们反身回去,见大姑已倒在炕上。老秦在她鼻子底下伸手试试,说,死了。

这段叙述有声音,有表情,状可见,声可闻,整个故事又有着丰富的蕴含。

《孕妇和牛》叙写的是在平静的乡村背景上,人与动物和谐共生的故事。

孕妇和黑在平原上结伴而行,像两个相依为命的女人。黑身上释放出的气息使孕妇觉得温暖而可靠,她不住地抚摸它,它就拿脸蹭她的手作为回报。孕妇和牛在平原上结伴而行,互相检阅着,又好比两位检阅平原的将军。天黑下来了,牌楼固执地泛着模糊的光,孕妇和黑把她丢在身后。

这是一幅平原上的孕妇和牛结伴而行的油画,人与动物、人与自然在辽阔的天空下和平共处,而作为文明象征的牌楼则成为他们行动的模糊背景。

第五节 20世纪90年代女性写作的成就

中国20世纪90年代的女性文学,没有一般世纪末的颓唐和没落,相反,经过20世纪80年代的发育和自觉奋进,呈现出生机勃勃的姿态。

进入20世纪90年代,一批在20世纪80年代中后期登上文坛的女作家,如小说家方方、池莉、毕淑敏、张欣、陈丹燕、王安忆、迟子建、铁凝等,散文家叶梦、斯妤、唐敏等,诗人伊蕾、翟永明等,已由原来的生力军成长为主力军,一批文坛新秀也一跃而起。如四川的莫然,她那以经济改革为背景的商战言情小说,引起评论界的关注,有人将她同香港财经小说家梁凤仪相比。又如农民作者吴秀春，她的长篇小说《半路夫妻》被视为一部探寻农村改革的佳作，还有上海的王晓玉、作家毛毛等。至于心态，同男作家相比，在商品大潮面前，女作家们似乎较为平和与从容，她们少有那种在金钱面前的躁动和向通俗文学的转向，她们对纯文学一如既往、情长意切。她们极少下海，尽管对经济生活的刺激也存在种种不适，但对精神创造的兴味不减。

良好的创作心态在创作实践里表达得更为清晰。首先，她们普遍地保持和弘扬人文精神，使纯文学不失真诚；其次，她们率先使创作由冷色调转向暖色调。20世纪90年代，创作界对于精神性、情感性的追求有所淡化、消解，以至于让出空间，使那些呈现肤浅的超前享受、低级的感官刺激、做作的调侃之作充斥文化市场。而女作家们没有湮没于物欲横流、精神荒芜的世界里，她们依然写出大量贴近社会生活、展示改革画卷、崇尚生命价值和洋溢母性之爱的作品。池莉的《白云苍狗谣》，通过流行病研究所的改革，提出了体制改革同探索文化、探索人的素质的关系问题。方方的《祖父在父亲心中》对上一代知识分子的精神失血和萎缩现象，作了深刻的剖示，致使人们不得不做沉重的自我拷问。王周生的《陪读夫人》让我们看到生活于异域的中国女性的质朴和坚韧。陪读夫人尽管是陪读身份，但不忘自身价值的实现。在巨大的东西方文化的落差中，对洋人不卑不亢，努力充实自己，显示出东方女性的自持和端庄。陈丹燕在上海东方广播电台开设的青少年节目《十二种颜色的彩虹》和航鹰的《启明星》则为白血病患儿和弱智儿童送去仁爱和抚慰，弥合那些身心受损的孩子的心。20世纪90年代女性文学的精神指向，一直没有脱离责任、人道、真诚与爱的人文精神内核。20世纪90年代女性文学走向成熟的一个标志，即在于女作家将女性自我、女性与社会、女性与男性、女性与女性的诸种关系作为一个系统进行思考，使女性文学的发展更富性别特征。

进入20世纪90年代，经济和物质对精神生活的影响日渐强大，女性究竟以何种姿态面对这种变化呢？女作家们及时地描摹了物质化生活中女性的生存方式，以及她们精神上的期待与困惑。陈丹燕的《吧女琳达》写出了城市女性琳达在憧憬所谓高层次生活时，人格尊严与金钱财富的冲突，揭露出了社会转型期一些女性灵魂的自我撕裂。范小青的《成长》则通过农村女青年姚彩虹充当乡镇企业公关小姐以喝酒助兴生意场的故事，向人们披露经济社会生活中把女性物化的现象。尽管作者对这位全身心投入喝酒职业的女青年,更多褒扬她那种平和、朴实、不计较的性格,但实际上,小说所呈现的是:女性未能在商品大潮中救赎自己,反而被推上新的悲剧舞台的事实。20世纪80年代,女作家以战胜社会偏见来张扬女性"人的自觉"及社会价值,20世纪90年代则在同"物化""商品化"的较量里,失落了本真。

在精神层面上,表现女性的自我塑造与自我完成,似乎比表现女性生存的困境和困惑更为不易。但女作家莫然却重新举起"女人也是太阳"的旗帜,在小说里塑造了出群拔萃的女企业家群像,她们或风骨清雅、善解人意,或智慧聪颖、才华横溢,或感情炽热、行事机智。这些女强人的特点在于她们活得比以往的女强人主动、自由、潇洒,她们看重心灵的自由,看重选择的自主权,因而对待事业的运作或感情的波澜,常常自有一番神韵,而淡化了以往的挣扎、痛苦状。20世纪90年代,10位女作家——张洁、张辛欣、陆星儿、铁凝、池莉、陈染、徐小斌、舒好、唐敏、王晓玉联合创作了反映社会变革中女性的系列电视片《太阳女人》,通过电视节目让大家了解了女作家们对时代女性的思考。

20世纪90年代中国女性文学以对历史的俯视、对现实的环顾、对民族文化的凝思和对人性的拷问,显示着其博人恢宏,深刻中也有困惑的繁复风貌。20世纪90年代繁复的女性话语,大致有下列四种类型。

其一,在叙述男性与女性的关系中,呈现女性话语权。张洁、铁凝通过铺陈男性的行为方式,对男性心态予以透视。张洁的《红蘑菇》以辛辣的笔调剥去教授吉尔冬绅士派的外衣,暴露他贪婪、刁钻、无赖的嘴脸。铁凝的长篇小说《无雨之城》中写普运哲和陶又佳婚外恋的故事,谴责和嘲讽男人为投身权力圈获取高位,不惜牺牲心爱女性的感情的心态,普运哲市长桂冠上烙印着男性自私和残酷的印记。徐小斌和叶广芩是两位颇富文化底蕴的作家,她们对男权的批判,喜欢从剖示男性文化、男性心理构成入手。徐小斌的《双鱼星座》中女主人公卜零与老板、丈夫、情人的关系,正好是女人和男性文化的核心——权力、金钱、性的象征。卜零在这种文化的胁迫下,全面地失落,最后只得奔向遥远的佤族山寨,去救赎自我。叶广芩的《黄连·厚朴》在展示于莲舫婚姻生活时,用西方女人珍妮东西方文化比较的眼光,揭开中国男人所谓正人君子文化性格的真面目。针对于莲舫前夫龚晓默小人报复的可耻行径,情人张悦躲闪、逃退自己真实感情的懦夫行为,珍妮觉得中国的正人君子太好面子,太讲求好名声,以致总是施虐于他人,又虐待自已,活得太累也太假。于莲舫就此为男人下了个"男人不优秀,从性别选择上就不优秀"的结论。这般话语,已非仰视和平视,而是以俯视姿态审察男性世界了。20世纪90年代以来,持鲜明性别立场的女作家越来越多,她们对男性的生存状态,或抱着同情态度体恤他们的艰难,但决不放弃对其负面品格的审视和批判,或采取不屑、轻蔑乃至仇恨的态度,对男权中心的性别秩序予以彻底解构。

其二,在展示女人世界——女人与女人、女人与自我的关系中,呈现美丑并存、灵肉相济的复合话语。毕淑敏的《女人之约》里的女工郁容秋,为索回三角债的巨额欠款,历经艰辛,最后郁郁而终。女厂长公然违约,无视郁的价值,最终也没有向这个女工鞠躬致谢。马瑞芳的小说、散文常对女人之间的嫉妒情结作揭示,在小说《天眼》中,她把几位知识女性对嫉妒的执着入木三分地表现出来。正是这种人类原始的顽疾,阻挡着女人与女人成为朋友。专写城市和女性的张欣认为,当今的金钱世界,男人们正在利用金钱和女人去竞争人生,她愿意铺就一片女人情谊的芳草地来保护她们,使其吸吮一点母性的温情和芳馨。20世纪90年代对女性世界的摹写,争议最多的是关于女同性恋和女性自恋的问题,其中,数陈染和林白影响最大。陈染倾向于思考,其深受丹麦哲学家、存在主义先驱克尔凯郭尔的影响。在小说《破开》中,她借女主人公说出:"人和人的亲和力,不仅体现在男女之间,女人之间也存在一种长久被荒废了的生命潜能。"林白倾向于感觉,她的小说《瓶中之水》里的二帕和意萍,彼此情投意合,贴心贴肺,连她们自己都觉得病态的激情在增长。

其三,在"生死与爱情"的永恒题材的铺展中,呈现人类大母的生命话语。20世纪三四十年代,杨刚的长诗《我站在地球中央》中那女娲补天的气概,为中国女性文学建构起大母意识。20世纪90年代,当人文精神面临严峻挑战之时,女作家们怀着对人类大悲悯的情怀,继承大母传统,追求精神家园。毕淑敏的小说就给人以大母印象。《生生不已》里的女工乔先竹,为延续生命,调动起最深潜的精神原动力,耗尽自己的血肉和细胞,最终迎来儿子的降生,让"生命"二字惊天地,泣鬼神。《预约死亡》以作家毕淑敏进入临终关怀医院体验死亡的角度,表达了她对生命的沉思和对中国临终关怀事业的思考。《红处方》是毕淑敏的长篇力作,作家在禁毒、反毒战线上再次逼近生命极限,向它叩问。优秀的戒毒医院院长简方宁,当得知自己已被人陷害染上剧毒之后,冷静地权衡是否去做切断蓝斑的脑颅手术。手术虽然能挽救她的生命,却将使她完全失去感知快乐和痛苦的能力,最后她毅然决定,拒绝接受那个没有感情世界的空洞生命,她带着对戒毒事业的无限眷恋而自杀身亡。毕淑敏探索生死的生命话语遍及她的很多作品,其中人类性品格最为突出,其艺术感染力能深入人心的深层。

其四,在艺术求新的探索中,呈现缤纷的诗性话语和平实话语。20世纪90年代,女性写作在诗性追求和叙述策略方面确实发生了一些变化。比如以迟子建为代表的对"神性"审美的追求。迟子建的小说越写越好,她的短篇《逝川》《雾月牛栏》,中篇《原野上的羊群》《白银那》,都以那至亲至爱的纯情、飞扬灵动的想象、天人合一的和谐美让人置于诗一般的境界中。迟子建自述,她喜欢神话和传说,是神话思维帮助她获得了属于自己的美学风格。比如以王安忆为代表的叙述策略的新创造。进入20世纪90年代,王安忆为了改变其作品"自我倾诉"的路数,把创造存在物作为创作追求。她认为达到创造存在物的目的,依靠个人经验和认识有限,需要在形式上找到推动和发展的力量,于是开始了对叙述策略的探索。在《叔叔的故事》中,由于加进了对"我"自己故事的叙述,故事与故事相交,视角与视角相叠,多方位地夹叙夹议,强化了"叔叔"内心流程的推动力,使他英雄主义末路的精神历程清晰可见。比如以徐坤为代表的多方位性别视角的试验。徐坤以女性、中性、反串男性的视角创作的小说都比较成功。当徐坤反串男性混迹男学者、男艺术家、男博士圈子时,她对知识者、文化人的调侃、嘲讽、戏谑同老练的男侃家别无二致。当她以中性视角叙事时,《沈阳啊沈阳》里反射的她,充满对社会现实变动的关注之心和对平民百姓真诚的关爱之情。当她以女性视角叙事时,性别意识鲜明而圆熟。徐坤提出:"性别,究竟是一种自由?还是一种限制?"在她那儿,性别从不是创作的障碍。

在这四类话语中出现了三类女性形象。20世纪90年代女作家更加着意于从文化角度对人性发展进行观照,大多具有丰腴的文化内核,既能反映人物文化心理发展的情势,又能折射社会精神文化层面和物质层面的存在形态。女作家们塑造的女性文化形象有以下三类。

一、文化堕落者形象

这类形象首推王安忆《长恨歌》里塑造的王琦瑶和《我爱比尔》里塑

造的阿三，这两个人物都是风尘女子。20世纪40年代上海弄堂里的王琦瑶，在上海市民文化和殖民文化同时发育期间，曾因被推选为上海小姐而风光一时。20世纪80年代，上海进入改革开放后，里弄里的市民们误以为王琦瑶为海派俗文化的精灵而趋附于她，想从她身上寻找上海旧梦。殊不知，王琦瑶的风月史正是上海这座城市文化中腐朽部分回溯的表征，王琦瑶最后被陷害致死的悲剧，也正是文化发育和文化衰败冲突的结果。《我爱比尔》中师大艺术系学生阿三，是个摩登女郎，好奇和追逐的是大洋彼岸的西洋文化。为寻找洋人美梦，阿三千方百计地接近洋人，忘情地投靠。她天真地爱上了对东方文化颇有兴致的美国领事馆官员比尔。但当比尔离开中国后，阿三竟然凭着一种惯性去找洋人，或渴慕他们，或戏耍他们，或报复他们，堕落为洋人的妓女。她的堕落没有内心的撕裂和疼痛，就是进入劳改农场，面对劳改生活和伙伴的辱骂，她也能自控。她最后从劳改农场逃跑，前途未卜。阿三一直在自我设置的文化幻觉里生存，自我安慰，最后因文化的错位而误入歧途，这实在很是悲凉。

二、文化守望者形象

正如殷慧芬在谈及她的小说《纪念》时所说，女人永远心存渴望，城市女性"永远是城市爱情这块麦田的守望者"。广东女作家张欣是真善美和爱这块麦田的辛勤耕耘者，她无时无刻不在期待"掘金时代"的人们留住善根，她塑造的女性形象大多是大众人心和社会良知的殷殷守望者。《爱又如何》里的可馨，当她那传统的人文价值观被现实生活碾碎时，依然渴望修复自己的心灵。《你没有理由不疯》里的谷兰，则在反对制造假冒伪劣儿童生长素事件里，宁可身败名裂，也要奉献一颗尚未疯魔的良心。迟子建的《亲亲土豆》里的李爱杰，一个普通农妇对患病丈夫至亲至爱的真挚感情，令人动容。铁凝的《孕妇和牛》里的那个孕妇，她那期待小生命、渴念大石碑上的字的真挚情态令人感动。文化守望者的形象时而从美丽的意境中走出来，但更多却是在文化困境里跋涉，在文化诘问中催促读者进行思考和精神提升。

三、文化困惑者形象

在市场经济大潮中，物化的环境对女性最大的威胁是其把她们当作商品。池莉的《来来往往》里的两个现代女性林殊和时雨蓬，一个处理和男朋友感情生活的原则完全是游戏式的,另一个则公开扬言:"想想其实无所谓,谁不是商品呢?"特区女作家文夕和杨雪萍,她们笔下的"二奶"、女生意人、女公关们更属于商场、情场上飞舞的彩蝶,痴迷于金钱物质,腐烂了道德精神,最后落得人不人,鬼不鬼的下场。这些女性生命,正如散文家张爱华在《水果女人》里所言:"她们鲜活时那么动人,但她们又那么易腐。"女性生命最易腐烂的部分,往往是她们最美丽的部分。方方的《暗示》写得很沉重,女主人公叶桑因为同妹妹的未婚夫克宁有染,难以摆脱罪恶感而自尽。这个平常的婚外恋故事,作家将它放在生命能不能承受重负、压力、屈辱、罪恶、诱惑等重大问题上来考量。徐坤的《遭遇爱情》和《厨房》里的两个女人,都是商界明星。梅想通过色相捞钱,但一场爱情游戏下来,却是竹篮打水一场空。枝子在商界打拼厌倦后,想以女人的温情获得画家的爱情,但费尽心力还是一无所获。她俩非但没得到原想获得的金钱和爱情,连尊严也被屈辱湮没。女性无论是把爱情当作游戏,还是被爱情游戏排斥,她们总是处于性文化困境而备受煎熬。怀疑和困惑是刺激思想的催化剂,随着时代文化的发展,中国的女性作家们一定能创造出更新的文化语境,从而使人物形象包含更深邃的文化意味。

第十章　21世纪初的女性写作

在未来时代的女性写作史上，21世纪最初二十年的女性写作一定会成为一个令人欣喜的起点，因为它以丰硕的创作实绩为一百年的中国现代女性写作开启了一个崭新的序幕。中国还没有哪个时代的女性写作者们如此活跃，她们不再只是写小说、诗歌、散文，她们开始进入更为艰深的领域——文学评论、艺术评论、影视剧编剧。她们中很多人已成为该领域的佼佼者，如崔卫平、戴锦华、翟永明、李银河、刘瑜、王海翎、六六、赵冬苓等。这二十年，中国当代文坛活跃着五代女作家，宗璞、张洁、叶广芩、铁凝、王安忆、万方、范小青、张抗抗、池莉、蒋韵、孙惠芬、徐坤、邵丽、叶弥、葛水平、魏微、金仁顺、朱文颖、盛可以、鲁敏、塞壬、郑小琼、张悦然、蒋方舟、笛安等，还有一大批海外华人女作家严歌苓、虹影、张翎、李彦等，女性写作无论从质量还是数量上，都真正成为当代中国文学的"半边天"。

这只是21世纪以来女性写作的显在变化，实际上，女性写作的书写内容、书写视角、书写姿态也发生了潜在的变化。从《上种红菱下种藕》《富萍》《月色撩人》到《妇女闲聊录》《万物花开》，从《笨花》到《小姨多鹤》，女作家们对底层女性命运更为关注，她们更善于从复杂的社会环境中书写爱情、婚姻及女性生活，善于在浮世中刻画如浮萍一样的个人命运。这是写作观念的变化，她们远离了以自我为中心的感受世界的方式，她们书写我们所在的浮世——小镇、乡村，和那些辛苦的劳动者在一起。这是她们将写作与社会现实结合的努力，表明这是一群自觉的社会性别意识彰显者。

如果我们把20世纪90年代以来的女性写作中的"个人化写作"和"身体写作"中那种幽闭和中产阶级趣味的写作，卫慧等人的"美女写作"视为一种背景，那么21世纪初女性写作的独有气质是开放性和人文情怀。如果说20世纪90年代个人写作和女性写作完成了女性写作阶段必要的"向内转"，那么，21世纪初女性写作以诸多创作实绩完成的是"向外转"，正是这样的宝贵转型将女性写作和社会现实紧密结合了起来。

讨论21世纪初女性写作的转型，要说到这二十年来女性文化的变迁，它涉及整个中国二十年来社会文化价值的变迁。对多元女性美的接受和包容似乎是这二十年社会文化的最大特点。李宇春现象是一个例子。2005年，湖南卫视的"超级女生"节目将李宇春、周笔畅等带有中性气质的女性形象推到公众视野，而以女性观众为主的狂热消费群体的集体投票以令人吃惊的数字显示了女性审美观的变化。另一个重要的文化现象是张爱玲《小团圆》的出版以及对《小团圆》全方位的娱乐性消费，读者对张爱玲和胡兰成性爱的猜测将文学作品演变成八卦小报。李宇春和林志玲的爆红，张爱玲的持续神话和经典化构成了社会女性文化最有意思的症候，它一方面表明这个社会的多元化特征，但另一方面又充分说明社会依然有着坚硬而强大的以男性为主导的社会价值观。在大众传媒的喧嚣之下，有成百上千万自动化流水线的女工，她们每天都有可能遇到的是被机器"断指"的命运；而广大的农村，数以万计的家庭两地分居，空巢空村现象普遍；从南到北的一、二、三线城市里，许多人近中年的企业女工面临着下岗、失业、失婚和老无所依的命运。

媒体对富人生活的渲染和对贫困人的忽略引导了中国社会价值观的取向。大众文学领域出现的两个女性人物"杜拉拉"和"海藻"便是这种价值观的必然产物。她们都是靠苦读进入大学的毕业生，杜拉拉的命运是靠职场规则努力打拼获得提升，最终实现月薪4000到年薪20万的梦想；海藻则是依靠美貌半推半就成为"二奶"，进而摆脱贫困命运。这是两位女作家李可和六六为当代中国社会提供的镜像，这也是当代中国青年女性的典型命运，无论哪一种，她们都无可逃离地陷入追求金钱的道路中，陷入了只有金钱才可以证明其生存价值和社会意义的扭曲逻辑里。这是并不乐观的大众文化生存环境。我们在女性作家的写作中看到了那些大众传媒文化中所没有的女性形象，看到了讨生活的劳动者们的疾苦，看到了朴素的人的尊严和价值。

第一节 70后女作家的写作

21世纪初活跃着一批70后女作家。她们是魏微、金仁顺、朱文颖、戴来、盛可以、周洁茹、鲁敏、乔叶、黄咏梅、付秀莹等。学界原来一直认为70后作家是被遮蔽的一代，他们前面有50后、60后文学前辈在20世纪80年代迅速成名并经典化,后有80后的韩寒、郭敬明在市场化、媒体化的环境中占领文化市场,70后似乎在夹缝中成了悄无声息的一代。而作家李敬泽认为,"70后作家很大程度上是被新时期文学,特别是85后的文学所塑造,50后或60后那批迅速经典化的作家,对他们来说,不仅是一般意义上的前辈,而且是直接的、根本的立法者"①。20世纪70年代出生的作家有共同的创作特征,比如历史背景的模糊、热衷写日常生活、延长的青春期等。张莉认为,"1990年代以来,中国文学一直在强调祛魅,即解除文化的神圣感、庄严感,使之世俗化、现实化、个人化,那么70后作家整体创作倾向于日常生活的描摹、人性的美好礼赞以及越来越喜欢讨论个人书写趣味的特征则应该被视作一个文学时代到来的必然结果。我以为,在重温生活之美和人性之美方面,70作家做出了他们的贡献"②。

70后具有代表意义的作家魏微的《化妆》是一篇优秀作品,它将爱情与金钱、身体以及岁月之间不忍直视的关系进行了一次展露。当嘉莉以礼物的价格来揣测男人对她是不是真爱,多年后又以贫穷女性的姿态再次测试时,魏微其实是撕下了关于爱情的所有伪装,她将这个时代人与人之间最本质、最势利的关系通过一个女性的情感际遇表达出来。中篇小说《大老郑的女人》中,大老郑是来自福建的房客,他和弟弟们借住在"我"家的小院里,勤劳忙碌地工作生活着。一个没有名字的不知来历的女人使得大老郑的生活变得温暖、充满生活气息。但是真相也随之浮出水面,她在乡下有丈夫、孩子,她非良非娼。最终大老郑和女人从小院搬走,消失不见。魏微用平淡的诗意记录着时间,以及时间里发生过的正大、庄严的情感,她以一种舒缓、平和的叙述还原了平凡人情感的神性。再比如鲁敏的《离歌》,主人公是两个老人。三爷住在河那边,他为去世的人扎纸人。彭老人73岁了,住在河这边。去三爷那边的桥塌了,彭老人惦念着要修桥。三爷看尽人间的生死,为死去的人送最后一程,一个年轻的孩子,一个胖大婶,还有很多人,他们活过,但死去了。河这边的彭老人惦记着自己的死,要三爷在他死后扎个水烟壶,要把软布鞋给他带上,还要带上庄稼、果实,最后彭老人讲了自己当年的她。

---

① 王十月主编:《经典70后·序》,人民文学出版社2022年版,第2页。
② 张莉:《在逃脱处落网——70后写作的个人化与公共性》,《持微火者:当代文学的二十五张面孔》,百花文艺出版社2016年版,第269页。

彭老人离世了，三爷按照他生前的愿望一一照办。小说写的是死亡，写的是活着的人如何死，如何面对死，以及人在死亡面前的从容、淡定以及尊严。《离歌》是离去之歌，是对一种中国式生活和中国式死亡哲学的致敬。

金仁顺是21世纪初引人注目的以书写爱情见长的小说家，她擅长捕捉两性间最刹那、最灵光的那部分情感。她笔下的爱情没有了神圣的光环，男女间的你来我往的小心思，细密而不失优雅。金仁顺的爱情小说是克制而冷静的。在70后作家这里，她们的女主角不再扮演或承担爱情中那个受伤者。与其说女性在爱情或者婚姻中的地位发生了变化，不如说新一代女性写作者看待爱情的方式和对爱情的理解发生了整体性的转变。金仁顺的女性人物，即使是一无所有，在面对背叛和分离时也是坚强的。鲁迅的《伤逝》是一百年前的爱情经典小说，那是基于生存、温饱的阶段下"爱必要有所附丽"，生存在当代中国人这里，已经不再是问题，爱情就变成了个人情感中的"找感觉"式的情感寄托。金仁顺的爱情小说有两个特点：一是人物都心向纯粹和美好；二是人物的言行就要出现问题的时候，小说故事往往引向一个更大的主题，比如人物的成长。在《爱情诗》里，小说人物之间的混乱关系正好与爱情诗里传达的坚定形成反讽；《人说海边风光好》里的罗晶，她的爱因一次旅行受到考验，爱情变成了一种从心理到行为的报复；在《拉德茨基进行曲》里，一场艳遇伴随着各种谎言进行，折射出人心的纷乱。吴义勤评价道："金仁顺小说的审美格调是古典主义式的或唯美主义式的。她的小说质地非常单纯，语言上极其干净、内敛、从容不迫，没有丝毫拖泥带水的修饰成分，也没有多余的描写与矫情的渲染。一切都是自然而然、水到渠成。甚至小说的戏剧性在她那里也是内在的，自然呈现的。在《月光啊月光》等小说中，我们看到，金仁顺有着对于生活中的戏剧性的特殊敏感，但她从来就不去挥霍她的才华，而是听凭其随着语言在文本中自然成长。"①

乔叶是21世纪初涌现的创作丰硕的70后女作家，著有长篇小说《认罪书》《拆楼记》《藏珠记》，中篇小说《最慢的是活着》《打火机》《取暖》等200多万字的作品。小说曾获国内多种文学奖和首届华语文学传媒大奖、最具潜力新人奖。《拆楼记》是篇纪实小说，乔叶以亲历者身份讲述了姐姐一家所面临的拆迁。"拆迁"是这个时代中国现代化中的重大问题。《拆楼记》里每

---

① 吴义勤：《心照不宣的写作》，《当代小说》2000年第11期。

个人都处于关系之中，拆迁世界由被拆迁户、拆迁的官员、记者、公务员、上访者等各种利益相互缠绕的人群共同组成。乔叶既写出了公务员众生相，也写出了各种各样"钉子户"的众生相。乔叶的《小瓷谈往录》也是篇纪实作品，它记录了主人公小瓷的成长和情感经历。小瓷从小在姥姥家长大，姥姥、二舅和小姨给予她的爱奠定了她的精神底色。她正式的情感经历共有三段，分别对应于作品中的"教父""警察""神孩儿"，象征着三种男女相处的模式。教父是在名利、地位等方面都明显占有优势的年长男性，他对小瓷的生活进行操控。话语的表面是珍惜呵护，内里却是暴力的控制。小瓷就在他的否定中一点点让自己虚弱下去。而警察则是妈宝男兼控制狂。小瓷从前两任男友的控制下脱身，得益于童年得到的爱和机智："我软的时候，像我姥姥，硬的时候，像我二舅。戏精的时候，像我小姨。"最终她找到了现在的丈夫神孩儿，他对女性是真正的尊重，对婚姻生活有通透的认识，让自己的妻子做自己就好。屡经磨砺的小瓷最终得出了自己对婚姻和爱情的看法："有他，更好。没有他，我也能过得好。爱情，就是锦上添花的事。我自己是锦，爱情是花。很多女人把这个事情搞错了，以为男人是锦，自己是花。结果抽走了锦，花就成了流水落花，这是不行的。"既不放弃对爱的追逐，同时又把爱自己放在第一位。这就是这个作品给出的当代独立女性对爱情的态度。《认罪书》集大成式地展现了乔叶的才华：灵魂追问的力度、世事洞明的深度、叙事技巧的娴熟、语言表达的精准。《认罪书》中的每个人都是有罪的，主人公、叙事者是一个为爱蓄毒又放毒的女性，她的复仇实践、恶的释放带来了更为繁复、更为幽暗的人性经验，这也使得她呈现出和以往小说中此类女性明显不同的特征——认罪。一向对自己伤害别人心无挂碍的不羁女性开始意识到自己的罪，开始道歉，并以认祖归宗的形式试图从根源上洗清自己的罪恶。从《认罪书》里，我们看到乔叶思考并书写一个时代的雄心。她在小说中写了几代人的生生死死，也借助传统中国的因果报应、投胎转世等想象的伦理资源，为整个时代的心灵状况立此存照，并展现出"滑落的人世保藏向上的认知，蒙尘的生命等来清高的认领"的美好意愿，这不能不说是一件有抱负的事。

鲁敏是江苏省作协副主席，南京市作协副主席，江苏省作家协会签约作家，著有长篇小说《博情书》《方向盘》《六人晚餐》，另有《白围脖》《风月剪》《逝者的恩泽》等。庄重文文学奖给予鲁敏的获奖评语是：在她的东坝系列小说中,她对人性之善、对一种温暖诚挚的生活做出了大胆的、颇有说服力的书写,而在《取景器》《博情书》等另一系列小说中,她对喧嚣浮世中的幽微经验和零散的难以确认的价值,作了富有想象力的表达。《白围脖》可以说是鲁敏的成名作。叙事者对"父亲""母亲"和20世纪70年代的社会氛围做了回望,对"父亲"的偷情和"母亲"的欲望做了窥视。"父亲"厚颜无耻地偷情,没有回避,没有歉疚,"母亲"也虚伪、自私,没有廉耻。人世间最隐秘的角落被撕开了面纱,人的内心竟如此地龌龊不堪。《墙上的父亲》可以说是一个向父亲致敬的文本。从"父亲"被挂在墙上那一刻起,他就成了一个缺席而又无处不在的"父亲",他成了女儿们只可想象而难以亲近的遥远存在。"父亲"在墙上注视着妻女们的庸常生活——柴米油盐、婚配嫁娶、家长里短。但唯有亲人忘不掉,"父亲"他那难以复原的历史如影随形。

如果说《白围脖》《取景器》是对时代暗疾的呈现,那么鲁敏后来创作的《逝者的恩泽》《思无邪》《风月剪》等一批以东坝为背景的小说则寄托了作者温柔敦厚的乡土情怀。东坝是一个虚构之地,也是作家心中的原乡。《镜中姐妹》是一部典型的成长小说。张家五姐妹生活在同一个环境,但不同的心理和性格造成了她们不同的心路历程和生活境况。鲁敏的小说还原了大量20世纪70年代的生活细节和时代氛围,在平静如水的日常生活里,寻找着新的文学元素。如果说鲁敏前期小说执着于人性幽暗,接续的是启蒙主义和现代主义传统的话,那么后期的东坝系列小说则执着于发掘人间的友善和暖意,继承的则是沈从文、孙犁、汪曾祺的文学传统。鲁敏重建了关于底层生活的知识和价值,提供了另一种不曾体验的民间生活,她对这种生活的体认,也从另一个方面修正或弥补了"底层写作"苦难深重的"绝望文化"带来的极端化问题,这就是鲁敏小说的文学史价值。

现居深圳的盛可以,其小说没有一点70后作家常见的小资气息。其代表作有《道德颂》《北妹》《野蛮生长》《死亡赋格》《水乳》等。《道德颂》讲述了一个未婚女子与一个已婚男子间产生爱情后的命运,不是花前月下的甜蜜,不是琐碎的日常生活中日益增长的厌倦,而是一种吉凶未卜的不确定状态。在男人缩回他的安乐窝后,女人面临的是无尽的苦涩和绝望。《缺乏经验的世界》也是盛可以的代表作。年华不再的女性面对俊美的青年男性的内心波动,她渴望与之接近,但又深知自我和他之间相隔万水千山。盛可以的写作突出女性主题,语言风格猛烈大胆,取材涵盖社会生活和情感领域,以对心理活动和社会细节的敏锐观察和犀利评论著称，是一位勇敢而有才华的女作家。

现居苏州的朱文颖，她的小说主要写上海。她小说中的女性人物有一种小家碧玉的温婉，男性人物有着阴柔的南方之美，有民国才子的风范。她著有长篇小说《莉莉姨妈的细小南方》《戴女士与蓝》《高跟鞋》《水姻缘》，中短篇小说《浮生》《繁华》《重瞳》《花杀》《哈瓦那》等，作品曾获《人民文学》年度青年作家奖，《中国作家》"大红鹰文学奖"，江苏省紫金山文学奖。她的写作被评论界誉为"江南那古老绚烂、精致纤细的文化气脉在她身上获得了新的延展"，是 70 后的代表性作家之一。

周洁茹，江苏常州人。15 岁开始发表作品，20 岁到 22 岁三年间在《人民文学》《收获》《花城》《钟山》等刊物上发表了 100 多万字的小说，属于年少成名的女作家。2013 年任香港作家联会《香港作家》副总编辑，2018 年任香港文学出版社《香港文学》总编辑。主要作品有长篇小说《中国娃娃》《小妖的网》，短篇小说集《我们干点什么吧》《你疼吗》。代表作《中国娃娃》是一个甜蜜、温馨、感伤的长篇童话。一个中国娃娃在两只蜂鸟的带领下，踏上陌生的旅程。她游历了幻想世界、无生岩的世界、地心，从东方到了西方，遭遇黑的宫殿里被缚的"邪恶"以及他的仆从，遇见了世界各地的娃娃，并发生了一系列的故事。通过这次旅程，中国娃娃茉莉找回了丢失已久的"勇气果子"和"蓝色的细心"，也献出了陪伴她出生和成长的佩玉。同时她也找到了朋友，但最终没有保住使她留在幻想世界的童话书，丢失了回家的钥匙，最终只能活在时间的缝隙里。周洁茹 2000 年旅居美国，2009 年移居香港。九年的旅美生涯，使她以一个少年的视角反思中西文化，思考成长过程中的所得和失去。广阔世界的冒险的游历，使她在拥有开阔的世界人视野的同时，又成了失去精神家园的人。

黄咏梅，广西梧州人，就读于广西师范大学现当代文学专业，研究生毕业后在《羊城晚报》任编辑。她曾是一位校园诗人，出版有诗集《寻找青鸟》《少女的憧憬》，2002 年开始小说创作。作品相继在《人民文学》《收获》等权威刊物上发表。代表作品有长篇小说《一本正经》，中篇小说《将爱传出去》，中篇小说集《把梦想喂肥》，多篇小说被《小说月报》《小说年选》转载，2005 年短篇小说《负一层》进入小说流行榜，2018 年，其作品《病鱼》获第五届汪曾祺文学奖。同年，短篇《父亲的后视镜》获第七届鲁迅文学奖。黄咏梅的小说，远离女性写作经验的狭隘，以广阔的视角和悲天悯人的情怀，表现喧嚣时代现实生活中普通乃至卑微人物的内心冲突、煎熬与渴求。她的作品表现了处于多重价值和生活方式的剧烈碰撞中的那些普通人所面对的生活中的困难。她真切描绘了广州中等收入者中都市女性的生存状况，也投射了全球化和市场化的时代状况。黄咏梅对远离自身经验的生活有着敏锐的捕捉能力和感悟能力，她小说的叙事空间不断推向日常生活的各种缝隙之中，从而打开了种种微妙而丰富的人性世界，建立起自己特殊的精神想象和审美趣味。她摒弃琐碎生活表层的描写，直抵生存的本质与意义；她摒弃单纯的完整流畅的故事，以丰富的想象力和灵动的结构，让内容与形式得到良好的结合，作品简洁而富于张力。李敬泽这样评价黄咏梅："我认为黄咏梅是一个有趣的、极其聪慧、善于伪装的女人，她还是一个有着远大前程的小说家。在她的《勾肩搭背》《草暖》《单双》等小说中，她体现了细致的、精确的创造能力，她是个敬业的工匠，但黄咏梅比敬业的工匠更多一点东西，就是想象和惊奇——纯真的惊奇，这可能是黄咏梅的真正力量。"① 张燕玲评价道："黄咏梅的小说较少有自恋的影子，多以客观而冷静的自我观察取胜。她笔下的女性总是在都市的压力下有所改变，有所失落，但追求不断，永远在路上，路上的女人，总有些迷失，但她们从不放弃。"②

付秀莹，河北无极县人，北京语言文化大学硕士毕业，现供职于北京《小说选刊》编辑部。出版有长篇小说《陌上》《女硕士》《朱颜记》《野望》《他乡》，短篇集《爱情到处流传》等，2018 年，《找小瑞》获第五届汪曾祺文学奖，《陌上》获第三届施耐庵文学奖；2021 年，《他乡》获第 16 届十月文学奖长篇小说奖。《陌上》是付秀莹的第一部长篇小说，讲述了华北平原上"芳村"在时代巨变中的精神变迁。小说以散点透视的笔法，勾勒出了一幅乡土中国的精神地图，细腻地描绘了乡村中各色人物独特的生命体验，呈现出一种中国传统的美学风格，清淡平和的气韵中，也暗藏着雄奇的狂野气势。付秀莹还原了乡土小说中许多被遮蔽掉和忽略掉的元素，比如节气、时令、风景、人情世故等，体现了作家对文学本质的深刻理解。吴义勤评价道："《陌上》是从文学本身出发，从生活细部切入，以同情、理解、悲悯的眼光，

---

① 李敬泽：《穿越沉默——关于七十年代人》，《当代作家评论》1998 年第 4 期。
② 张燕玲：《感觉与立论》，接力出版社 1996 年版，第 156 页。

打量乡村，书写乡村，将现实题材以审美的方式融入文学。"① 李敬泽认为，"付秀莹的《陌上》《他乡》《野望》构成了乡土写作的三部曲。现代以来乡土写作的传统非常强大，但在时代变革中面临极大的考验，甚至有过枯竭的危险。在付秀莹这里，在这一两年来其他作家关于乡土的写作中，我们能看到乡土写作传统在新的时代条件下焕发了新的可能性。《野望》将乡村振兴这种宏伟的主题实实在在落到人们的生活经验中，大时代的运行和变迁，是在人的心中、人的经验中，人的复杂的社会关系网络中被形塑和呈现的。在这个意义上，《野望》既有审美意义，也有社会学价值"②。岳雯认为，"《野望》是乡村里长出来的小说，它栉风沐雨、节节生长，在付秀莹的叙述中，乡村不再摇摇欲坠走向衰败、瓦解和幻想，恰恰相反，外部的进入让乡村有了新的力量，那个一成不变的乡村有了生机和活力，那些困扰翠台们的日子有了转机和生机，而这个生机不是外部世界强加的，是从他们的内心生长出来的"③。张莉认为，"《野望》以一个中年女性翠台的眼睛看乡村，这个中年女性看到整个世界的变化，是有沧桑感的。这个女性有生活的智慧，心思缜密，情感丰富。通过翠台的视角，在乡村的权力关系或人物关系里，女性的生活，女性的理解已变成非常重要的力量，这也是新时代乡村变化的一个部分"④。

第二节　21世纪初女作家的长篇小说

一、走进家族与时代历史

张洁在21世纪初出版了三卷本80万字的《无字》，诉说了四代女性的生命历程，描摹社会大动荡中各色人等的人生际遇，对20世纪的中国进行了独特的记录与审视。小说以女作家吴为的人生经历为主线，讲述了她的两次婚变，以及祖上四代女性的爱情婚姻遭际。第一代吴为的外祖母墨荷出身于小康之家，是个闺阁小姐，遵从父母之命，嫁入粗鄙的农村家庭，无休止的劳

---

① 《长篇小说〈陌上〉：乡土叙事和现实题材的新范本》，中国新闻网2018年11月16日网页。
② 李敬泽：《乡土写作焕发了新可能》，《南方都市报》2022年12月19日。
③ 李敬泽：《乡土写作焕发了新可能》，《南方都市报》2022年12月19日。
④ 《长篇小说〈野望〉：聚焦新时代乡村的传统与新变》，新浪财经网。

作和不断的生育构成了外祖母人生的全部意义。第二代吴为的母亲叶莲子嫁给了一个东北兵痞顾秋水，做了从一而终观念的牺牲品，含辛茹苦把独生女吴为养大。第三代吴为出生在日本侵华时期，童年记忆最深刻的事是父亲把她扔出去，几乎摔死。新中国成立后，吴为有幸考上大学，接受了高等教育。然而在"文化大革命"中，第一任丈夫韩木林到处揭发她的私生子，这种耻辱也烙印到母亲和女儿禅月的心上。生活的苦难并没有击倒吴为，她在孤独中拿起笔，逐渐成为作家。吴为离婚后，认识了比她大二十多岁的胡秉宸。在这场爱情中，吴为得到的是背叛和污蔑，最后吴为疯掉了。第四代的两个女人禅月和枫丹出生在20世纪60年代。禅月不相信爱情，声称绝对不像母亲那样爱，最后远渡重洋，寻找个人价值。私生女枫丹事业有成，但坚持独身一辈子。小说思考了女性悲剧的原因，不仅是男性的自私与伪善，更是女性自身对爱情的生死依赖，自我独立精神的丧失。张洁在解构爱情的同时，也不断拷问、控诉男性，甚至整个社会，然而解构之后没有结果，这是张洁一生的心结。

徐小斌的《羽蛇》把一个家族五代女性的生命沉浮，放在一百多年中国历史的变迁里来讲述。一个敏感、真实、极易受伤的女孩，有一天忽然发现自己深爱的妈妈不爱她。于是，女孩避开人群走向自己的世界，在自己的世界，因为太静，她听到了一种耳语。从六岁到十三岁，她的行为一直受神秘耳语的左右，以至于她的行为让人们觉得莫名其妙。后来她明白了，她被母亲抛弃的结果是被神接纳了。许多年后，女孩变成女人。女孩变成女人就被神抛弃了。女人被母亲与神双重抛弃的结果是，伴着恐惧流浪终身。每一个现代人都是终生的流浪者。如同脱离了翅膀的羽毛，不是飞翔而是飘零，因为它的命运掌握在风的手中。羽蛇象征一种精神，一种支撑着人类从远古走到今天渐渐被遗忘了的精神。太阳神鸟与太阳神树构成远古羽蛇的意象。

徐坤的《八月狂想曲》书写的是北京奥运会历史。小说塑造了时代英雄，年轻的常务副市长旷乃兴和俊美的建筑设计师黎曙光。他们在鸟巢建设之时，一身新知识分子的傲骨和正气，对爱人、亲人和朋友充满善意和温情。《八月狂想曲》是世界文学史上唯一一部以奥运为题材的小说，也是一部青春中国崛起于东方的史诗。

张翎的《金山》描绘了早期移民华工在海外的漂泊经历，以及他们渴望回归的不屈精神。来自广东的十六岁少年方得法带着对金山的想象来到加拿大。他白天卖炭，晚上睡床板。后来去修太平洋铁路，炸隧道。在铁路上死里逃生之后，开了家洗衣店，在亨德森的帮助之下，生意渐有起色。后来由于金山排华暴动势力频繁活动，他离开唐人街，开了一片荒地，种植瓜果，饲养畜禽，到农贸市场去卖。多年后他的农场远近闻名。他勤勉节约，攒钱为家里建碉楼，辛苦积攒人头税希望和家人团聚，渴望告老还乡，在家乡自勉村安度晚年。可是后来兴起的超级市场迫使他申请破产，一夜间方得法红红火火的事业成了瓦砾一片。一边是漂泊，一边是留守。方得法的妻子六指留守在家，她因为长有六指，婆婆麦氏让她做妾，她以自残的方式砍下自己的第六个手指，才做了方得法的妻子，并在新婚之夜订下了金山之约。方得法去海外，六指在家伺候婆婆、养育儿女，她把家务打理得井井有条，五十八年的等待，让她由一个年轻貌美的女子变成了一个白发苍苍的老人。当她终于盼来丈夫的消息的时候，等来的却是丈夫的死讯。六指觉得她生命中的男人都是狮子口中的肉，她辛辛苦苦把他们养大养肥了，似乎就是为了送给狮子——那个叫金山的地方。

虹影的"上海三部曲"，以20世纪初上海不同阶层女人的爱恨情仇、生存命运，串起大上海的阴性历史。《上海王》的主人公筱月桂是一个乡下大脚女孩，父母双亡跟着舅父舅母过活。她想挣脱乡下生活，进入了城市，想在上海这个国际大都市存活下来。她千方百计把自己卖给到乡下来选丫头的上海一品楼掌柜，因脚大被嫌弃，后被上海黑帮老大常力雄看中，从此卷入大上海的爱恨情仇。二十多年过去，当筱月桂成了真正的上海王之后，却发现自己的生活陷入了无奈的怪圈。《上海之死》的于堇在欧战到了紧要关头，上海成了孤岛之际，在自己的国家和父母之间，她选择了爱国家，经过盟军的安排，受过三年情报特训的她，终于接触到日本高层情报人员，套取了日本最重要的情报——日军将偷袭美军太平洋上基地珍珠港。《上海魔术师》讲述了流浪的犹太人所罗门王和他收养的中国孩子加里王子，遭遇到上海的杂技女孩兰胡儿和她的杂耍班子。在1945—1948年的大上海，时局变幻，西洋魔术和杂耍班子为时局所趋，奇幻的魔术，惊险的杂技，困惑的兄妹之谜，默契的配合演绎出精湛的绝技，一次次从死亡中挣脱，使流浪少年和女孩明白了他们此生无法分离的故事。

二、走进人格成长世界

女作家们进入自我生存的内在体验,呈现出女性成长的历史。张抗抗的《作女》,写了一群受过良好教育、衣食无忧的白领阶层。她们言行惊世骇俗,内心独立自主,高扬个性理想,主动选择适合自己的生活方式,选择是否结婚、是否做母亲、是否独身,她们不封闭,不自恋,知人生之进退,怀揣着自己的理想永远锲而不舍。潘向黎、魏微、戴来、盛可以都对都市女性情感世界的丰富多变有深入探究。在魏微小说中,"暧昧"是都市边缘人感情生活的真实原貌。《大老郑的女人》里,大老郑和他的女人的暧昧关系,《异乡》里女儿和母亲有说不清的猜疑。在魏微看来,都市边缘人的挣扎、奋斗,是冷眼旁观社会的转型和巨变。乡情亲情在时代巨变中不堪一击,友情爱情也是如此。戴来的小说,所表现的孤独是一种现代人生活状态的呈现,她善于营造都市男女复杂而孤独的情感关系。她的小说《练习生活练习爱》《甲乙丙丁》等,形神毕见地书写出现代人普遍缺乏面对面交流、心理上的隔离与疏远,怀疑自己和对方爱的能力和诚意,恋爱而体会不到安全感、幸福感,试图运用在现实生活中女性失去爱的种种孤独体验,来厘清爱的秩序,激活当代人在生活中爱的能力。盛可以的《道德颂》以锐利的反讽穿透女性的爱与生命,开古玩店的文艺女青年旨邑,在西藏爱上已婚男知识分子,看似"高级"的婚外恋最后仍不免幻灭,体现了作家质问生活,质问难题,寻找生活出路的抱负。

三、女性的史诗

进入 21 世纪,王安忆开始书写社会关系中女性的生存史,或者说是劳动女性的个人史。王安忆先后发表了《上种红菱下种藕》《富萍》《逃之夭夭》,书写了一大批女性劳动者。在《富萍》中,王安忆以一种舒缓、细密的方式写了一个底层女性进入上海的人生历程。富萍是被动的,如一个时代的浮萍一样,她的生活中没有光鲜和传奇,她的生活空间狭小而贫困,有那么多的不安定,世界之于她是那么忧伤、浮荡。其实王安忆是以"富萍"为核心,为我们细密描述了一个普通女性的渴望、不安和甜蜜。王安忆在这个日益金钱化的社会中的这种坚持,突显了她作为优秀女作家的值得尊敬的价值取向。铁凝在 21 世纪初的创作与王安忆有相近的价值取向。她的《依琳娜的礼帽》

《咳嗽天鹅》《内科诊室》《1957年的债务》都延续着关注小人物和底层生活的悲悯情怀。2005年出版的长篇小说《笨花》是铁凝一部具有史诗意义的作品，写得从容壮烈，具有朴素而深厚的北方美。作者描写了笨花村独具个性的男男女女群像，以此来折射横跨半个世纪中国农村、社会乃至整个时代的风云变幻与世事变迁。整部小说厚重、沉郁、大气。铁凝凭借她作为女性的立场，在民族国家话语之下找到了性别秩序与民族国家话语之间的冲突与融合，这是作为女性的铁凝与作为男性的陈忠实书写我们民族历史时的巨大差异。

严歌苓是这二十年另一个无法忽略的女作家，她写了诸多以女性为主人公的小说《一个女人的史诗》《第九个寡妇》《小姨多鹤》等，她小说中的主人公通常生活坎坷，历经苦难而坚忍生活。严歌苓通常给予她的主人公以广阔的人生空间，这些女性经历的世事不再是一个人的事情，还是一个时代、一个民族的变迁。《小姨多鹤》写中日战争结束后，"伪满洲国"的多浪村的村长要求所有的村民自杀，瘦弱的日本小姑娘多鹤逃跑了。在那样的时代，一个逃跑的日本女人只能出售自己的生育能力存活。农民张俭买了她，因为妻子小环丧失了生育能力。多鹤成了生育机器，女性的身体，在民族国家的背景中显得极其无力，她可以逃脱战争，但最终没有逃脱战争的阴影。在听说多鹤的种种遭遇之后，张俭和多鹤相爱了，爱情可以让人忽略性别和立场、民族和国家。严歌苓书写了丰富复杂的女性历史，书写了女性身体与民族国家之间的缠绕和纠葛。

四、展现底层女性的命运

对底层女性境遇的关注和书写是21世纪初女性写作最重要的贡献，对底层女性生存境况的关注如此真切、丰富和深入，深具社会性别意识和人文情怀。林白的转变具有象征性。林白在《妇女闲聊录》中以一个农村妇女口述史的方式完成了自己的创作转型，她开始关注黄河岸边北方乡村的农村女性，倾听她们的声音，关注她们的生活，从狭小的自我世界中走出来。

在21世纪初，迟子建以一大批优秀作品成为具有代表性的60后女作家。在她大量的创作中，长篇小说《世界上所有的夜晚》是描写底层社会的优秀之作。小说以经历丧夫之痛的"我"外出旅行所见到的人和事为线索，讲述了她一路上听到和看到的各种各样的死亡。蒋百嫂的丈夫从煤矿上失踪了，再也没有回来。开一个小酒馆维持生计的蒋百嫂害怕黑夜,常在酒馆酗酒。"我"在蒋百嫂酒醉后来到她家,发现了她家里的秘密:隐秘房间的冰柜里放着蒋百的尸体。原来失踪的蒋百只要找不到,矿难就以未完成的方式不能上报,官员们便没有责任,蒋百嫂获得了一笔钱,但她的丈夫得永远躺在冰柜里。这位卑微的底层女性的哀苦向谁诉说?迟子建说:"我经历个人生活变故的那段岁月,中国频频发生重大矿难。看看电视上那一张张悲恸欲绝的寡妇的脸,我在想,她们面对的亲人的死亡,比我经历的要惨痛得多。因为我去过煤矿,知道煤矿的一些黑幕。伤痛确实是有轻和重的,在那个时刻,我不愿意过分放大自己的痛,我愿意用我的笔去挖掘那些女人心中不能言的痛。"①在21世纪初的创作中,迟子建关注那些被忽视的人,他们是拆迁户、失业者,农民,做小买卖的,独臂老人,从《鬼魅丹青》《花牤子的春天》到《舞翩翩》,她写的是中国北方的空村、小镇和城市的寻常巷陌,她以大量高质量的产出成为21世纪初女性写作的翘楚。孙惠芬的《民工》敏锐地捕捉到了社会发展中的痛点问题:工地上的农民工依然为饥寒所困扰,他们基本的生存权没有保障,而留守在农村中的妻子则在疾病、劳碌中死在麦田里。小说既写出了农民工父子在城市打工的困窘和贫苦,也写出了那位死去的沉默的女性,她的悲苦,她在丈夫和儿子离开村子后的无助与无奈。作家们真正深入生活,用笔去记录下转型期中国的底层社会,把那些常常被忽略的群体的生活呈现在文本中。

五、都市女性的中产阶级写作

张欣是20世纪90年代崛起于文坛的广东作家,20世纪90年代出版了《爱又如何》《首席》《绝非偶然》等小说,多次获各种文学奖,出版有五卷本《张欣文集》。2011年出版长篇小说《不在梅边在柳边》,2014年出版《终极底牌》,2017年《狐步杀》获第十七届百花奖中篇小说奖,2019年出版《千万与春住》。张欣是编故事的高手,在都市文学方面有着积极的建构意义。张欣的都市文学中始终洋溢着一种贵族气质,这种气韵没有被都市的纸醉金迷所压抑。《终极底牌》是一个关于担当的故事。王觉是和江渭澜一起分来的新兵,两个人成了好朋友。在一次塌方的事故中,王觉推了江渭澜一把,自

---

① 迟子建:《〈世界上所有的夜晚〉创作谈》,《文艺报》2018年6月18日。

己却被石头砸死了。江渭澜抱着王觉的遗物送到他家时,负疚感油然而生。他放弃了回家,甚至和恋人中断了联系,只身到深圳打工,挣钱帮助王觉的家人。后来干脆娶了王觉的遗孀小贞,彻底顶替了王觉的角色。江渭澜和小贞相依为命,也培养出了爱情。江渭澜应该属于和张欣同时代的人,他20世纪80年代参军,当他转业到地方时,正面临着20世纪90年代的社会大转型,他放弃了体制内的待遇,下海经了商,曾有过小的辉煌,但几次大的经济风险让他的经济状况日益恶化。他一直处于拼搏和创业的艰难处境中,但他从不悲观,肩负起家庭的责任,坚韧地克服困难。张欣赋予江渭澜不一般的文化基因,他出身于一个艺术气氛浓郁的家庭,父母都是音乐学院的老师,他有着扎实的文化和艺术的修养,他在精神成长期就受到精英文明的良好熏陶,因此也培育起他高贵的气质。更重要的是,他的成长经历使他具有了独立的世界观,具有一种不愿与世俗同流合污的精神追求。江渭澜虽然承受的生活压力很大,需要赚钱,但又能够处之泰然,不会患得患失。这种精神不是属于底层的,教养和文明从小在他身上打下了深深的烙印,因此无论生活如何变化,他都能够保持固有的高贵品质。许纪霖认为贵族精神有三个精神支柱:一是教养,二是责任,三是自由。这三个精神支柱在江渭澜身上都得到充分体现。张欣在塑造这个人物时,非常清楚什么是他身上最值得褒扬的品质。她不去炫耀江渭澜曾经有过的优雅身份,而是将重点放在书写他选择了艰难的命运后如何在逆境中保持他良好的教养,坚守他内心承诺的责任,以及如何维持他精神的自由。江渭澜这个人物形象也是张欣的终极底牌。

张欣的《不在梅边在柳边》看上去是一个都市爱恨情仇的故事。编辑部对这部小说的介绍是:"写蒲刃与梅金、柳乔乔的情感纠葛,实际上是写大都市男女在浮躁的社会环境中所遇到的心灵、情感与精神危机。"[①] 张欣在设计好几个人物的成长史时,特意强调了他们精神教养的缺失,这透露出张欣对虚假贵族的嫌恶。《不在梅边在柳边》是张欣对虚假贵族的一次集中火力的批判性写作。张欣把这个时代称为"一个暴发户辈出的时代"。贺润年就是这样一个暴发户,他是一个精明的生意人,财大气粗,出身低微,学识粗浅,也不相信三代才能培养一个贵族的说法,想尽办法把自己变成一个贵族。他请

---

① 贺绍俊:《铸造优雅、高贵和诗意的审美趣味——以张欣的〈终极底牌〉〈不在梅边在柳边〉为例》,《南方文坛》2014年第6期。

来专门为迪拜的酋长之流服务的设计大师来为自己设计，便觉得自己已经跻身贵族的行列而沾沾自喜。他热爱金钱，认为钱的一大功能就是改变，他就相信钱。张欣还通过梅金这个人物，毫不留情地揭露了虚假贵族的恶劣本质。生在贫困农民家庭的梅金很小就知道只有上学可以改变命运，她学习格外努力考上大学。就在她没有钱上大学的时候，一个慈善的城里人资助她上了大学。她在上大学的时候，就努力寻找赚钱的机会，也终于跻身上流社会的交际圈，并且被贺润年的儿子贺武平看上，嫁入了豪门。她的能力和智慧也让贺润年刮目相看，成为大公司的副总。她的身份和举止仿佛一个贵族了，非常讲究吃穿。但最终梅金还是失去了一切，包括儿子。是她自己把自己打败，她的成长经历是一种培养劣质精神的经历，在她的精神世界里最缺少的就是贵族精神。张欣这部小说所写的人物可以说都是这个时代身处社会上层的高级人士，而他们的共同缺陷是缺少高贵精神养成的成长经历，因此他们都有着这样或那样的精神缺陷，而这些精神缺陷都可以追溯到精神培育的缺失。正是这种精神培育的缺失，造成他们人格的分裂。张欣在作品中有时候将这种人格分裂推到极致，比如仪表堂堂、举止文雅的大学教授蒲刃，竟然悄悄用慢性投毒的方式折磨自己的父亲。从这里可以看出张欣对现实的强烈不满。她曾对记者说："拿什么拯救你，这物欲横流的现实？"这一忧虑便是她的写作动机。

张欣对于现实中的恶俗是不满的，但她并没有因为这一点而拒绝现实，相反她对现实充满了热情。她把世俗与恶俗严格区分开，她对世俗是肯定的，因此其小说中充满了平民精神。广州是一个洋溢着生活热情的城市，人们对未来抱有希望而乐于脚踏实地，因此这个城市的平等意识十分普及。张欣的可贵之处就在于把内心的高贵之气与具有平等意识的平民精神融合起来。这又使得她能够接受通俗的小说形式，并深得通俗小说和类型小说的优长，运用到自己的创作中。有人把她称为大陆的琼瑶，但张欣的小说和琼瑶小说很大的不同在于现实感上，琼瑶笔下基本上是一个虚拟的言情世界。而张欣是现实感非常强的作家，她的作品多半是针对现实问题而发。另外，她书写世俗生活仍保持着高贵之气，流露着对贵族精神的追慕。她的小说并不简单等同于市民小说，在于她并不完全认同市民的价值观和精神追求，并不迎合市民的审美趣味，她的小说体现出优雅和高贵的审美追求。这是张欣小说对于都市文学的建设性意义。我们处在一个平民化时代，都市化的趋势是逐渐削平不同文化的等级差异，提出民主和平等的现代意识，这也是一个越来越蔑视文化权威的都市化进程，但这一进程也带来否定精英、消解经典的危险。当代都市小说的问题就在这里，作家们多半没有认识到这种危险性，而被都市生活牵着鼻子走，因此虽然作品反映了都市生活的五光十色，反映了都市人无限扩张的欲望，但在精神内涵上显得贫乏，在精神品格上向低端滑行。要改变这一点，有赖于作家对时代和都市有清醒的认知和把握，有赖于作家具备高贵的精神气质。我们从张欣的小说中感受到了一股绵延不绝的贵族精神的潜流，这应该是提升都市小说精神品格的有效途径。贵族精神关乎教养、责任、自由，对于都市小说而言，我们要通过贵族精神的张扬抵达公民精神，通过贵族精神去铸造一种优雅、高贵、诗意的审美趣味。

21世纪初女性写作的转型表明了中国女性写作正在重新寻找和继承自己的优良传统，她们将个人写作与社会现实结合的努力呈现了新的精神气质。与五四第一代女作家相比，21世纪初女性写作者无论从文学意识和社会性别意识都比她们的前辈更为成熟，其文学作品的思想质地和文学品质也都有所超越。只是在这样一个日益为金钱所主导的文学式微的时代，写作者如何传达出整个社会的痛楚和不安，书写出既有性别洞见又有文学品质的作品，仍然是摆在所有创作者面前的挑战。

在研究20世纪女性主义在中国的流变与影响这个问题时，之所以探讨关于21世纪初期女作家的创作，是由于关于70后女作家和21世纪初女作家创作的长篇小说是20世纪女性主义诗学的重要延续，70后女作家已经是文坛活跃而重要的文学力量，她们纷纷拿出自己卓有成就的代表性作品，并表现了越来越成熟的女性意识，在探讨女性主义诗学的发展时，她们理应被关注。她们活跃而丰富多彩的文学写作彰显了20世纪女性主义诗学在当下中国的重要发展。

参考文献

1. ［法］西蒙娜·波伏娃：《第二性》，陶铁柱译，中国书籍出版社 1998 年版。
2. ［英］玛丽·沃斯通克拉夫特：《女权辩护》，王瑛译，中央编译出版社 2006 年版。
3. ［英］弗吉尼亚·伍尔夫：《一间自己的屋子》，王还译，生活·读书·新知三联书店 1989 年版。
4. 叶舒宪主编：《性别诗学》，社会科学文献出版社 1999 年版。
5. 张京媛主编：《当代女性主义文学批评》，北京大学出版社 1992 年版。
6. 林树明：《多维视野中的女性主义文学批评》，中国社会科学出版社 2004 年版。
7. 张岩冰：《女权主义文论》，山东教育出版社 1998 年版。
8. 陈东原：《中国妇女生活史》，商务印书馆 1998 年版。
9. 孟悦、戴锦华：《浮出历史地表》，河南人民出版社 1989 年版。
10. 戴锦华：《镜城突围》，作家出版社 1995 年版。
11. 崔卫平：《看不见的声音》，浙江人民出版社 2000 年版。
12. 刘思谦：《"娜拉"言说——中国现代女作家心路历程》，上海文艺出版社 1993 年版。
13. 乔以钢：《中国女性与文学——乔以钢自选集》，南开大学出版社 2004 年版。
14. 林丹娅：《当代中国女性文学史论》，厦门大学出版社 1995 年版。
15. 李玲：《中国现代文学的性别意识》，人民文学出版社 2002 年版。
16. 王德威：《想象中国的方法》，生活·读书·新知三联书店 1998 年版。
17. 艾云：《用身体思想》，江苏人民出版社 2003 年版。

18. 陈思和主编：《中国当代文学史教程》，复旦大学出版社1999年版。

19. 赵园：《艰难的选择》，上海文艺出版社1986年版。

20. 李银河：《女性权力的崛起》，中国社会科学出版社1997年版。

21. 季红真：《世纪性别》，时代文艺出版社1997年版。

22. 徐岱：《边缘叙事：20世纪中国女性小说个案批评》，学林出版社2002年版。

23. 徐坤：《双调夜行船：九十年代的女性写作》，山西教育出版社1999年版。

24. 沈红芳：《女性叙事的个性与共性》，河南大学出版社2005年版。

后　记

对社会中性别不平等的发现由来已久，出自一种性别本能，我对社会生活中女性遭遇的不公正待遇感到不公。社会生活中充斥着大量关于男性优越、女性卑微的陈词滥调，有没有一种理论去有力地反驳这些陈词滥调，让女性得到应有的尊重和作为人类之母的荣光？我读到了波伏娃的《第二性》，这部被称为"女性圣经"的论著，从历史、神话、生物学、文学、精神分析、经济学等方方面面考察了女性的存在，得出了女性作为第二性的处境，是历史成因和文化习俗使然，因而是可以改变的。女性和男性一样是自由自在的个体，要拒绝天命，自己创造历史。文学研究中对性别意识的关注来自大学时代，我在阅读中发现男性作家和女性作家在文学创作方面确实存在着一些差别。2000年，德州学院招第一届本科生，系里要求教师给本科生开设选修课，根据平时的积累，我就报了"女性文学研究"这门课。由于工作以来一直教授现当代文学史，而基础课上，有许多女作家的创作没有课时去展开，我就把这门选修课作为基础课"现当代文学"的补充，从近代开始一直到当代，我把基础课上来不及讲的一些女作家的创作，还有文学史上被遮蔽掉而后来的研究又挖掘出来的女作家创作，作为这门课的重点，当然，作为一种西方理论的女权主义，我也要进行介绍。这就是我开设这门课的初衷。这么多年来资料增增减减，选取的作家和主题也进行了不少修改，最终呈现现在这个书的样子。2009年，在南开大学做访问学者时听了乔以钢先生的女性文学研究课，后来又读了戴锦华、刘思谦、李玲、林丹娅、张莉等人的论著和研究成果，我讲课的资料也不断丰富。在高校的文学院，面对的学生大部分是女孩子，我面对着这些十八九岁的学生讲授我的女性文学研究课，也加进了自己的激情和思考，我常常会从学生的反馈中看到认同和赞许的眼神，我想只要我的课程能给这些学生带来一点点对社会习俗的反思，一个对文学作品解读的新视角，进而知道女性创作有一个辉煌而伟大的传统作为后辈的依傍，这就够了。本书的出版得到德州学院文学与新闻传播学院的大力支持，中国戏剧出版社编辑邢俊华老师的精心校订，在此表示衷心感谢。